여뀌 먹는 벌레

蓼喰ふ虫

다니자키 준이치로
임다함 옮김

여뀌 먹는 벌레

蓼喰ふ虫

27세 무렵의 다니자키 준이치로(1913)

차례

그 첫 번째

미사코는 오늘 아침부터 때때로 남편에게 "어떡할래요? 갈 거예요?"라고 물어봤지만, 남편은 늘 그렇듯 애매한 대답만 내놓을 뿐이라 그녀도 딱히 내키지 않아서 꾸물대다 보니 그만 점심때가 지나 버리고 말았다. 1시쯤 그녀는 먼저 목욕을 하고 일단 나갈 채비만 마친 뒤, 아직 누워서 신문을 보는 남편 곁으로 가서 "저기요."라는 듯 앉아도 보았지만, 그래도 남편은 묵묵부답이다.

"어쨌든 목욕이라도 하시지?"

"음⋯⋯."

배 밑에 방석을 두 겹 깔고 다다미 위에 엎드려 턱을 괴고 있던 가나메는, 잘 차려입은 아내의 화장품 냄새가 풍겨 오는 것을 느끼고 그 냄새를 피하듯 슬쩍 얼굴을 뒤로 빼며 그녀의 모습이라기보다는 옷 취향을, 되도록 시선을 맞추지 않으려 애쓰며 바라보았다. 그는 아내가 어떤 옷을 골랐는지에 따라 자신의 기분도 결정되리라고 여겼던 것이다. 그러나 공교롭게도 요즘 아내의 소지품이나 옷 같은 것을 주의 깊게 본 적이 없기 때문에— 그녀는 꽤나 옷에 관심이 있는 편이라 매달 여러 벌을 장만하는 듯했지만, 상담을 해온 적도 없는 데다 뭘 샀는지 본 적도 없어서— 오늘의 차림새도, 그저 '화려하고 세련된 사모님'이라는 느낌밖에는 뭐라 판단할 수가 없었다.

"당신은 어쩔 생각인데?"

"난 아무래도 상관없는데⋯⋯, 당신이 가면 가고⋯⋯, 아니면 스마(須磨)[1]에 가도 되고요."

"스마 쪽하고도 약속을 했어?"

"아뇨, 딱히. ⋯⋯거긴 내일 가도 되긴 하니까."

미사코는 어느 틈엔가 매니큐어[2] 도구를 꺼내 무릎 위에서 손톱을 열심히 다듬으며, 고개를 똑바로 들고 남편 얼굴에서 일부러 한두 척[3] 위쪽 공간에 시선을 두었다.

외출을 하네 마네 좀처럼 결말이 나지 않는 건 꼭 오늘만의 일이 아니다. 하지만 그럴 때마다 서로 자기가 먼저 결정하려 하지 않고, 상대방이 어떻게 나오는지에 따라 마음을 정하려는 수동적인 태도를 고집하기 때문에, 마치 부부가 양쪽에서 물그릇을 붙잡고 평평한 수면이 자연스레 한쪽으로 기울기를 기다리는 것 같았다. 그런 식으로 끝내 아무것도 정하지 못하고 날이 저물어 버린 적도 있는가 하면, 어

---

1   오늘날 고베시 스마구. 고베항의 서쪽 해안.
2   손톱에 에나멜을 칠하는 것은 이미 메이지 말기에 일본으로 유입됐지만, 1930년부터 유행하였다. 미사코는 최첨단 유행을 따르고 있다.
3   길이 단위. 한 척은 약 30.3센티미터에 해당한다.

떨 때는 갑자기 부부 마음이 딱 맞았던 적도 있었다. 가나메의 감으로 오늘은 결국 둘이서 외출하게 되리라는 걸 알았다. 알면서도 역시 우연히 그렇게 되길 수동적으로 기다리는 건, 꼭 귀찮아서만은 아니었다. 우선 그는 아내와 단둘이 밖을 걸을 때 ─ 여기서부터 도톤보리(道頓堀)[4]까지는 겨우 한 시간 거리긴 하지만 ─ 둘 사이의 불편한 분위기가 신경 쓰였다. 게다가 아내가 "스마에 가는 건 내일이라도 상관없다."라고 했으니 아마도 선약이 있는 모양이고, 설령 아니라 하더라도 그녀에겐 재미도 없을 인형극을 억지로 보는 것보다는 아소를 만나는 편이 더 좋은 게 당연하다는 사실을 모른 척하기엔 마음이 편치 않았다.

어젯밤 교토에 사는 장인에게서 "내일 시간 되면 둘이서 벤텐자(弁天座)[5]로 오시게."라는 전화가 걸려 왔을 때, 먼저 아내와 의논했어야 할 터인데 하필 그녀가 집에 없었기 때문에, 가나메는 덜컥 "별일 없으면 찾아뵙겠습니다."라고 대답해 버렸다. 언젠가 노인의 기분을 맞춰 주려고 "오랫동안 분라쿠 인형극을 본 적이 없으니, 다음에 가실 때는 꼭 데려가 주십시오."라는, 정녕 마음에도 없는 소리를 했던 걸 노인 쪽에서는 잘도 기억하고 일부러 알려 준 것이라 그로서는 거절하기 어렵기도 했고, 인형극은 둘째 치고 저 노인과 천천히 대화를 나눌 기회가 어쩌면 이제 다시는 생기

4 오사카에 있는 번화가.
5 일본의 영화·연극 제작 배급 회사 쇼치쿠(松竹)가 오사카 도톤보리에서 경영했던 극장.

지 않을지도 모른다고 생각했기 때문이다. 시시가타니(鹿ヶ谷)[6] 쪽에 거처를 마련하고 좀 별나게 사는 예순 가까운 노인과는 당연히 취미가 맞을 리도 없거니와 사사건건 시끄럽게 잘난 척을 해 대서 늘 질려 버리곤 했다. 하지만 젊었을 때 꽤 놀았던 사람인 만큼 어딘지 근사하고 시원시원한 면이 있어서 이제 이 사람과도 연이 끊기는가 생각하니 어쩐지 섭섭하기도 하고, 조금 삐딱하게 얘기하자면 아내보다도 오히려 이 노인 쪽이 아쉬웠다. 그래서 하다못해 부부 관계가 유지되는 동안만이라도 한 번 정도는 효도를 해 보자며 성격에도 안 맞는 일을 벌였던 것인데, 독단으로 승낙한 것이 실수라면 실수였다. 평상시의 그라면 아내의 사정을 고려하지 않았을 리 없는 것이다. 물론 어젯밤에도 생각이야 했지만, 실은 저녁때쯤 "잠깐 고베에 뭐 좀 사러."라며 그녀가 외출한 건, 아마도 아소를 만나러 간 것이리라 짐작하고는 있었다. 그래서 마침 노인에게서 전화가 걸려 왔을 때 아내와 아소가 팔짱을 끼고 스마 해변가를 거닐고 있을 모습이 그의 뇌리를 스쳐 갔기 때문에, "오늘 밤 만났으니 내일은 괜찮겠지."라고 퍼뜩 생각했던 것이다. 아내는 일부러 숨긴 적이 없으니, 어젯밤에는 정말로 뭘 사러 갔을지도 모른다. 그걸 곧이곧대로 받아들이지 않았던 건 그의 비뚤어진 의심일지도 모른다. 그녀는 거짓말을 싫어하는 데다 굳이 거짓말을 할 필요조차 없으니까. 하지만 남편으로서 결코

6   교토시 사쿄구(左京区)의 지명. 다이모지산(大文字山) 서쪽 기슭에 해당한다. 다니자키는 이 지역을 사랑해서, 훗날 이곳의 호넨인(法然院)을 자신의 묘지로 정했다.

유쾌하지 않은 일에 대해 그렇게 딱 단정 지어 말할 수도 없는 노릇이니, "고베에 뭘 사러 간다."라는 말에 "아소를 만나러 간다."라는 뜻이 포함되어 있다고 해석한 건, 그의 입장으로선 자연스러운 일일 뿐 억측은 아니었다. 아내도 가나메가 의심을 하거나 못되게 군 게 아니라는 건 분명 알고 있을 터다. 어쩌면 그녀는 어제 아소를 만났더라도 오늘 또 만나고 싶었을지 모른다. 처음엔 열흘에 한 번, 일주일에 한 번 정도였던 것이 요즘에는 꽤 빈번해져서 이틀이고 사흘이고 계속해서 만나는 일도 드물지 않았으니 말이다.

"당신은 어때요, 보고 싶어요?"

가나메는 아내가 쓰고 난 목욕물에 몸을 담근 뒤 목욕가운을 걸치면서 십 분쯤 후에 돌아왔지만, 미사코는 그때도 멍하니 허공을 바라보며 기계적으로 손톱을 다듬고 있었다. 그녀는 손거울을 들고 툇마루에 서서 머리를 빗는 남편 쪽으로는 눈길도 주지 않고, 삼각형으로 다듬어져 반짝반짝 빛나는 왼쪽 엄지손톱을 코끝에 가까이 갖다 대며 물었다.

"나도 별로 보고 싶진 않은데, 보고 싶다고 해 버려서……."

"언제?"

"언제였더라, 그렇게 말한 적이 있어. 엄청 열심히 인형극을 칭찬하기에 나도 모르게 노인네를 기쁘게 해 주려고 맞장구를 쳐 버린 거지."

"후후."

그녀는 생판 남에게 하는 인사치레처럼 억지웃음을 웃어 보였다.

"그런 소리를 하니 이렇게 된 거잖아요. 한 번도 아버지한테 맞춰 드린 적 없으면서."

"뭐 어쨌든, 잠깐이라도 가는 게 좋겠는데."

"분라쿠자(文楽座)[7]라는 게 대체 어디예요?"

"분라쿠자가 아니야. 분라쿠자는 화재로 다 타 버렸고 도톤보리에 있는 벤텐자라는 극장이라 하대."

"그럼 어차피 좌식[8]이잖아요? 난 못 견뎌요, 나중에 무릎 아플 거야."

"그거야 그 별난 노인네가 가는 데니 어쩔 수 없잖아. 당신 아버지도 예전엔 활동사진[9] 좋아하셨는데, 점점 나이를 먹어 가니 취미가 요상해지는군. 얼마 전에 어디서 들은 얘긴데, 젊을 때 여자랑 많이 논 인간일수록 노인이 되면 골동품을 좋아하게 된대. 그림이나 다기(茶器) 같은 걸 만지작대는 건 결국 성욕의 변형이라는 거야."

"그래도 아버지는 성욕도 여전하잖아요. 오늘도 오히사랑 같이 오시겠죠."

"그런 여자를 좋아한다는 게 역시 어딘지 골동품 취향

---

7 1800년 무렵, 우에무라 분라쿠켄(植村文楽軒)이 오사카에 창설했다. 1883년 이후, 고료(御靈) 신사로 이전한 후 인형 조루리의 메카가 되어, 분라쿠가 인형 조루리의 대명사가 되기도 했다. 1926년에 화재로 소실되었으나 인구 밀집 지역이었기 때문에 재건축 허가가 나지 않았다. 그래서 1930년 요쓰바시(四ツ橋)에 신축될 때까지 벤텐자 등지에서 흥행을 이어 갔다.

8 벤텐자에는 현대식 의자가 놓여 있지 않았다. 모던 마담인 미사코는 정좌하는 걸 싫어한다.

9 'motion picture' 혹은 'moving picture'의 옛 번역어. 줄여서 '활동'이라고도 했다.

이라는 거라고. 그 여자는 꼭 인형 같은 여자니까."

"가면 눈꼴실 거 같은데."

"별수 없지, 이것도 효도라 생각하고 한두 시간 참자고."

문득 그때 가나메는, 아내가 왠지 나가기를 귀찮아하는 데에는 다른 이유가 있는 게 아닐까 하는 생각이 들었다. 그렇지만 아내는 "그럼 오늘은 일본 옷 입을래요?" 하고 옷장 서랍에서 기름종이에 싼 남편의 옷 몇 벌을 꺼내는 것이었다.

옷에 관해서는 가나메도 아내에게 뒤지지 않을 정도로 사치를 하는 편이라, 이 하오리[10]에는 이 옷을 맞춰 입고 이 오비[11]를 매어야 한다는 식으로 여러 벌을 갖추고 있었다. 그는 시계나 장신구, 하오리 끈이나 시가 케이스, 지갑 같은 세세한 물건까지도 신경을 썼다. 그 취향을 하나하나 맞춰서 "그거."라고 말하면 금세 한 벌을 갖춰 줄 수 있는 사람은 미사코뿐이었기 때문에, 요즘처럼 혼자서 곧잘 외출하는 그녀는 남편을 위해 옷을 준비해 두고 나가는 일이 많았다. 지금의 아내가 실질적으로 아내 역할을 하고 가나메도 그녀의 필요성을 느끼는 건 오직 이럴 때뿐이라, 그럴 때면 언제나 그는 묘하게 뒤엉킨 감정을 느꼈다. 특히 오늘처럼 뒤에 서서 속옷을 입혀 주거나 옷깃을 고쳐 주거나 하면, 자신들 부부의 이상하고도 모순된 관계가 확실하게 느껴지는 것이었

10　일본 옷 위에 걸치는 짧은 겉옷.

11　허리띠.

다. 누군가가 이런 장면을 본다면, 자신들이 부부가 아니라고 과연 상상이나 하겠는가. 실제로 집에 있는 심부름꾼이나 하녀조차 꿈에도 의심하지 않을 것이다. 그 자신도 이렇게 속옷이나 버선 시중까지 받는 스스로를 돌아보면, 이런 데도 왜 부부가 아닐까 하는 기분이 들기도 했다. 부부를 성립시키는 것은 육체관계만이 아니다. 가나메는 하룻밤 상대라면 과거에 많은 여자를 겪었다. 그러나 이런 자잘한 몸시중이나 마음 씀씀이 같은 데에 부부다움이 존재하는 것은 아닐까. 이것이 부부 본연의 모습은 아닐까. 그렇게 생각하면, 그는 그녀에게 전혀 부족함을 느끼지 않았다.

양손을 허리에 둘러 오비를 당겨 묶으면서, 그는 쪼그려 앉은 아내의 목덜미를 바라보았다. 아내의 무릎 위에는 그가 즐겨 입는 검은 하오리가 펼쳐져 있었다. 아내는 그 하오리에 칼집 장식 모양으로 물들인 납작한 끈을 달기 위해, 머리핀을 옷자락에 끼워 넣고 있었다. 그녀의 하얀 손바닥은 가는 검정 머리핀을 더 돋보이게 했다. 손가락끼리 부딪칠 때마다 날카롭게 잘 다듬어진 윤기 나는 손톱 끝에서 소리가 났다. 오랜 습관으로 남편의 기분을 잘 파악한 그녀는, 자신도 똑같이 감상적이 되는 걸 두려워하듯 더 빈틈없이 몸을 움직여 재빠르고도 솜씨 있게 아내의 역할을 사무적으로 해내고 있었다. 그렇지만 그 덕분에 가나메는 그녀와 시선을 맞추지 않고도 슬며시 아쉬운 마음으로 훔쳐볼 수 있었다. 서 있는 그에게 목덜미 안쪽의 등줄기가 보였다. 속옷 그늘에 가려진 풍만한 어깨 곡선이 보였다. 다다미 위를 무릎걸음으로 움직이는 옷깃 틈새로, 나무처럼 딱딱한 도쿄 취향의 하얀 버선을 꼭 맞게 신은 발목이 잠깐 보였다. 이런 식으로 슬쩍 눈에 들어온 육체는 서른 가까운 나이에 비해 젊고 탄력 있어서, 그녀가 다른 사람의 아내였다면 매우 아름답다고 느꼈으리라. 지금이라도 그는 이 육체를, 예전에 매일 밤 그랬던 것처럼 안아 줄 친절 정도는 갖추고 있었다. 다만 슬픈 점은, 거의 신혼 시절부터 그가 이 육체에는 아무런 성적 매력도 느끼지 못한다는 사실이었다. 그래서 지금의 젊음과 탄력도, 실은 그녀가 몇 년 동안 과부 같은 세월을 보낸 필연적인 결과임을 생각하면 슬픔보다는 묘한 한기가 느껴지는 것이었다.

"정말로 오늘은──"

그렇게 말하면서 미사코는 일어나서 하오리를 입히기 위해 남편의 등 뒤로 돌아갔다.

"── 날씨가 좋잖아요. 연극 같은 거 보긴 아까운데"

가나메는 두세 번 그녀 손가락이 목덜미 근처를 간지럽혔다고 느꼈지만, 그 손길에는 마치 이발사 같은 직업적인 차가움뿐이었다.

"당신, 전화 안 해도 되나?"

그는 아내의 말속에 숨은 뜻을 대신 물었다.

"아……"

"전화해, 안 그러면 나도 마음이 불편하니까……"

"그럴 필요까진 없는데……"

"그래도, ……기다리면 미안하잖아."

"그러네──"

그녀는 잠시 주저하다가 말했다.

"몇 시쯤 돌아올 수 있을까요?"

"지금 가면, 1막만 본다고 쳐도 5시나 6시쯤 되겠지."

"그러고 나서는 너무 늦겠지요?"

"그건 상관없는데, 어쨌든 오늘은 아버님 상황이 어떻게 될지 모르니까. 같이 저녁 먹자고 하면 거절할 수도 없고…… 뭐, 내일이 낫지 않을까."

그때, 심부름꾼인 오사요가 장지문을 열었다.

"저기, 사모님께 스마에서 전화가 왔습니다."

그 두 번째

통화는 삼십 분이나 걸렸지만, 결국 스마에는 내일 가게 되어 그녀가 더욱 내키지 않는 얼굴로 오랜만에 남편과 함께 나선 것은 이미 2시 반이 지났을 무렵이었다.

가끔 일요일 같은 때 소학교 4학년인 아들 히로시와 셋이서 외출한 적이 없는 건 아니다. 그러나 그건 최근 들어 희미하게 부모 사이에 무슨 일이 있다고 눈치채기 시작한 듯한 아이의 두려움을 없애 주기 위한 것이라, 오늘처럼 부부 둘이서 외출한 건 정말 몇 개월 만인지 몰랐다. 학교에서 돌아온 히로시가 부모가 같이 나갔다고 듣는다면, 자기만 두고 갔다고 섭섭해하기보다는 얼마나 기뻐할 것인가.

그러나 가나메는 이게 아이에게 좋은 일인지 나쁜 일인지 판단이 서지 않았다. 어린아이라고 해도 이미 열 살이 넘으면 눈치 같은 건 대체로 어른과 별반 차이가 없는 것이다. 그는 미사코가 "다른 사람은 몰라도 히로시는 아는 것 같아요. 무척 예민한 아이라."라고 했을 때 "애들은 다 그래.

그런 거에 감탄하면 아들 바보라고 하지."라며 웃어 버리곤 했다. 그래서 그는 여차하면 어른을 대하듯 모든 사정을 아이에게 밝힐 각오도 하고 있었다. 엄마 아빠 둘 중 아무도 잘못이 없다. 만약 누구든 우리가 잘못했다는 사람이 있다면, 그건 요즘 같은 세상에 통용되지 않는 낡은 도덕에 갇힌 사고방식이다. 이제부터 자라나는 어린이들은 그런 걸 부끄러워하면 안 된다. 엄마 아빠가 어떻게 되든 넌 영원히 우리 아들이다. 그리고 언제든 네가 원할 때 아빠 집에든 엄마 집에든 올 수 있다.── 그는 그런 식으로 아이의 이성에 호소할 셈이었다. 그걸 아이가 이해 못 할 리 없다고 생각했다. 어린 아이라고 해서 적당히 거짓말로 둘러대는 건, 어른을 속이는 것과 똑같은 죄악이라고 여겼다. 그저 만에 하나 헤어지지 않고 잘 해결될 수도 있고, 또 헤어지더라도 아직 그 시기가 정해진 것도 아니기 때문에, 가능하다면 쓸데없는 걱정을 시키고 싶지 않았다. 이야기야 언제든 할 수 있는 거라고 생각하며 계속 미루다 보니, 역시 아이를 안심시키고 싶고 기뻐하는 얼굴이 보고 싶어서 부부가 짜고 금슬 좋은 척한 적도 있었다. 그러나 아이는 아이대로 부부가 사이좋은 척 연기하는 것마저 눈치채고 있어서, 좀처럼 안심하지 못하는 것 같았다. 겉으로는 너무나 기뻐 보이지만, 그것도 어쩌면 부모들이 애쓰는 걸 알고 반대로 아이가 두 사람을 안심시키려고 노력하는 것인지도 몰랐다. 아이의 본능이라는 건 그럴 때 의외로 깊은 통찰력을 발휘하는 모양이었다. 그래서 가나메는 세 가족이 산책하러 나가면, 셋이 함께 있으면서도 각자 따로따로 있는 듯한 기분을 감추며 마음에도 없는 웃음을 짓는 모습에 스스로도 소름 끼칠 때가 있었다. 다시 말해 세 사람은 이미 서로를 속일 수가 없다. 부부 사이의 공모가 이젠 부모 자식 간의 공모가 되어, 셋이서 함께 세상을 속이고 있다.── 어째서 아이에게까지 이런 짓을 시켜야만 하는 걸까. 그는 지독한 죄의식과 가련함을 동시에 느꼈다.

물론 그에게는 자신들 부부의 관계를 새로운 도덕의 선구인 양 사회에 알릴 만한 용기 따윈 없었다. 자기 행동에는 다소 믿는 구석도 있었고, 양심에 거리낄 게 없었기 때문에 만약의 경우 과감하게 대항하지 못할 것도 없었지만, 그렇다고 해서 굳이 자신이 불리한 입장에 처하는 걸 바라지는 않았다. 선대 정도는 아니더라도 어느 정도 자산이 있고, 명의뿐이라도 회사 중역이라는 지위도 있으니, 그럭저럭 유한계급의 일원으로 살아갈 수 있는 몸으로서 가능하다면 사회 한구석에서 소박하고도 얌전하게, 남의 눈에 띄지 않고 가문에 먹칠하지 않도록 안온하게 살고 싶었다. 그 자신이야 친척들의 간섭 따위를 두려워하지 않더라도 자신보다 더 오해받기 쉬운 아내의 입장을 감싸 주지 않는다면, 결국 부부가 옴짝달싹 못 하게 된다. 만일 요즘 아내의 행동이 그대로 교토 장인어른에게 알려진다면, 아무리 이해심 있는 노인이라도 체면 때문에 딸의 발칙한 행동을 용서하지 않을 것이다. 그러면 그녀가 가나메와 헤어진다고 쳐도, 원하는 대로 아소에게 갈 수 있을지 의문이다. "난 부모님이나 친척들의 압박 같은 거 조금도 무섭지 않아요. 의절당하더라도 상관없다고 생각하니까."라고 늘 말하지만, 사실 그런 게 가능하기나 할까. 그녀에 관한 나쁜 소문이라도 돈다면, 아소 쪽에서도 부모 형제가 있는 이상 사전에 반대를 할 게 뻔하다. 그뿐만이 아니다. 어머니가 떳떳하지 못한 사람이 되면, 그게 아이의 장래에 미칠 영향도 생각해야만 한다. 가나메는 여러 사정을 고려해 봤을 때 헤어진 후에도 서로가 행복하게 잘살기 위해서는 주변 사람들의 이해가 제법 필요하기에, 평소 주의 깊게 남들이 눈치채지 못하도록 노력하고 있었다. 그 때문에 부부는 교제 범위를 조금씩 좁혀 나가면서, 집안 사정이 알려지지 않게 애쓰기까지 했다. 그럼에도 불구하고 사회적으로 금슬 좋은 부부인 척을 해야 하는 상황이 생기면, 늘 썩 유쾌하지는 않았다.

생각해 보니 미사코가 아까부터 나가는 걸 귀찮아하는 것도, 무엇보다도 그게 싫기 때문이리라. 기는 약하지만 마음 깊숙한 곳에 단단한 심지를 지닌 그녀는, 낡은 습관이나 의리, 정 같은 것에는 오히려 가나메보다도 용감했다. 그녀는 남편과 아이 때문에 되도록 조심하고는 있지만, 오늘처럼 굳이 나서서 연극을 할 필요는 없다고 희미한 불만을 품은 게 틀림없었다. 그녀로서는 스스로와 세상을 속이는 게 불쾌할 뿐만 아니라, 아소의 기분까지 생각해야 했기 때문이었다. 아소 역시 사정이야 이해하더라도, 그녀가 남편과 도톤보리에 간다면 어쨌든 유쾌할 리 없다. 정말 어쩔 수 없는 상황 외에는 그런 일은 안 해 줬으면 할 것이다. 남편은 그 정도 배려심도 없는 걸까. 알면서도 그런 것까지 신경을 써 주긴 싫다는 속셈인 걸까. 그렇게 입 밖에 낼 수는 없었기 때문에 그녀는 초조함을 느꼈다. 남편은 왜 이제 와서 노인의 비위를 맞추려는 걸까. 그녀의 아버지가 남편에게도 영원히 아버지로 남을 수 있다면 몰라도 이미 곧 '아버님'이라 부르지도 못하게 될 텐데, 이제 와서 어울려 드린다 한들 소용없지 않은가. 어설프게 효도 흉내를 내다가는 나중에 사실이 알려졌을 때 한층 더 화를 돋우지 않겠는가.

부부는 그렇게 각자 다른 마음을 품은 채, 한큐(阪急)의 도요나카(豊中)[12]에서 우메다(梅田)행 전차를 탔다. 벚꽃이 피기 시작한 3월 말이지만 반짝이는 햇살 아래서도 어딘지 으스스한 추위가 느껴졌다. 한편 가나메는 얇은 봄 외투 소매 밖으로 비어져 나온 검은색 8부 하오리 옷감이 차창으로 들어오는 빛에 갯벌 모래처럼 반짝이는 것을 바라보았다. 일본 옷을 입을 때에는 추워도 셔츠를 입지 않는 걸 단정한 옷차림이라 여기는 그는, 속옷과 피부 사이로 청량한 바람이 스며드는 것을 느끼며 여민 옷깃 사이에 양손을 집어넣고 있었다. 전차 안은 시간이 애매한 탓인지 승객들이 제각기 듬성듬성 느긋하게 자리를 잡고 있었는데, 페인트를 하얗게 새로 칠한 천장 아래로 환기가 잘돼서 나란히 앉은 사람들의 얼굴까지도 모두 건강해 보이고 밝은 데다 명랑했다. 미사코는 그 얼굴들 속에 섞여 일부러 남편 맞은편에 앉아 콧잔등을 모피 옷깃에 깊숙이 파묻은 채, 『미나와슈(水沫集)』[13]의 축소판을 읽고 있는 것이었다. 새 책이라 양철처럼 날카롭게 각이 선, 하얀 천을 씌운 책등을 쥔 손에는 가늘게

12   1914년에 한큐 전철이 개발한 오사카시 북서부의 분양 주택지. 1936년에 시(市)로 승격했다.

13   모리 오가이(森鷗外)의 소설 『무희(舞姬)』, 번역 시집 『오모카게(於母影)』 등을 수록한 작품집.

짠 사파이어색 비단 장갑이 끼워져 있어서, 촘촘한 망 사이로 잘 다듬어진 손톱이 언뜻언뜻 보였다.

전차 안에서 그녀가 이런 위치를 잡는 것은, 둘이서 외출할 때면 거의 습관처럼 되어 있었다. 아이가 있으면 그 좌우로 앉지만, 그렇지 않을 경우 대개 한 사람이 앉기를 기다린 뒤 나머지 사람이 반대쪽 자리에 앉는다. 부부는 서로 옷을 사이에 두고 체온을 느끼는 게 거북할 뿐만 아니라, 지금에 와서는 오히려 해서는 안 될 일, 부도덕한 짓인 양 느껴지는 것이다. 그리고 같은 찻간 안에서 서로 마주 보고 앉는 것만으로도 상대방의 얼굴이 시야를 방해하기 때문에, 미사코는 일부러 눈 둘 곳을 마련하기 위해 무언가 읽을거리를 준비하고 자리가 정해지면 곧장 자기 코앞에 병풍을 세워 버리는 것이다. 두 사람은 종점인 우메다에서 내려 따로따로 가지고 있던 회수권을 내밀고, 약속한 듯이 두세 걸음 떨어져 걸어 역 앞 광장으로 나섰다. 남편이 앞서고 아내가 그 뒤를 따라 말없이 택시에 몸을 싣고 나서야 처음으로 부부답게 어깨를 나란히 했다. 만약 제삼자가 네 개의 유리창 안에 갇힌 그들을 본다면, 두 개의 옆얼굴이 이마와 이마, 코와 코, 턱과 턱이 판박이처럼 겹친 채 서로 곁눈질도 안 하고, 가만히 정면을 향한 상태로 차 속에서 흔들리며 가는 모습을 볼 수 있으리라.

"대체 뭘 공연하는 거예요?"

"어젯밤 전화로는 고하루 지헤이(小春治兵衛)[14]랑, 그

---

14 지카마쓰 몬자에몬(近松門左衛門, 1653~1724)이 지은 인형 조루리 『신쥬텐

리고 또 뭐라고 했었는데……"

서로 긴 침묵에 짓눌린 듯한 상태로 한 마디씩 말을 꺼냈다. 그러나 역시 정면을 바라본 채였다. 아내에게는 남편의, 남편에게는 아내의 콧잔등만이 어렴풋이 비쳤다.

벤텐자가 어디 있는지 모르는 미사코는 에비스바시(戎橋)에서 내린 다음부터는 다시 잠자코 따라갈 수밖에 없었지만, 남편은 전화로 자세히 들은 모양이라 도톤보리의 어떤 연극 찻집[15]에 들어가더니 거기서 종업원의 안내를 받아 가는 것이었다. 드디어 아버지 앞에서 아내 역할을 해야만 한다고 생각하니 그녀는 한층 기분이 무거워졌다. 무대아래 관람석[16]에 자리를 차지하고 앉아 딸보다도 어린 오히사를 상대로, 술잔을 핥으며 무대 쪽을 열심히 바라보는 늙은이의 모습이 눈앞에 떠올랐다. 아버지도 짜증스러웠지만, 그보다도 오히사가 싫었다. 교토 출신의 서글서글한, 무슨

노아미지마(心中天の網島)』 및 그 개작을 가리킨다. 줄거리는 다음과 같다. 오사카의 가미야 지헤이(紙屋治兵衛)와 소네자키신치(曾根崎新地)의 유녀 고하루(小春)는 서로 사랑하는 사이였는데, 그녀를 짝사랑한 다헤이(太兵衛)가 고하루를 사려고 들기에, 지헤이의 아내인 오상이 돈을 마련해 오하루를 사려고 하지만 실패하고, 지헤이와 고하루는 아미지마의 다이초지(大長寺)에서 동반 자살한다.

15 극장 내부나 근처에 자리하며 객석의 심부름, 막간 휴식 때 간식이나 식사, 술과 안주 제공, 막이 내린 뒤 후원하는 배우를 불러 주는 등의 일을 대신해 주고 돈을 받았다. 미사코의 아버지처럼 먹을 것을 가져오는 손님은 찻집 입장에선 반갑지 않았을 터다.

16 도마(土間). 가부키 극장 등 1층 무대 정면에 마련된 네모난 칸막이 좌석. 원래는 바닥을 깔지 않고 흙바닥 그대로였다. 한 칸의 정원은 4~6인. 대중석인 칸막이 좌석보다 한 단 높게 만들어진 상급 관람석은 '사지키(栈敷)'라 한다.

말을 들어도 '네네.' 하고 대답하는 영혼이 없는 듯한 여자
라, 도쿄 토박이인 그녀와 맞지 않는 탓도 있으리라. 그러나
오히사를 옆에 두었을 때 아버지가 어딘지 아버지답지 않은
지독한 노인네처럼 보이는 것이 더없이 불쾌했다.

"난 1막만 보고 돌아가요."

그녀는 입구로 들어가면서 그곳까지 쿵쿵 울려오는 시
대에 뒤떨어진 샤미센 소리의 여운에 반항하는 듯한 기분으
로 말했다.

찻집 종업원의 안내를 받으며 극장에 오는 게 몇 년 만
인지. 가나메는 게다를 벗어던지고 버선발로 복도의 차갑고
매끄러운 마룻바닥을 밟았을 때, 한순간 먼 옛날 어머니의
모습이 마음에 스쳤다. 어머니 무릎에 앉아 인력거[17]를 타고
구라마에(藏前)[18]에 있던 집에서 고비키초(木挽町)[19]를 향해
갔던 대여섯 살 무렵, 찻집에서부터 어머니의 손에 이끌려
후쿠조리[20]를 끌며 가부키자의 복도로 올라가던 때가 딱 이
런 상황이었다. 어린아이였던 그는 역시 버선발로 차가운
마룻바닥을 밟았다. 그러고 보면 구식 극장은 입구를 지날
때의 공기가 묘하게 차갑다. 늘 외출복의 소매나 옷깃을 통
해 바람이 박하처럼 쏙 몸에 스며들던 것을 아직도 기억하

17　인력거는 1870년에 도쿄에서 쓰이기 시작해서 곧 전국에 보급되었다. 쇼와
　　초기에는 아직 활발하게 이용되었다.
18　도쿄도 다이토구 스미다가와강 서안의 지명.
19　도쿄도 주오구 긴자의 옛 명칭. 1889년 가부키계 최고의 극장인 '가부키자'가
　　세워졌다.
20　고급 짚으로 짠 짚신으로, 연극 찻집의 손님용으로 쓰였다.

고 있는데, 그 차가움이 꼭 매화꽃 구경을 갈 무렵의 상쾌한 햇볕 같아서 오싹오싹한데도 기분이 좋았다. 그래서 "벌써 막이 올랐어요."라는 어머니의 재촉을 받고서 작은 가슴을 두근대며 달려갔던 것이다.

그러나 오늘의 추위만큼은 복도보다도 객석 쪽이 더 심해서, 부부는 하나미치[21]를 거쳐 갈 때 저도 모르게 손발이 움츠러드는 것을 느꼈다. 둘러보니 극장이 꽤 넓은데도 절반 정도밖에 손님이 차지 않아서, 극장 안의 공기는 거리에 솔솔 부는 바람과도 별반 차이가 없었다. 그런 까닭에 무대에서 움직이는 인형마저도 고개를 움츠린 채 쓸쓸하고 따분하고 슬퍼 보였는데, 그게 다유(太夫)[22]의 가라앉은 목소리 그리고 삼현(三絃)[23]의 음색과 이상한 조화를 이루었다. 무대 아래 객석은 거의 3분의 2까지 텅 비어 있고, 무대와 가까운 쪽에 몰린 사람들 속에서 정수리가 벗어진 노인의 머리와 오히사의 마루마게(丸髷)[24]가 저 멀리 눈에 들어왔다. 오히사는 통로를 건너 내려오는 두 사람의 기척을 깨닫고는,

"어서 오세요.[25]"

이렇게 작은 목소리로 인사하며 앉은 자세를 바로 하

---

21   관람석을 건너질러 만든 배우들의 통로. 원래 분라쿠에서는 쓰이지 않지만, 벤텐자에서는 가부키 공연도 했기에 하나미치가 있었다.

22   노(能)·가부키·조루리 등의 상급 연예인. 격이 높은 배우.

23   샤미센(三味線)의 다른 이름.

24   기혼 여성의 머리 모양.

25   오히사는 교토 방언을 사용한다.

고, 자리를 가로막고 있던 금박 찬합을 하나하나 정성스레 쌓아 올려 자신의 무릎 앞으로 끌어다 놓았다.

"오셨어요."

미사코를 위해 노인의 오른쪽 자리를 비워 주고 뒤쪽에 정좌해 있던 오히사가 그렇게 귓속말을 건넸지만 노인은 잠깐 돌아보며,

"어?"

하고 대꾸할 뿐, 열심히 무대 쪽으로 고개를 빼고 있었다. 무슨 색이라고 해야 할지, 녹색 계통임에 틀림없지만 마치 인형 의상처럼 화려하면서도 차분한 맛이 있는 색감의, 옛날 사람들이 짓토쿠[26]로라도 입을 듯 탁본한[27] 하오리를 퉁퉁한 몸에 두르고 후쓰오시마[28] 겹옷 밑으로 노란 바탕에 줄무늬를 넣은 비단 속옷을 내보인 채, 관람석 칸막이에 괸 왼팔을 옷소매 안에서 그대로 등 쪽으로 돌리고 있었다. 그 때문에, 옷의 앞깃이 자연스럽게 올라가며 뒤로 젖혀져서 목덜미가 드러나게 된 탓인지[29] 새우등이 한층 더 둥글둥글하게 보였다. 옷차림이든 자세든 그런 늙은이스러운 모습을 하는 것이 이 노인의 취향이라, "노인은 노인답

---

26 하오리의 원형. 에도 시대에는 다도가나 화가, 의사, 하이쿠 시인, 유생 등의 외출복이 되었다.

27 대두 즙으로 물들인 뒤 돌 같은 것을 천에 문질러, 염색의 맛을 깊고도 복잡하게 하는 것.

28 후쓰(風通)는 같은 문양이 옷 안팎에서 반대 색조로 나타나도록 옷감을 짜는 방법이다. 오시마(大嶋)는 가고시마현(鹿児島県) 아마미오시마(奄美大嶋)에서 생산하는 견직물의 일종으로, 굉장히 비싸다.

29 옷깃 뒤쪽을 눌러서 목덜미를 드러나게 하는 일본 옷 착용 방법.

게.”라는 말을 입에 달고 살았던 것이다. 생각건대 이 하오리의 색감마저도 “오십이 넘으면 화려한 걸 입는 게 도리어 늙어 보인다.”라는 신조를 실천하고 있는 셈이리라. 가나메가 항상 우습게 여기는 건, 아무리 “노인, 노인.” 해도 장인어른의 나이가 아직 그 정도는 아니라는 점이다. 스물다섯엔가 결혼해서 지금은 세상을 떠난 부인이 장녀인 미사코를 낳았다고 치면, 아마도 쉰대여섯보다 더 먹지는 않았을 터다. 아버지의 성욕이 아직 여전하다는 미사코의 관찰은 그 사실을 뒷받침해 주는 것으로, 진작부터 그도 “당신 아버지가 노인인 척하는 건 그저 취미”라고 말했던 것이다.

“사모님, 다리 아프지 않으세요? 이쪽으로 오셔요……?”

친절한 오히사는 좁은 칸막이 안에서 부지런히 차를 내거나 과자를 권하고, 무슨 말을 해도 쳐다보지 않는 미사코를 상대로 때때로 말을 걸거나 하면서, 틈틈이 뒤쪽으로 오른팔을 뻗어 노인의 쟁반에 놓인 술잔이 빌 때쯤 슬쩍 술을 따라 주었다. 노인은 최근 “술을 칠기에만 따라 마신다.”라고 했는데, 그 술잔도 주홍색으로 칠한 도카이도 고쥬산쓰기(東海道五十三次)[30]의 그림이 들어간 세 벌 중 하나였다. 궁녀가 꽃구경이라도 가는 양 이런 것들을 옻칠하여 윤을 낸[31] 찬합에 담고, 음료부터 안주까지 일부러 교토에서 가져

---

30 에도 시대에 정비된 다섯 개의 가도(街道) 중 하나인 도카이도에 있는 쉰세 개의 역참을 가리킨다. 도중에 풍광이 아름다운 장소와 유명한 명승고적이 많아서, 우키요에나 와카·하이쿠의 제재로서 종종 쓰였다.

31 옻칠 기법의 하나. 옻 위에 금가루나 은가루를 뿌려 말린 뒤 옻을 덧칠하고, 목탄으로 갈아 윤을 내어 완성한다.

오니, 찻집 입장에서도 반갑지 않은 손님일 테지만 오히사도 꽤나 고생하고 있음에 틀림없었다.

"한잔 어떠세요?"

그렇게 말하며 그녀는 찬합에서 새로 꺼낸 잔을 가나메에게 건넸다.

"고마워요. 나는 낮엔 술을 안 마시지만, ……외투를 벗었더니 왠지 좀 추워서, 조금만 마십시다."

머릿기름인지 뭔지 알 수는 없지만, 희미한 정향나무 향기와도 같은 것이 그녀의 귀밑머리[32]와 함께 그의 볼을 살짝 스쳤다. 그는 자기 손에 쥔 잔 속, 넘칠 듯이 담긴 액체 밑바닥에서 금빛으로 부풀어 오른 후지산 그림을 바라보았다. 후지산 아래에는 히로시게풍[33]의 거리 풍경을 담은 세밀화가 있었고, 옆에는 '누마즈(沼津)'라 적혀 있었다.

"이걸로 마시면 너무 우아해서 감칠맛이 안 날 것 같은데요."

"그렇죠."

그녀가 웃자, 교토 여자들이 사랑스러운 이유 중 하나로 꼽히는 검은 이[34]가 보였다. 앞니 두 개의 뿌리 쪽은 가네(鉄漿)[35]로 물들인 듯 새까맣고, 오른쪽 송곳니 위로 덧니 하나

---

32 일본식 머리를 할 때에는 귀밑머리를 내어 붙인다. 정향나무 향기가 나는 것은, 에도 시대부터 머릿기름으로 사용해온 침향 기름(참기름에 정향나무 등을 섞어서 만든다.)을 쓰기 때문이다. 또한, 정향나무에는 최음제로서의 효능도 있다.

33 에도 후기의 우키요에 화가 우타가와 히로시게(歌川広重, 1797~1858). 대표작으로 「도카이도 고쥬산쓰기」가 있다.

34 검게 변한 충치.

35 철을 산화시킨 액체로, 에도 시대까지는 치아를 검게 물들이는 '오하구로(お

28

가 윗입술 안쪽에 걸릴 정도로 튀어나와서, 그걸 귀엽다고 할 사람도 있겠지만 객관적으로 말하자면 결코 아름다운 입매는 아니다. 불결하고 야만스러운 느낌이 든다는 미사코의 비평도 가혹하긴 했지만, 그런 비위생적인 치아를 치료하려고 하지도 않는 데에 무지한 여자의 가련함이 존재했다.

"이 진수성찬은 집에서 준비해 온 겁니까?"

가나메는 그녀가 작은 접시 위에 덜어 준 김이 들어간 계란말이를 집어 먹으면서 말했다.

"그래요."

"이런 찬합을 들고 오는 것도 큰일이군요, 돌아갈 때 다시 이걸 들고 가시나요?"

"그래요, 극장 음식은 맛이 없어서 못 드시겠다고 하시니……"

미사코가 힐끗 두 사람 쪽을 돌아보았지만, 곧 다시 얼굴을 무대 쪽으로 돌렸다.

가나메는 아까부터 그녀가 때때로 다리를 뻗었다가 버선 끝이 남편 무릎에 닿으면 급히 다리를 접는 걸 눈치채고, 이런 좁은 칸막이 안에 갇힌 자신들 부부의 남모를 심정을 희미하게 자조하지 않을 수 없었다. 그는 그런 기분을 달래기 위해서,

"어때, 재미있어?"

뒤에서 아내에게 말을 걸었다.

齒黑)' 등에 쓰였다.

"늘 재밌는 것만 보고 사시니, 가끔은 인형도 좋겠지요."

"나는 아까부터 기다유(義太夫) 표정[36]만 보고 있어요, 그게 훨씬 재밌네."

그 말소리가 들린 듯,

"에헴."

노인이 헛기침을 했다. 그리고 시선만은 무대에 고정한 채 무릎 밑에 깔린 금당 가죽으로 만든 담배쌈지[37]를 손으로 더듬어 찾았다. 한편 오히사는 담뱃대가 어디 있는지 몰라 자꾸만 그 근처를 더듬거리는 노인의 행동을 눈치채고, 방석 아래에서 물건을 찾아내 불을 붙여 손바닥 위에 놓아 주었다. 그리고 자신도 생각난 듯 오비 틈에서 붉은 호박[38]으로 만든 담배 주머니를 끄집어내더니 조임쇠가 달린 덮개 아래로 작고 하얀 손을 밀어 넣었다.

과연, 인형 조루리라는 건 첩을 끼고 술을 마시면서 보는 것이로군.── 가나메는 모두가 침묵에 빠져 버린 뒤, 혼자서 그런 생각을 하며 하릴없이 무대 위의 「가와쇼(河庄)」 장면[39]에 살짝 취한 눈길을 주었다. 보통 술잔보다 약간 큼

---

36 인형 조루리에서는 기다유부시(義太夫節)를 읊는 다유와 샤미센 연주자는 무대 위쪽에 마련된 '유카(床)'라 불리는 단 위에 앉아 있기 때문에, 관객에게 표정이 잘 보인다.

37 담배쌈지는 휴대용으로, 썰어 둔 담뱃잎을 넣는 주머니와 담뱃대 통이 들어 있다. 습기 차지 않게 가죽 같은 것으로 만든다. 금당가죽이란 얇게 무두질한 소가죽에 금박을 붙이고 무늬가 도드라지게 누른 뒤 채색한 것으로, 15~16세기 유럽과 페르시아에서 주로 벽에 붙이는 용도로 제조되었다.

38 호박은 호박직(琥珀織)을 가리키는 말로, 견직물의 일종이다.

39 『신쥬텐노아미지마』 상권의 통칭. 오사카의 소네자키신치에 있는 찻집 '가와

직한 잔에 가득 따른 술이 효과를 발휘해서 조금 가물가물한 탓인지, 무대가 훨씬 먼 곳에 있는 것처럼 느껴졌다. 그래서 인형의 얼굴이나 의상의 무늬를 분간하기 힘들었다. 그는 가만히 눈동자를 집중해서 무대 오른편에 앉은 고하루를 바라보았다. 지헤이의 얼굴도 노(能)의 가면과 비슷한 맛은 있었지만, 서서 움직이는 인형의 긴 몸통 아래로 두 다리가 달랑거리는 모습은 익숙하지 않은 사람에겐 낯설어서, 가만히 고개를 숙인 고하루의 모습이 가장 아름다웠다. 어울리지 않게 두꺼운 옷자락이, 앉아 있는데도 무릎 앞으로 늘어져서 다소 부자연스러워 보였지만 곧 잊혔다. 노인은 분라쿠 인형을 다크의 인형극[40]과 비교하여, 서양의 조작법은 인형을 공중에 매달아서 중심이 잡혀 있지 않다. 손발이 움직이긴 해도 살아 있는 인간처럼 탄력이나 끈기가 없어서 옷 아래 근육에 긴장감이 없다. 분라쿠 인형은 인형사의 손이 그대로 인형 몸통에 들어가 있어서 진짜로 인간의 근육이 의상 속에 살아 물결친다. 이는 일본 의복의 양식을 교묘하게 이용한 것이므로, 서양에서 이런 방식을 흉내 내려 한들 서양 옷을 입은 인형한텐 응용할 방법이 없다. 그래서 분라쿠 인형이 독특하며 이 정도로 잘 고안해 낸 것은 또 찾아볼 수 없다고 주장했는데, 그러고 보니 확실히 그 말 그대로

쇼'를 무대로 한다.

40 영국인 다크의 극단이 1899~1902년에 일본에 와서 실로 조종하는 서양식 인형극을 상연했다. 그 후, 일본인이 그들의 도구를 인수해서 아사쿠사 하나야시키(花屋敷)에서 1935년 무렵까지 흥행을 계속하였고, 이른바 '다크의 인형'이라 불렸다.

였다. 선 채로 격렬하게 움직이는 인형이 이상하게 볼품없는 것은, 그렇게 하면 인형의 하반신이 공중에 뜰 수밖에 없어서 어느 정도는 다크의 인형극과 같은 단점이 드러나기 때문일 터다. 노인의 주장을 요약하자면 역시 가만히 있을 때 뚝심 있는 느낌이 잘 나타나므로, 움직이더라도 어깨로 희미한 한숨을 쉰다든가 아련한 교태를 부린다든가 하는 아주 미세한 동작이 오히려 기분 나쁠 정도로 생생해 보인다. 가나메는 프로그램[41]을 손에 들고, 고하루를 움직이는 인형사의 이름을 찾았다. 그리고 그가 이 분야의 명인이라 불리는 분고로(文五郎)[42]라는 걸 알았다. 이름을 알고 나서 보니, 기분 탓인지 너무나 온화하고 기품 있는 명인다운 인상이었다. 계속 침착한 미소를 띤 채 자기 자식을 아끼듯 자애로운 눈길을 인형에게 보내며 스스로의 재주를 즐기는 듯한 느낌을 주어서, 어쩐지 이 늙은 예인이 부럽게 느껴지기까지 했다. 가나메는 문득 영화 「피터 팬」에서 본 요정을 떠올렸다. 고하루는 인간의 모습이지만 인간보다 훨씬 작은 요정의 일종이며, 그 요정이 가타기누(肩衣)[43]를 입은 분고로의 팔에

41 상연 날짜·상연 장소·공연물·출연자·배역·극단명 등을 적은 흥행 안내·선전물.

42 산다이메 요시다 분고로(三代目吉田文五郎, 1869~1962): 온나가타(女形, 여자 역할) 인형사의 명인. 1915년 분라쿠자에서 온나가타 중 으뜸 배우가 되었고, 분라쿠계의 중진으로서 활약했다.

43 에도 시대 무사의 예복 차림. 인형 조루리의 다유나 샤미센 연주자의 정장이다. 인형사는 '구로코(黑衣)'라 불리는 검은 의복을 입고 검은 두건으로 얼굴을 가리지만, 머리와 오른손을 담당하는 '오모즈카이(主遣い)'는 가타기누를 입고 조종하는 일도 있는데, 이를 '데즈카이(出遣い)'라 한다.

안겨 있는 것이었다.

"저는 기다유를 잘 모르지만, 고하루의 생김새는 좋네요."

──반쯤 혼잣말처럼 말했지만 오히사에겐 들렸을 텐데도, 아무도 맞장구쳐 주지 않았다. 시야를 분명히 하려고 가나메는 때때로 눈을 깜박거렸는데, 한차례 몸속을 데워 준 취기가 점점 깨면서 고하루의 얼굴이 점차 선명한 윤곽을 띠고 비쳤다. 그녀는 왼손을 품속에, 오른손을 화로 쪽으로 뻗은 채 옷깃 사이에 턱을 묻고 고민에 잠긴 모습 그대로 아까부터 이미 꽤 긴 시간을 가만히 움직이지 않고 있었다. 그걸 끈기 있게 바라보고 있자니 인형사도 결국에는 눈에 들어오지 않게 되어, 고하루는 이제 분고로의 손에 안긴 요정이 아니라 제대로 다다미에 앉아 살아 숨 쉬는 존재로 보였다. 하지만 그렇다 하더라도, 배우가 분장한 느낌과는 다르다. 바이코(梅幸)[44]나 후쿠스케(福助)[45]는 아무리 교묘하더라도 "바이코구나.", "후쿠스케구나." 하는 느낌이 있었는데, 이 고하루는 그저 순수하게 고하루일 뿐이다. 배우와 같은 표정이 없는 것이 아쉽다면 아쉽지만, 생각해 보면 옛 유곽의 여자들은 연극에서 그러하듯이 희로애락의 감정을 분명히 드러내지 않았으리라. 겐로쿠 시대에 살았던 고하루는 아마도 '인형 같은 여자'였을 것이다. 실상은 그렇지 않더라

---

44 가부키 배우인 6세 오노에 바이코(六世尾上梅幸, 1870~1934)는 온나가타로서 활약했다.

45 가부키 배우인 5세 나카무라 후쿠스케(五世中村福助, 1900~1933)는 미모의 젊은 온나가타로서 기대를 모았지만 요절했다.

도, 어쨌든 조루리(浄瑠璃)[46]를 보러 온 사람들이 꿈꾸는 고하루는 바이코나 후쿠스케가 아니라, 이 인형의 모습이다. 옛날 사람들의 이상형인 미인상은 분명 쉽사리 개성을 드러내지 않는 조심스러운 여자였을 테니, 이 인형만으로도 좋다. 이 이상 특징을 지닌다면 오히려 방해가 될지도 모른다. 말하자면 이 인형 고하루야말로 일본 전통의 '영원한 여성상'이 아닌가.

십 년 전 즈음, 분라쿠자에 와 보았을 때 아무런 흥미도 느끼지 못했던 가나메에게는, 그저 당시에 굉장히 지루했던 기억만 남아 있었다. 따라서 오늘은 처음부터 기대 없이 노인에 대한 의리로 구경 왔음에도, 저도 모르는 사이 무대의 세계에 빠져드는 스스로의 모습이 의외였다. 십 년 동안 역시 나이를 먹었구나 생각하지 않을 수 없었다. 이 기세라면 교토 노인의 유별난 취미도 우습게 볼 수가 없다. 앞으로 십 년쯤 후엔 자신도 이 노인이 걸어온 길을 똑같이 더듬어 가는 게 아닐까. 그리고 오히사 같은 첩을 두고 허리에 금당 가죽 담배쌈지를 차고, 금박 무늬 찬합을 들고 연극 구경을 가는 식으로, ……아니 어쩌면 십 년이나 가지 않을 수도 있다. 자신에게는 젊었을 때부터 조숙한 척하는 버릇이 있었으니, 남보다 배는 빨리 나이를 먹는 경향이 있을 것이다.── 가나메는 볼 아래가 볼록한 오히사의 옆얼굴과 무대의 고하루를 함께 바라보았다. 늘 졸린 듯한, 울적한 얼굴을

---

46   조쿄쿠(浄曲)라고도 한다. 조루리는 일반적으로 '가타리모노(語り物, 곡조를 붙여 악기에 맞추어 낭창하는 이야기나 읽을거리)'를 가리키는 보통 명사지만, 여기서는 인형 조루리의 이야기를 담당하는 '기다유부시'를 가리킨다.

한 오히사와 고하루가 어딘지 닮았다고 느꼈다. 동시에 그의 가슴속에서는 모순된 두 개의 감정이 부딪쳤다.── 나이를 먹는다는 게 꼭 슬픈 일만은 아니고, 노인에게는 늙어 가며 자연스럽게 알게 되는 즐거움이 있다는 감정. 또 한편으로는 그런 걸 생각하는 것 자체가 이미 늙어 간다는 징조며, 자신들 부부가 헤어지려는 건 그도 미사코도 한 번 더 자유의 몸으로 돌아가 청춘을 즐겨 보기 위해서이니, 지금 자신은 아내를 향한 의지로라도 나이를 먹어서는 안 되는 상황이라는 감정이.

그 세 번째

"어젯밤에는 일부러 전화 주셔서 감사했습니다……"

막간이 되자 빙글 이쪽으로 돌아앉은 노인에게, 가나메는 다시금 인사를 하면서,

"덕분에 오늘은 정말 재미있었습니다. 정말 빈말이 아니라 좋은 점이 있네요."

"내가 인형사가 아니니 빈말을 들을 일도 없지만 말이오."

노인은 여성용 옷감으로 만든 빛바랜 남빛 지리멘[47] 옷깃 속으로 추운 듯이 목을 움츠리며 의기양양하게 말했다.

"뭐, 당신네들을 초대해 봤자 어차피 지루해하겠지만, 한 번쯤은 봐 두는 것도 좋겠다고 생각해서……"

"아닙니다, 꽤 재미있었어요. 요전에 본 것과는 완전히 느낌이 달라서, 굉장히 의외였습니다."

---

47   견직물의 일종. 바탕이 오글쪼글한 비단.

"이제 저 지헤이나 고하루를 움직이는 주역 인형사가 그만두면 어떻게 될지 모르니까……?"

미사코는 '슬슬 설교가 시작되는구나.'라는 듯 아랫입술로 엷은 웃음을 짓씹으며, 손바닥 사이에 콤팩트를 감추고 퍼프로 콧잔등을 두드렸다.

"이렇게 관객이 없는 게 안됐지만, 설마 토요일이나 일요일까지 이러지는 않겠지요."

"무슨 말씀을, 늘 이렇다니까. ……오늘은 좀 사람이 있는 편이라오. 애당초 이 극장은 너무 넓어서, 예전 분라쿠자 정도가 아담하니 좋은데……"

"분라쿠자는 재건축 허가가 난 모양이던데요, 신문에서 보니."

"그보다는 이 정도 관객이면 수지가 맞지를 않으니 쇼치쿠가 돈을 낼 리가 없어. 이런 공연이야말로, 어렵게 말하자면 오사카의 향토 예술[48]이니까, 누구든 독지가가 나서 줘야 할 텐데."

"어때요, 아버지가 나서시면?"

옆에서 미사코가 끼어들었다. 노인은 진지하게 받아들이며,

"나는 오사카 사람이 아니니까. ……이건 역시 오사카 사람의 의무라고 생각한다."

"그렇지만 오사카 예술에 감탄하고 계시잖아요? 뭐 오

---

48   향토 특유의 풍물·전통 등의 표현을 주장하며, 19세기 말 독일에서 시작된 'Heimatkunst'의 번역어. 일본의 농민 문학 운동 등에도 영향을 주었다.

사카에 푹 빠지셨다고나 할까요."

"그러는 너는 서양 음악에 푹 빠졌니?"

"딱히 그런 건 아니지만, 전 기다유 같은 건 싫어요, 어수선해서."

"어수선한 걸로 치자면 요전에 어딘가에서 들었는데, 저 재즈 밴드[49]라는 거 그건 뭐냐? 완전히 서양식 바카하야시(馬鹿囃し)[50]던데 그런 게 유행하다니, 그런 거라면 옛날부터 일본에도 있었다. 짠짜라짠짠 하는, 그거 있잖니."

"분명 질 낮은 활동사진 극장 재즈[51]라도 들으신 거겠죠."

"그런 것에도 급이 있어?"

"당연히 있지요, ……재즈도 무시할 게 못 된다고요."

"아무래도 요즘 젊은 것들이 하는 짓은 이해를 못 하겠다. 일단 여자가 몸단장하는 법을 모르겠어. 예를 들자면 네 그 손안에 든 거, 그건 대체 뭐라는 거냐?"

"이거요? 이건 콤팩트라는 거예요."

"요즘 그런 게 유행하는 건 좋은데, 옆에 사람이 있건 말건 상관없이 그걸 열고 화장을 고쳐 대다니, 고상함이랑은 아예 담을 쌓았구나. 오히사도 그걸 갖고 있기에 얼마 전

---

49 재즈는 19세기 말부터 20세기 초에 걸쳐 미국 흑인 음악에서 발전했다. 일본에는 다이쇼 중기 이후 사교댄스와 함께 소개되어, 시대의 첨단을 걷는 모던한 음악이었다.

50 마쓰리 때 가마 위에서 큰북·피리·꽹과리로 요란하게 장단을 맞추는 음악. 가면을 쓰고 추는 춤이 따른다.

51 당시만 해도 아직 무성 영화 시대였기 때문에, 영화관에서는 악사를 고용해서 반주를 시켰다.

에 야단을 쳐 줬다만."

"그렇지만 이거 쓰기 편해요."

미사코는 일부러 유유히 밝은 쪽으로 작은 거울을 향한 채, 키스프루프[52]를 입술에 정성껏 발랐다.

"그거, 그 꼴이 별로라는 거야. 조신한 아가씨나 부인은 그런 모습을 남 앞에서 보이지 않는 법인데."

"요즘은 누구나 보여 주니까 어쩔 수 없잖아요. 제가 아는 사모님 중에도 만날 때면 테이블에 앉자마자 꼭 콤팩트를 꺼내기로 유명한 사람이 있을 정도예요. 접시가 눈앞에 나와도 거들떠보지 않고 화장을 고치고 있으니, 그 사람 때문에 코스가 조금도 진행되지 않아요, 그런 건 극단적이긴 하지만요."

"누구지, 그게?"

가나메가 물었다.

"나카가와 씨 부인, — 당신은 모르는 분."

"오히사, 잠깐 이 불 좀 봐 줘."

노인은 아랫배에서 주머니 난로를 끄집어내고는,

"극장은 넓은데 손님이 없어서 그런가, 아무래도 추워서 견딜 수가 없네."

이렇게 혼잣말하듯 이야기했다. 오히사가 주머니 난로에 다시 불을 피우느라 손이 비지 않는 틈에 가나메는 눈치껏,

"속 좀 따뜻해지게 한잔 어떠십니까?"

---

52   kissproof. 키스해도 지워지지 않는다는 뜻.

가져온 주석 술병을 집어 들며 이렇게 말했다.

무대 쪽에서는 이미 다음 막이 시작되려는 기색이었는데도 남편은 느긋한 듯 나갈 구실을 만들어 주지 않아서 미사코는 아까부터 바작바작 속이 타고 있었다. 외출하려던 참에 스마에서 전화가 왔을 때, 그녀는 사실 "난 조금도 내키지 않으니 연극은 되도록 빨리 보고 나오겠다. 그리고 가능하다면 7시쯤까지 당신을 만나러 가도록 하겠다."라고 말해 두었던 것이다. 그렇다고는 해도 상황을 알 수 없으니 기대는 하지 말라고 일러두긴 했지만…….

"내일 틀림없이, 하루 종일 여기가 아플 거 같네요."

그녀는 무릎 관절을 문질러 보였다.

"막이 열릴 때까지 거기 앉아 있으면 되겠네."

그렇게 말하면서 남편이 눈짓을 하며 "뭐, 지금 곧장 돌아간다고 하기도 그러니까."라고 호소하는 듯한 꼴을 보니, 그게 어쩐지 부아가 치밀어서 견딜 수 없었다.

"복도를 한 바퀴 돌고 오면 어떠냐."

노인이 말했다.

"복도에 뭐 재밌는 거라도 있어요?"

반쯤 빈정대다 그녀는 농담으로 얼버무리며,

"저도 오사카 예술에 푹 빠졌답니다. 딱 1막만 보고도 아버지 이상으로 푹 빠졌다고요."

"후후."

오히사가 콧속으로 웃었다.

"여보, 어떡할 거예요."

"글쎄, 나는 아무래도 좋은데……."

가나메는 가나메대로 특유의 애매한 대답을 하면서도, 오늘따라 유난히 그토록 집요하게 '돌아가네 마네'를 문제 삼는 아내의 태도에 옅은 불만을 감추기 어려웠다. 자신도 그녀가 오래 머물고 싶어 하지 않는다는 사실을 알고 있다. 뭐라 하지 않아도 때를 봐서 능숙하게 자리를 뜰 셈이었지만, 어쨌든 초대받아 왔는데 하다못해 부친 앞에서만이라도 기분 좋게 해 드리고 남편에게 맡겨 주었더라면,──그 정도는 부부답게 맞춰 주었더라면 좋았을 텐데.

"지금부터라면, 딱 시간도 맞고."

그녀는 남편 안색엔 개의치 않고 칠보 장식이 달린 시계 뚜껑[53]을 가슴 근처에서 달칵 하고 열었다.

"온 김에 쇼치쿠(松竹)[54]에도 가 보시지 그래요?"

"애야, 가나메 씨는 재미있다고 하잖니."

노인이 이렇게 말하며, 어딘지 응석받이 같은 인상을 주는, 성질 급해 보이는 눈썹을 찌푸렸다.

"──그러지 말고 좀 더 같이 있으면 좋을 텐데. 쇼치쿠야 또 다른 날 가도 되니까."

"네, 저이가 보고 싶다면 봐도 좋지만요."

"게다가 너 말이다, 오히사가 어젯밤 내내 준비해 온 도시락이니까, 그거 좀 먹고 가 줘. 이렇게 남아서야 우리들은 다 못 먹어."

---

53 회중시계 양면에 금속제 뚜껑을 달고, 거기에 화려한 칠보 장식을 단 것.
54 쇼치쿠가 경영하던 서양 영화 개봉관 '쇼치쿠자'를 가리킨다. 1923년에 도톤보리에 개관한 일본 최초의 철근 콘크리트 건물 서양식 극장으로, 현대적인 인텔리 영화 팬들을 모았다.

"무슨 말씀이세요, 일부러 권할 정도로 맛있지 않아요."

세 사람의 대화를, 아이가 어른들 곁에 있는 것처럼 무심하게 들어 넘기던 오히사는 그렇게 말하면서 쑥스러운 듯, 비스듬히 놓여 있던 찬합 덮개를 고쳐 덮어 네모난 그릇 안에 모자이크같이 담긴 색색의 음식을 감추었다. 그러나 고야 두부 하나 삶는 데에도 꽤나 귀찮게 설교를 늘어놓는 노인은, 이 어린 첩을 가르칠 때 요리 방면에도 성가시게 잔소리를 해 대서, 이제야 겨우 오히사의 요리가 아니면 입에 맞지 않는다고 할 만큼 나아졌으니 그걸 두 사람에게 꼭 먹이고 싶었던 것이었다.

"쇼치쿠에 가기에는 이미 늦었겠네. 내일 가지."

가나메는 '쇼치쿠'라는 말속에 '스마'라는 의미도 담아 말했다.

"뭐 한 막 더 보고, 오히사 씨의 정성도 먹고 나서 상황을 보자고."

그러나 묘하게 어긋난 부부의 마음은, 2막째인 「지베이 집의 장(場)」을 보는 사이에 한층 더 뒤틀려 버렸다. 비록 인형이 연기하는 극이고, 괴이한 과장으로 가득 찬 조루리 이야기라고는 해도, 지베이와 오상의 부부 관계에는 두 사람이 슬쩍 서로를 돌아보며 쓴웃음을 지을 수밖에 없는 구석이 있었다. 가나메는 "마누라 품에 도깨비가 사는지 뱀이 사는지[55]"라는 문구를 듣자, 그것이 성욕 면에서 너무나

55　오상이 지베이에게 과거 이 년 동안 육체관계가 없었던 일을 원망하는 대사.

도 동떨어져 버린 부부의 비밀을 완곡하게나마 적절히 표현하고 있음을 깨닫고 잠시 가슴 한구석이 쓰렸다. 그는 기다유의 「덴노아미지마(天の網島)」는 소린시(巢林子)[56] 원작이 아니라 한지(半二)[57]나 누군가의 개작임을 어렴풋이 기억하고 있었지만, 틀림없이 이 문구는 원작 쪽에도 있을 터였다. 노인이 조루리의 문장을 칭찬하며 "요즘 소설 따위는 발끝에도 못 미친다."라는 말은 이런 부분을 가리키는 것이리라 생각하니, 문득 또 마음에 걸리는 게 있었다. 곧 이 막이 끝난 뒤에, 노인이 이 문구를 끄집어내는 건 아닐까. "도깨비가 사는지 뱀이 사는지, 라니, 옛날 사람들은 참 말도 잘 만들지."라며, 그 특유의 어조로 모두에게 공감을 구하지 않을까. 이런 상황을 상상하니 더 이상 배겨 낼 수 없을 것 같은 기분이 들어서, 역시 아내의 말을 들을 걸 그랬다고 생각했다.

그러나 한편으로는, 자칫 그 불쾌함을 까맣게 잊어버리고 다시 무대의 표현에 사로잡히는 순간이 있었다. 이전 막에서는 고하루 한 사람의 모습에만 마음을 뺏겼었는데, 이번 막에서는 지헤이도 좋고 오상도 좋다. 붉은 안료를 칠한 마루 귀퉁이가 보이는 이중 무대 위에서 자를 베개 삼아

지카마쓰 몬자에몬 원작에도 있다.

56 지카마쓰 몬자에몬의 호.
57 『신쥬텐노아미지마』는 나중에 지카마쓰 한지(近松半二, 1725~1783)가 개작한 『신쥬가미야지헤이(心中紙屋治兵衛)』의 찻집 장면 「가와쇼」로, 한지의 작품을 더 개작한 『가을 소나기의 고타쓰(時雨の炬燵)』의 「가미야의 집」으로 주로 상연되었다.

고타쓰에 다리를 넣은 채, 오상의 잔소리를 가만히 듣는 장면의 지헤이. 황혼 무렵의 유곽 등불을 그리워하는, 젊은 남자라면 누구나 품을 법한, 뭐라 표현할 도리가 없는 심정. 다유가 말하는 대사 속에 저녁놀에 대한 묘사는 없는 듯했지만, 가나메는 왠지 저녁놀 무렵이 분명하다는 생각이 들어서 격자 밖 어둠 속에 박쥐가 날아다니는 마을의 모습, 옛 오사카의 상인 마을을 마음속으로 그렸다. 후쓰하오리인지 자잘한 무늬가 들어간 지리멘처럼 보이는 옷을 걸친 오상의 용모가, 인형임에도 어딘지 고하루에 비해 슬퍼 보여서 덜 예쁘게 보이는 점 또한 남자에게 소박맞은 고지식한 아낙네의 느낌을 풍겼다. 그 외에 무대를 휘젓고 돌아다니는 다헤이(太兵衛)와 센로쿠(善六)도 눈에 익은 탓인지, 두 다리가 덜렁대는 모습이 이전 막 정도로 눈에 거슬리지 않고 점점 자연스럽게 보이는 것도 신기했다. 그리고 이 많은 인간들이 서로 욕하고 소리치고 으르렁대고 조롱하는 일들이— 다헤이 같은 경우엔 큰 소리로 엉엉 울거나 하는 것이— 모두 고하루 한 사람 때문에 벌어지고 있다는 사실이, 그녀의 아름다움을 묘하게 돋보이게 했다. 과연 기다유의 떠들썩함도 어떻게 쓰느냐에 따라 천박하게 느껴지지 않을 수 있었다. 시끄러운 것이 오히려 비극을 고양시키는 효과를 냈다.

가나메가 기다유를 좋아하지 않는 이유는, 무엇보다도 그 어조의 천박함이 싫었기 때문이었다. 기다유를 통해 드러나는, 오사카 사람의 묘하게 뻔뻔하고 염치없으며 목적을 위해서라면 제멋대로 구는 방식이, 아내와 마찬가지로 도쿄 출신인 그에게는 역겹게 느껴졌다. 대체로 도쿄 사람들은 모두 조금씩은 수줍음을 탄다. 전차나 기차 같은 곳에서 모르는 사람에게 거리낌 없이 말을 걸고, 심지어 상대한테 소지품의 가격이나 어디서 샀는지를 묻거나 하는 오사카 사람의 허물없음이 도쿄 사람들에게는 없다. 도쿄의 인간은 그런 방식을 무례하고 버릇없다고 여긴다. 그만큼 도쿄 사람이, 좋게 말하면 상식이 원만하게 발달한 편인데, 너무 원만한 나머지 겉치레나 평판에 얽매여서 자연히 숫기 없고 소극적이 되는 것은 어쩔 도리가 없다. 어쨌든 기다유의 어조에는 이렇듯 도쿄 사람이 가장 싫어하는 무례한 부분이 노골적으로 드러나 있었다. 제아무리 격앙된 감정을 표현한다고 해도 저 정도까지 꼴사납게 얼굴을 찡그리거나 입을 삐죽이거나, 몸을 젖히고 발버둥을 칠 필요는 없다. 저 정도까지 해야만 겨우 표현할 수 있는 감정이라면, 도쿄 사람은 오히려 그걸 드러내지 않고 산뜻하게 익살을 부린다. 가나메에게는, 아내가 나가우타(長唄)[58]를 배워서 요즘에도 곧잘 남모를 근심을 달래려고 연주하는 것이 귀에 익은 탓인지, 아직은 저 맑은 발목[59] 소리 쪽이 아련하면서도 그립게 들렸다. 노인의 말을 빌리자면, 나가우타의 샤미센은 상당한 명인이 연주하지 않는 한, 발목이 악기 가죽에 부딪치는 소리가 달그락달그락 울려서 정작 중요한 현의 음색이 먹혀

---

58   에도 가부키의 무용곡으로서 발달한 샤미센 음악.

59   비파(琵琶) 따위의 현악기를 켤 때 쓰는 납작한 물건. 나무, 상아, 물소의 뿔 따위로 만든다.

버린다. 그런 점에서 교토 쪽은 조루리도, 지우타(地唄)[60]도 도쿄처럼 발목을 격하게 부딪치지 않기 때문에 여운과 온화한 느낌을 준다는 것인데, 가나메도 미사코도 이 의견에는 반대하는 입장이었다. 어차피 일본의 악기는 단순해서, 경쾌함을 중시하는 에도류(江戶流) 쪽은 악하고 독살스러운 힘이 없는 만큼 발목 소리도 그 정도로 방해가 되지 않는다는 생각이었다. 그리고 부부는 음악에 관해 노인을 상대할 때면 늘 취향이 일치했다.

노인은 툭하면 "요즘 젊은 것들은……"을 입에 올리며, 서양 문물에 심취한 것은 무엇이든 다크의 인형극처럼 중심이 잡히지 않고 경박하다고 치부해 버린다. 그런데 노인의 입버릇에는 항상 조금씩 과장이 섞여 있어서, 예전엔 그 자신이 아니꼬울 정도로 서양식 유행을 따랐음에도 불구하고, 일본 악기가 단순하다는 말만 나오면 기를 쓰고 특유의 잔소리를 늘어놓았다. 그러면 가나메는 결국 귀찮아져서 적당히 물러나지만, 마음속으로는 싸잡혀 경박하다는 취급을 받아서 속이 편하지 않았다. 가나메가 서양 유행을 따르는 까닭은, 도쿠가와 시대의 취미가 오늘날 일본 취미의 대부분을 지배하는 게 어쩐지 마음에 들지 않아서였다. 그는 이러한 반감에 대해 스스로 잘 알았지만, 그걸 노인에게 납득시켜야 할 상황이 되면 뭐라고 설명해야 좋을지 말로 표현하기 곤란했던 것이었다. 그의 머릿속에 있는 막연한 답답함은 간단히 말해서, 도쿠가와 시대의 문명은 서민들이

---

60 특정 지방의 속요(俗謠).

만들어 낸 것이라 아무래도 서민 정서를 떨쳐 내기 힘들다는 데 있는지도 모른다. 물론 도쿄의 서민 동네에서 자란 그가 서민적인 분위기를 싫어할 리 없고 그리운 추억이긴 했지만, 한편으로는 서민 출신이기에 그런 익숙한 분위기가 지겨워서 비속함을 느끼는 것이기도 했다. 그래서 그에게는 반동처럼 서민 취미랑은 동떨어진 종교적인 것과 이상적인 것을 사모하는 버릇이 생겼다. 아름다운 것, 사랑스러운 것, 가련한 것 이상으로 무언가 빛나고 반짝이는 정신, 숭고한 감격과 스스로 그 앞에 무릎을 꿇고 경배를 드리는 듯한 기분이 되거나 하늘로 날아오르는 듯한 흥분을 안겨 주는 것이 아니면 성에 차지 않았다. 이건 예술뿐만 아니라 이성에 대해서도 마찬가지라, 그 점에 있어서 그는 일종의 여성 숭배자라 할 수 있었다. 물론 그는 지금까지 그런 연애나 예술적 감흥을 맛본 적이 없어서 그저 아련한 꿈을 꿀 따름이었지만, 그만큼 더 눈에 보이지 않는 것에 대한 동경을 품고 있었다. 그리고 서양의 소설이나 음악이나 영화 등을 접하면, 아직 어느 정도는 그러한 동경심이 채워지는 것 같은 기분이 들었다. 서양에는 예로부터 여성 숭배의 정신이 존재하기 때문이다. 서양 남자들은 자신이 사랑하는 여인의 모습에서 그리스 신화의 여신을 보며, 성모상을 떠올린다. 이런 생각이 여러 습관에도 널리 영향을 주어 예술에까지 반영되었으리라고 여긴 가나메는, 그 같은 심리가 결여된 일본인의 인정과 풍속에 대해 형언할 수 없는 쓸쓸함을 느꼈다. 그래도 불교를 배경으로 한 중고(中古) 시대의 문화나 노가쿠(能楽) 등에는 고전적인 훌륭함과 더불어 숭고한 느낌이 없지는 않지만, 도쿠가와 시대가 되어 불교의 영향에서 멀어지면 멀어질수록 점점 시원찮아져 갈 뿐이다. 사이카쿠[61]나 지카마쓰가 그려 낸 여성은 애처롭고 상냥하며 남자 무릎에 울며 쓰러지는 여인일지언정, 남자 쪽에서 무릎을 꿇고 우러러볼 만한 여인은 아니다. 그렇기 때문에 가나메는 가부키를 보는 것보다 로스앤젤레스에서 만든 영화[62] 쪽이 좋았다. 끊임없이 새로운 여성의 아름다움을 만들어 내고 여성을 찬양하는 일에만 몰두하는 미국 영화의 세계가 속악하더라도 차라리 그의 꿈에 가까웠다. 그리고 싫어하는 것 중에서도, 도쿄의 연극이나 음악에는 역시 에도인다운 시원시원하고 영민한 기풍이 드러남에도, 기다유만큼은 끝까지 뻔뻔하게 도쿠가와 시대의 취미에 집착하는 점 때문에 도저히 가까이 할 수 없으리라 여겼던 것이다.

그런데 오늘은 웬일인지 처음 무대를 바라보았을 때부터 그렇게 반감이 들지도 않고 자연스레 스르르 조루리의 세계로 이끌려, 저 답답한 삼현 소리마저도 어느새 마음을 잠식해 오는 듯했다. 그리고 차분하게 음미해 보니, 그가 싫어한 서민 사회의 치정 속에도 평소 품었던 동경을 채워 줄 만한 것이 없지는 않았다. 포렴이 드리워진 출입문과 붉게 칠한 상인방, 무대 왼쪽을 격자로 칸막이한 상투적인 무대 장치를 보면 어둡고 음울한 서민 동네의 냄새가 나서 싫

---

61 이하라 사이카쿠(井原西鶴, 1642~1693): 『호색일대남』, 『호색일대녀』 등 우키요조시(浮世草子)의 명작을 많이 남겨, 지카마쓰 몬자에몬과 더불어 근세 문학을 대표하는 작가 중 한 사람이다.

62 할리우드 영화를 가리킨다.

증 났던 것인데, 그 음침한 어둠 속에 무언가 절의 본당과도 같은 심오함이 있고, 궤에 든 낡은 불상의 후광처럼 칙칙한 그윽함을 발하는 것이 있었다. 물론 미국 영화 같은 명랑한 밝음과 달리, 무심코 놓쳐 버릴 정도로 몇백 년 전통의 먼지 속에서 외롭게 떨리는 빛일 따름이지만······.

"자아, 어떠세요. 시장하시면 드세요. 정말 맛은 없지만······."

막이 끝나자 오히사가 그리 말하며 찬합의 음식을 하나하나 꺼내 주었는데, 가나메는 아직까지 눈앞에 어른거리는 고하루나 오상의 모습이 아쉬운 한편, 노인의 잔소리가 곧 예의 "마누라 품에 도깨비가 사는지 뱀이 사는지"로 쏠릴 것 같은 형세여서 막간 도시락[63]을 집어 먹는 동안에도 안절부절못했다.

"그러면 저기, 대접받자마자 일어나서 너무 죄송합니다만······."

"진짜로 벌써 돌아가시려고요?"

"저는 좀 더 봐도 좋지만, 역시 잠깐 쇼치쿠자에 가 보고 싶다고 하니까요······."

"그렇군요, 사모님께서."

오히사가 수습하듯 말하며, 노인과 미사코를 번갈아 바라보았다.

두 사람은 이 틈을 타 다음 막의 설명[64]이 시작되는 소

---

63   원래는 막간에 연극 찻집에서 내놓는 도시락으로, 주먹밥과 반찬을 담은 것.
64 _ 고조(口上). 상연에 앞서 조루리의 제목·다유·샤미센·인형사를 소개하는 것.

리를 들으며, 복도까지 오히사의 배웅을 받았다.

"별로 효도도 못 했네."

가로등이 켜진 도톤보리의 밤거리로 나섰을 때, 미사코는 한숨 돌린 듯이 말하고는 대꾸 없이 에비스바시 쪽으로 걸어가기 시작한 남편을 불러 세웠다.

"여보, 그쪽이 아니에요."

"그런가."

가나메는 되돌아와서 니혼바시(日本橋)[65] 쪽으로, 기분상 약간 종종걸음으로 가는 그녀의 뒤를 따르며,

"아니, 저쪽으로 가는 편이 차가 잘 잡힐 거 같아서 그랬지."

"지금 몇 시?"

"6시 반이야."

"어떡할까……"

아내는 옷소매에서 장갑을 꺼내 끼면서 걸었다.

"갈 거면 다녀와. 못 갈 것도 없는 시간이네……"

"여기서부터라면, 우메다에서 기차[66]로 가는 게 빠를까요."

"빠르기로 치자면, 한큐를 타고 가서 가미쓰쓰이(上筒井)에서 자동차[67]를 타는 편이 좋을 거야. 그런데 그렇다면,

---

65   벤텐자에서 서쪽으로 400미터 정도 가면 에비스바시·쇼치쿠자 앞을 지나 신사이바시 길로 나간다. 벤텐자에서 동쪽으로 80미터 정도 가면, 사카이 (堺) 길의 니혼바시로 이어진다.

66   우메다의 오사카역에서 도카이도·산요혼센(山陽本線)을 타고 스마 역까지 가는 것.

여기서 헤어져도 되겠군."

"당신은?"

"난 신사이바시(心斎橋)에서 어슬렁거리다[68] 돌아가지."

"그럼, ……혹시 먼저 집에 들어가게 되면, 11시에 마중 나오라고 전해 줄래요? 전화를 걸긴 하겠지만."

"응."

가나메는 아내를 위해 지나가던 뉴 포드[69]를 세웠다. 그리고 유리창에 그녀의 옆얼굴이 담기는 것을 끝까지 지켜본 뒤, 다시금 도톤보리의 인파 속으로 되돌아갔다.

---

67 당시 한큐의 고베 방향 종점은 고베시의 가미쓰쓰이였다.

68 신사이바시 길은 오사카를 남북으로 관통하는 대로 중 하나로, 특히 신사이바시에서 에비스바시에 이르는 길에는 고급 전문점이 많았다. 쇼와 초기, 도쿄 긴자를 어슬렁대는 것을 '긴부라(銀ブラ)'라 부른 걸 본떠, 신사이바시 길을 어슬렁대는 것은 '신부라(心ブラ)'라고 했다.

69 뉴 포드(New Ford). 미국의 헨리 포드(Henry Ford, 1863~1947)가 1908년 이후 계속 생산해 온 T형을 대신해서, 1928년부터 발매한 A형 포드 자동차. 이 무렵에는 자동차의 국산화가 실험 단계였기 때문에 거의 대부분 수입 외제차였다. 차고 대기 영업을 하던 택시는 간토 대지진 이후에는 시내 균일 운임 1엔으로 달리는 영업 형태로 바뀌었다.

그 네 번째

히로시에게

학교는 언제부터 방학인가요. 이제 시험은 끝났습니까. 나는 마침 히로시네 방학 때쯤 그쪽에 갑니다.

선물은 뭐가 좋을까요. 사 달라던 광둥견(廣東犬)[70]은 요전부터 찾아보았지만 좀처럼 눈에 띄지를 않네요. 같은 중국이라도 상하이와 광둥은 완전히 다른 나라처럼 멀리 떨어져 있거든요. 요즘 여기에서는 '그레이하운드'가 유행이랍니다. 괜찮으면 데려갈게요. 히로시는 어떤 개인지 분명 알겠지만, 참고하라고 '그레이하운드' 사진을 동봉해 둡니다.

사진 얘기가 나와서 말인데, 카메라 갖고 싶지 않아요? '파테 베이비'[71]는 어때요? 개랑 둘 중 어느 쪽이 좋은지, 답장

---

70 '차우차우(chow-chow)'라고도 한다. 혀가 검고, 봉제 인형처럼 생긴 중국 원산의 중형견.

71 파테 베이비(Pathé Baby). 프랑스 파테가 1921년에 개발·판매한 필름 폭 9.5

을 주세요. 아버지에겐 약속했던 『아라비안나이트』를 '켈리 월시[72]'에서 구했다고 전해 주세요. 이건 어른이 읽는 『아라비안나이트』이지 어린이가 볼 수 있는 『아라비안나이트』가 아니랍니다.

어머니에겐 오비를 만들 돈스(緞子)[73]와 고로(吳絽)[74] 원단을 가져간다고 전해 주세요. 어차피 내가 보고 고른 거니 으레 그렇듯 험담을 들을지도 모르겠어요, 히로시의 개보다 이쪽이 걱정이라고도 전해 줘요. 들지도 못할 정도로 짐이 잔뜩 있습니다. 개를 데려가면 전보를 보낼 테니 누구든 배까지 마중 나와 주세요.

대략 26일쯤 상하이마루(上海丸)[75]를 탈 예정입니다.

다카나쓰 히데오
시바 히로시 님

26일 점심때쯤, 아버지와 함께 마중을 나간 히로시는 배의 복도를 돌아다니며 선실을 찾아내고는,

"삼촌, 개는?"

밀리미터의 가정용 영화 촬영기, 혹은 영사기.

72 켈리 월시(Kelly&Walsh). 상하이 난징로(南京路) 12번지에 있었던 서점.

73 생사(生絲) 또는 연사(錬絲)로 짠 광택이 많고 두꺼운, 무늬 있는 수자(繻子) 조직의 견직물.

74 앙고라 염소 따위의 털실로 짠 직물.

75 일본 우편선(日本郵船)의 5300톤 일지(日支) 연락선. 상하이와 고베 사이를 이틀 일정으로 매주 2회 오갔다.

제일 먼저 이렇게 물었다.

"개 말이냐, 저쪽에 두었지."

하얀 홈스펀[76] 상의 밑에 쥐색 스웨터를 받쳐 입고, 마찬가지로 쥐색 플란넬[77] 바지를 입은 다카나쓰는, 좁은 실내에서 이리저리 짐을 꾸리는 동안에도 끊임없이 시가를 손에서 입으로, 입에서 손으로 바꿔 들었기 때문에, 움직임이 한층 부산스러워 보였다.

"짐이 상당히 많잖아, 이번엔 며칠 정도 머무는 건데."

"이번에는 도쿄에 일이 좀 있어서. 자네 집에서도 대엿새 머물 셈이지만."

"이건 뭔가."

"그건 술이야. 굉장히 오래된 사오싱주(紹興酒)[78]인데, 원하면 한 병 가져가도 돼."

"그 근처 자잘한 것들을 보내면 어때, 할아범이 아래에서 기다리니까 불러서 들게 하자."

"개는, 아버지? 개는 어떻게 해?"

히로시가 말했다.

"할아범은 개를 데려간다고요, 아버지."

"아니야, 얌전한 개니까 괜찮아. 히로시 군도 데려갈

---

76 홈스펀(homespun). 가정에서 자아낸 털실로 만든 직물, 혹은 그 모조품. 감촉이 거칠고 딱딱하지만, 야성적이고 스포티한 의복에 어울린다.

77 플란넬(flannel). 방모(紡毛) 직물의 일종. 약간 두터운 재질의 플란넬을 '플라노(flano)'라고도 하며, 스포티한 느낌을 주므로 바지 원단 등에 많이 쓰인다.

78 찹쌀을 원료로 오랜 시간 숙성시켜 만든다. 저장성(浙江省)의 사오싱(紹興)이 주산지이므로, 사오싱주라 불린다.

수 있어."

"안 물어? 삼촌."

"절대로 안 물어. 무슨 짓을 해도 괜찮아. 네가 가면 곧
장 뛰어올라 꼬리를 칠 거야."

"이름이 뭐야?"

"린디. 린드버그[79]에서 따온 거야, 하이칼라 이름이
지?"

"삼촌이 지은 거예요?"

"서양 사람이 데리고 있던 녀석이라, 전부터 그 이름이
었대."

"히로시."

가나메는 개 얘기에 열중한 아이를 불렀다.

"너는 잠깐 밑에 가서 할아범을 데려오너라. 사환만으
로는 손이 부족하니까."

"건강해 보이는데, 보기에는."

무언가 커다랗고 무거워 보이는 꾸러미를 침대 밑에서
질질 끌어내며, 밖으로 나가는 히로시의 뒷모습에 눈길을
둔 채 다카나쓰가 말했다.

"그야 어린애니 건강하긴 한데, 저리 보여도 꽤 신경질
적이 되었어. 편지에 그런 얘긴 안 쓰던가?"

"없었어, 특별히는."

---

79 찰스 린드버그(Charles Lindbergh, 1902~1974): 미국의 비행사. 1927년 5
    월 20일부터 다음 날까지 세계 최초 단신으로 뉴욕과 파리 사이를 오가는 대
    서양 무착륙 횡단 비행에 성공하여 국민적 영웅이 되었다. '린디(Lindy)'는 그
    애칭.

"하긴 뭐, 아직 이렇다 할 확실한 걱정거리가 있는 것도 아니고, 아이로서는 뭐라 쓸 도리가 없긴 하겠지만……"

"단지 최근에, 전보다 자주 편지를 보내오긴 했지. 역시 왠지 쓸쓸한 기분이 든 걸지도 몰라. ……그건 그렇고, 짐은 이걸로 끝"

한숨 돌린 듯 다카나쓰는 침대 끄트머리에 걸터앉아, 비로소 시가의 연기를 깊이 음미하는 것이었다.

"그럼, 아직 애한테는 아무것도 얘기하지 않은 거로군?"

"음."

"그런 점에서 자네와 나는 생각이 다른 거야, 늘 말하는 거지만."

"만약에 애가 물어본다면 난 정직하게 말할 거야."

"그렇지만, 부모 쪽에서 먼저 말해 주지 않는 한 애가 그런 얘기를 꺼낼 수 있을 리 없잖아."

"그러니까 결국 말하지 않는다는 거지."

"좋은 생각은 아닌 것 같은데. ……마지막 순간에 갑자기 밝히는 것보다는 미리 조금씩 잘 설명해 두는 편이, 오히려 그동안 마음의 준비도 할 수 있어서 좋을 텐데."

"하지만 이미 어렴풋하게는 눈치채고 있어. 우리들도 말만 안 했지 눈치챌 만한 짓은 애 앞에서도 하고 있으니, 어떤 일이 벌어질지도 모른다는 정도의 각오는 하고 있으리라 생각한다네."

"그렇다면 더더욱 말해 버리는 게 편하지 않은가. 입다물고 있으면 여러 가지로 억측을 해서 최악의 경우를 상상하는 법이라, 그래서 신경질적이 되는 거야. 혹시라도 이제 어머니하고 못 만나게 되는 건 아닌가 하고 쓸데없는 걱정을 하는 거라면 얘기를 해줘, 그럼 오히려 안심할지도 몰라."

"나도 그런 생각을 안 한 건 아닌데…… 단지 아무래도 부모 입장에서는 애한테 타격을 주는 게 싫다 보니, 저도 모르게 꾸물거리게 되어서……"

"자네가 두려워할 정도로 타격받지는 않을 것 같지만 말일세. 아이들은 강하다고. 어른 입장에서 아이의 생각을 추측하니 가엾게 여기겠지만, 성장기 아이들도 그 정도 타격은 버텨 낼 힘을 지녔다고. 잘 알아듣게 말해 주면 포기할 건 확실하게 포기하고, 분명히 이해할 거라고 생각하는데……"

"그건 나도 알아. 자네가 생각하는 걸 나도 대충은 생각했다네."

사실 가나메는 이 사촌 형제가 상하이에서 오는 날을 기다리는 마음 반, 귀찮아하는 마음 반이었다. 불쾌한 일은 미룰 대로 미루다가 막판에 몰릴 때까지 결코 얘기를 꺼내지 않는 자신의 나약한 성격상 사촌이 빨리 와 준다면 싫더라도 자연스레 억지로 떠밀려 해결될 것만 같았는데, 막상 얼굴을 마주하고 그 문제를 꺼내 보니 멀찌감치 있던 게 갑자기 눈앞에 닥쳐온 느낌이라, 용기가 난다기보다는 겁이 나서 뒷걸음질하게 되는 것이었다.

"그래서, 어떡할 거야 오늘은? 곧장 우리 집으로 갈 텐가."

그는 다른 이야기를 꺼냈다.

"아무래도 좋아. 오사카에 볼일이 있는데, 오늘이 아니라도 상관없어."

"그럼, 우선은 쉬는 게 어때."

"미사코 씨는?"

"글쎄다, ……내가 나올 때까지는 있었는데……"

"오늘은 날 기다리지 않을까?"

"아니면 일부러 눈치껏 외출했을지도 몰라, 자기가 없는 편이 좋다는 식으로,── 적어도 그걸 구실 삼아서."

"응, 뭐 그건,── 미사코 씨에게도 이것저것 물어보고 싶지만, 그 전에 자네 심중을 확인해 둘 필요가 있어. 아무리 가까운 사이라고 해도 부부가 헤어지는 문제에 타인이 끼어드는 건 잘못된 일이야. 그런데 자네들만큼은 스스로 매듭을 짓지 못하는 부부니까……"

"자네, 점심 식사는 마쳤나?"

가나메는 다시 한 번 다른 이야기를 꺼냈다.

"아니, 아직."

"고베에서 밥 먹고 갈까, 애는 개가 있으니 먼저 보내고."

"삼촌, 개 구경하고 왔어요."

그때 그렇게 말하며 히로시가 돌아왔다.

"멋있어요, 저 개. 꼭 사슴 같은 느낌이야."

"응, 달리면 엄청 빨라. 기차보다 빠르다고 할 정도라, 쟤를 운동시키려면 자동차를 타고 따라가야 할걸. 어쨌든 경마에 나가는 개니까."

"경마가 아니라 경견(競犬)이겠죠, 삼촌."

"한 방 먹었네."

"그런데 저 개, 디스템퍼[80] 예방 접종은 했나?"

"당연히 했지, 벌써 저 개 한 살 하고도 칠 개월이나 됐다고.── 그보다 쟤를 어떻게 집으로 데려갈지가 문제군. 오사카까지는 기차로, 그러고 나서 자동차로 가나?"

"그렇게까지 안 해도 한큐는 괜찮습니다. 머리에 보자기든 뭐든 씌워 주면 사람하고 같이 태워 줍니다."

"허, 그거 하이칼라로군. 일본에도 그런 전차가 있었나."

"일본도 우습게 보진 못하겠지요? 어때요, 삼촌?"

"그렇구나."

"이상해요, 삼촌의 오사카 방언은. 억양이 틀렸잖아요."

"히로시 녀석이 오사카 방언을 잘 쓰게 돼서 곤란해. 학교랑 집에서 가려 쓰니까."

"그야, 나도 표준어를 쓰라면 못 쓸 것도 없지만, 학교에선 다들 오사카 방언만 쓰니까……"

"히로시."

가나메는 우쭐거리며 계속 떠들어 대려는 아이를 제지했다.

"너, 개를 넘겨받거든 할아범이랑 먼저 돌아가거라. 삼촌은 고베에 일이 있다고 하니……"

---

80 갯과 동물에 감염하는 바이러스성 전염병. 개홍역.

"아버지는요?"

"아버지도 삼촌이랑 같이 갈 거야. 실은 삼촌이 오랜만에 고베 스키야키가 먹고 싶다고 해서, 이제부터 미쓰와(三ッ輪)[81]에 갈 거란다. 넌 아침을 늦게 먹었으니까 그렇게 배가 고프지 않지? 게다가 아버지는 삼촌이랑 좀 할 얘기도 있고……"

"아아, 그래요."

아이는 의미를 깨달은 듯, 얼굴을 들고 쭈뼛쭈뼛 아버지의 눈빛을 살폈다.

---

81   고베의 아이오이초(相生町)·산노미야(三宮)에 있었던 유명한 소고기 스키야키 맛집. 당시에는 1인분에 1엔(오늘날 약 2000엔에 해당) 정도였다.

그 다섯 번째

"아무튼 히로시 군에게는 어쩔 셈이야? 얘기하는 편이 좋긴 한데 말을 꺼내기 어려운 거라면, 내가 대신 얘기해 줄 수도 있어."

성질이 급하다고 할 정도는 아니라도 일을 척척 해내는 습관이 몸에 밴 다카나쓰는, 미쓰와 객실에 앉자 스키야키 냄비가 끓어오르는 시간조차 헛되이 보낼 수 없는 것이었다.

"그건 안 돼, 역시 내가 얘기를 하는 편이 맞지 않겠나."

"그야 분명히 그렇지만, 그저 자네가 좀처럼 실행을 하지 않으니까 말이지."

"뭐 됐어, 그런 소리 하지 말고 아이 일은 내 맘대로 하게 해 주게나. 뭐니 뭐니 해도 그 녀석 성격은 내가 제일 잘 아니까.── 오늘도 자네는 눈치채지 못했겠지만, 히로시의 태도는 다른 때와 상당히 달랐다네."

"어떤 식으로?"

"보통은 좀처럼 그런 식으로 남 앞에서 오사카 방언을 써 보이거나 말꼬리를 잡고 늘어지거나 하지 않거든. 아무리 자네와 친하다고 해도, 그렇게까지 까불고 떠들 리가 없다고."

"나도 좀 지나치게 신이 나 있다는 생각은 했지만…… 그럼, 일부러 까불고 떠들었던 건가?"

"분명히 그런 거야."

"왜지? 무리해서라도 떠들어 보이지 않으면 나한테 미안하다고 생각했던 걸까?"

"그게 그럴지도 모르지만, 히로시는 사실 자네를 두려워하고 있어. 자네가 좋긴 하지만 동시에 어느 정도 무섭기도 한 거야."

"어째서?"

"아이로서는 우리들 부부 관계가 어느 정도까지 궁지에 몰렸는지 알 도리 없지만, 자네가 왔다는 건 어떤 형태로든 변화가 일어날 전조라고 생각한 거지. 자네가 오지 않는 한 우리들은 좀처럼 해결이 나지를 않으니, 자네가 매듭지어 주러 왔다고 생각하는 걸 거야."

"과연, 그럼 내가 온 걸 별로 반가워하지 않겠구나."

"그야 이런저런 선물을 받는 게 기쁘고, 자네를 보고 싶어 하긴 했지. 다시 말해서 자네는 좋지만, 자네가 오는 사실 자체를 두려워하는 거야. 그런 점은 나도 히로시랑 완전히 똑같은 기분이라, 아까 말을 하네 마네, 그 건만 해도 내가 얘기하기 싫은 만큼 애도 듣기 싫어한다는 건 걜 보면 알 수 있어. 히로시 입장에서는 자네가 무슨 얘길 꺼낼지 알

수 없으니, 아버지가 말하지 않은 걸 곧장 자네가 선언해 버리는 건 아닐까 하고 억측을 품은 걸지도 몰라."

"그런가, 그래서 그 두려움을 얼버무리느라 까불어 대고 떠들었던 건가."

"결국, 나도 미사코도 히로시도, 셋 다 똑같이 마음이 약한 거야. 그래서 현재, 셋 다 똑같은 상태에 머물러 있는 거고.── 솔직히 말하면, 나도 자네가 오는 게 두렵지 않았다고는 말 못 하겠으니까."

"그럼, 내버려 두면 어떻게 되는데."

"내버려 두면 더 곤란해지지. 두려운 건 두려운 거고, 어떻게든 결론이 나는 편이 좋은 게 분명하니까."

"난감하구먼.── 아소라는 남자는 뭐래, 자네들이 안 된다면, 그 남자라도 적극적으로 나와 줘야 오히려 해결이 빠르지 않을까."

"그런데 그 남자도 역시 똑같은 모양이야. 미사코 쪽에서 결정해 주지 않으면, 자기는 아무것도 할 수 없다고 했다더라고."

"뭐, 남자 입장에선 그게 당연하기는 하지. 안 그러면 자기가 남의 가정을 파괴하게 되는 거니까."

"게다가 원래 이 얘기는 어디까지나 셋이 합의한 다음에 하는 걸로 하자, 아소나 미사코나 나나, 모두에게 좋은 상황을 기다리자고, 그렇게 약속을 해 뒀으니까."

"그렇지만 좋은 상황 같은 게 대체 언제 온다는 거야. 누구든 한 사람이 나서지 않으면 그런 때는 영원히 안 온다고."

"아니야, 그렇지 않아.── 예를 들자면 이번 3월 방학 같은 것도 사실 좋은 기회였지. 왜냐하면 나는 애가 가슴 한가득 슬픔을 안고서, 교실 같은 데서 갑자기 주르륵 눈물을 흘리거나 하는 장면을 상상하면 견딜 수가 없거든. 그래서 학교가 쉴 때면 여행이라도 데려가든가 활동사진이라도 보러 가든가, 뭐라도 해서 기분을 풀어 줄 수 있을 테니, 그 사이에 조금씩 잊어버리게 되리라고 생각한 거야."

"그럼 왜 그렇게 안 했는데?"

"이번 달은 아소가 곤란하다고 했어. 아소의 형이 다음 달 초에 외국에 가게 되어서, 그 와중에 말썽을 일으키기도 뭣하고, 형이 일본에 없는 편이 낫다고 하니까."

"그럼, 다음 여름 방학까지 기회가 없는 거네."

"응, 여름이라면 방학 기간도 훨씬 기니까……"

"그런 소리를 하자면 사실 한이 없지. 여름이 되면 또 무슨 일이 생길지도 모르고……"

살은 없지만 뼈대가 굵은 데다 정맥이 도드라져 보일 만치 남성적으로 마른 다카나쓰의 손이, 술 때문인지 무거운 것을 계속 참고 들었을 때처럼 떨렸다. 그는 손을 냄비 아래로 뻗어, 꽃양배추처럼 타들어 간 시가의 재를 풍로의 물속으로 털썩 떨어뜨렸다.

이렇게 가끔, 두 달이나 석 달에 한 번씩 돌아오는 사촌을 맞이할 때마다 항상 느끼는 건, 가나메가 입으로는 '언제 헤어질지'를 문제 삼긴 하지만 실은 아직 '헤어질지 말지' 조차 확실히 결단을 내리지 못했다는 점이다. 그러다 오로지 이별의 시기만을 고려하는 지금의 상황에 접어든 것은,

사촌이 강경해서가 아니라 헤어지는 걸 이미 기정사실화하고 그저 그 방법에 대해서만 상담을 해 주었기 때문이었다. 가나메는 결코 마음에도 없는 허세를 부리는 게 아니라, 사촌을 만나면 늘 그 남자다운 과감한 기풍에 영향을 받는 탓인지, 자연스레 자신에게도 용기가 생겨 이미 각오가 선 말투로 떠드는 것이었다. 그뿐만 아니라 그는 사촌을 만나면, 스스로의 운명을 조종하는 걸 즐기는 마음까지 들었다. 솔직히 말하자면 너무나 의지가 약한 그는 직접 실행은 못 하고 그저 이별을 공상하는 일에만 몰두했다. 그래서 사촌을 만나면 그 공상이 굉장히 현실적으로 다가온다는 게 유쾌했다. 그러나 사촌을 공상의 도구로만 삼을 생각은 전혀 없어서, 기회만 있다면 그 공상을 점차 현실로 이끌어 내고 싶기도 했던 것이다.

누구에게나 이별은 분명 슬픈 일이다. 그건 상대가 누구든, 이별이라는 것 자체에 슬픔이 깃들어 있기 때문이다. 헤어지기에 좋은 상황을 수수방관하며 기다린다 한들 그런 때 따윈 오지 않는다는 다카나쓰의 말은, 지극히 당연한 소리다. 다카나쓰는 일찍이 전처와 이별할 때에 가나메처럼 꾸물대지 않았다. 헤어지기로 결심하자 그는, 어느 날 아침 아내를 방 한 칸에 불러다 앉히고 밤까지 상세하게 이유를 설명했다. 그리고 이혼을 통보하고서는, 마지막 이별을 아쉬워하며 밤새 아내와 끌어안고 울었다. "마누라도 울었고, 나도 엉엉 소리를 내서 울었어." 그는 나중에 가나메에게 그렇게 말했다. 이번 사건으로 가나메가 그에게 의지하는 이유는, 한편으론 그에게 그런 경험이 있고 그때 그의 방식을 옆에서 지켜보면서 부럽게 여겼기 때문이기도 하지만, 다카나쓰처럼 비극에 직면할 수 있고 울고 싶을 때에는 실컷 울수 있는 성격이 아니라면 이별이란 도저히 불가능하리라고 절실하게 깨달았기 때문이기도 했다. 그러나 가나메는 도저히 그를 흉내 낼 수 없었다. 도쿄 사람 특유의 허세나 남의 소문을 신경 쓰는 성격 때문에 기다유의 말투를 추하다고 느끼는 그는, 얼굴을 찡그리며 울부짖는 꼴사나운 장면을 연출하는 것 역시 추악하다고 느꼈다. 그는 끝까지 울고불고하는 일 없이 산뜻하게 일을 진행시키고 싶었다. 아내와 한마음 한뜻으로 서로를 이해하며 헤어지고 싶었다. 그게 반드시 불가능한 일만은 아니라고 생각한 것은, 그의 사정이 다카나쓰의 경우와는 다르기 때문이었다. 그는 떠나가는 아내에 대해 아무런 나쁜 감정도 없다. 두 사람은 성적으로는 서로 사랑할 수 없었지만, 그 밖에 취미든 사고방식이든 안 맞는 구석이 없었다. 남편에게 아내가 '여자'가 아니고, 아내에게 남편이 '남자'가 아닌 관계,── 부부여서는 안될 사람들이 부부가 되었다는 의식이 거북할 따름이라, 만약 두 사람이 친구였다면 오히려 사이가 좋았을지도 모른다. 이 때문에 가나메는 헤어지고 나서도 그녀와 만나지 않겠다는 게 아니다. 상당한 세월이 흐르고 나면, 과거의 기억에 고뇌하는 일 없이 아소의 아내로서, 또 히로시의 어머니되는 사람으로서, 꽤 허물없이 왕래할 수 있을 것 같기도 했다. 하긴 막상 그때가 되면 아소의 체면이나 세상의 눈도 있으니 실현되기는 어렵겠지만, 적어도 두 사람이 그런 전망을 품고 헤어질 수 있다면 '헤어짐'의 슬픔을 얼마나 덜어

낼 수 있을까. "히로시가 많이 아프거나 하면 저한테 꼭 알려 줄 거죠? 그럴 때에는 아이 보러 오게 해 줘야 해요. 아소도 허락한 거니까요." 미사코가 이렇게 말한 것은 히로시의 아버지인 자신이 아플 때도 포함해서임에 틀림없고, 가나메 쪽에서도 그녀에게 같은 것을 바랐다. 부부로서는 불행했던 서로였다고는 해도, 어쨌든 십 년이 넘는 세월 동안 늘 함께하며 아이까지 얻은 두 사람이 아닌가. 헤어졌다고 해서 아무 상관 없는 남을 보듯 해야만 하는 ─ 서로의 신상에 만에 하나 변고가 생겨 세상을 떠날 때조차 만날 수 없는 ─ 그런 이유가 어디 있겠는가. 가나메도 미사코도, 헤어질 때는 그런 기분이고 싶었다. 머지않아 각자 새로운 배우자를 만나 새로운 아이를 얻으면 그 기분이 언제까지 지속될지 모르더라도, 당장은 그것이 가장 마음을 편하게 해 주는 방법이라고 생각했다.

"사실은 뭐랄까, 이런 말을 하면 웃길지도 모르겠는데, 이번 3월에 얘기할까 했던 건 아이 때문만은 아니었어."

"흠?"

다카나쓰는 냄비 속에 시선을 떨어뜨린 채 겸연쩍은 듯 미소 짓고 있는 가나메를 바라보았다.

"좋은 상황이라는 데에는 계절도 고려했던 거야. 그때 날씨 상태에 따라 슬픔의 정도가 전혀 다르니까. 아무튼 가을에 헤어진다는 건 절대 안 될 말이지, 제일 슬플 때거든. 드디어 헤어지겠다고 결심했을 때 '이제부터 점점 추워지기도 하니까……'라고 마누라가 울며 애원해서 헤어지지 않기로 다급히 결정했다는 남자가 있다는데, 실제로 그런 일이 있을 수도 있다고 생각해."

"누구야, 그 남자는?"

"아니, 그런 얘기도 있다는 걸 들었을 뿐이지만."

"하하하, 자네는 그런 여러 예시들을 여기저기서 주워 들은 걸로 보이는 군."

"이런 때에 남들은 어떻게 할까 생각하다 보니, 들을 생각이 없어도 귀에 들어오게 돼. 그렇지만 우리 같은 경우는 세상에도 별로 그런 사례가 없어서, 참고가 되는 건 적지만."

"그래서, 헤어지기엔 요즘처럼 따뜻한 날씨가 제일 좋다고 하던가?"

"응, 뭐 그렇지. 아직 이맘때면 으스스 춥긴 한데, 점점 따뜻해지면서 그사이에 벚꽃도 피기 시작하고, 곧 신록의 계절도 되고…… 그런 분위기라면, 비교적 슬픔이 가벼우리라고 생각한 것이라네."

"그건, 자네의 의견인가?"

"미사코도 나와 같은 의견이야, '헤어질 거라면 봄이 좋겠네요.'라고 ─ "

"그거 큰일인데, 그럼 내년 봄까지 기다려야 하잖아."

"여름이라도 나쁠 건 없는데…… 다만 우리 어머니가 돌아가신 게 7월이었지? 내겐 그때의 기억이 남아 있는데, 여름 경치라는 건 밝고 싱그러워서 눈에 와닿는 모든 것이 화창한데도, 그해만큼 여름이 슬프다고 느낀 적이 없었어. 나는 푸른 잎이 후텁지근하게 우거진 모습만 바라봐도 눈물이 나서 견딜 수가 없었다네……"

"이보게. 그러니 봄이라도 마찬가지야. 슬플 때에는 벚꽃이 핀 걸 보아도 눈물이 난다고.”

“나도 그렇게 생각하지만, 그러다 보면 결국 적당한 시기라는 게 없으니 하는 수 없잖아⋯⋯.”

“결국 이 녀석은, 헤어지지 못하고 끝나는 거 아닌가.”

“자네도 그런 기분이 드나?”

“나보다 자네는 어때?”

“나는 어떻게 될지 전혀 모르겠어. 내가 아는 건, 헤어져야만 하는 이유가 너무나 명백하고, 여태까지도 잘 안 됐지만 아소와의 관계가 생겨 버린 지금에 와서 ─ 그것도 오히려 내 쪽에서 나서서 허락해 버린 지금에 와서 ─ 부부로 남아야 할 이유가 없고, 이미 부부도 아닌 상태라는 사실이지. 나도 미사코도 이 사실을 앞에 두고, 한때의 슬픔을 참을지 영원한 고통을 견딜지, 어느 쪽으로도 결단을 내리지 못하고 있어. ─ 결단은 내렸지만, 그걸 실행할 용기가 없어서 곤란한 거야.”

“자네, 이런 식으로 생각하면 안 될까? ─ 이미 부부가 아니라면, 헤어지네 마네 하는 건 바꿔 말하자면 같은 집에 사나 안 사나 하는 문제일 뿐이야. ─ 그렇게 생각하면 훨씬 편해지지 않을까.”

“물론 나는 되도록 그렇게 생각하려 하고 있어. 그래도 역시 좀처럼 마음이 편하지 않아.”

“하지만 아이가 있으니까 말인데, 아이 입장에서도 부모가 따로 살게 되는 것뿐이지, 어머니를 어머니라고 부르지 못하게 되는 건 아니니까⋯⋯.”

“그야 얼마든지 세상에 있는 일이라, 외교관이나 지방

장관[82]이라면 남편만 외국에 가거나 아이를 도쿄의 친척한 테 맡기거나 하는 건 흔한 일이고, 그렇지 않더라도 중학교 도 없는 시골에 사는 애들은 다들 부모 곁을 떠나니까 그런 걸 생각하면 아무것도 아니지, ……그렇게 생각해 보기도 하는데……"

"결국 자네는 그저 제 마음이 슬픈 거야. 실제로는 자 네가 느끼는 만큼 슬프진 않은 거라고."

"그렇지만 슬픔이란 결국 다 그런 거 아닌가, 어차피 주관적인 것이니까. ……우리들은 서로 미워하지 않기 때문 에 안 되는 거야. 서로 미워하면 편하겠지만, 서로 상대방이 그럴 만하다고 생각해서 이 모양인 거지."

"어설프게 자네에게 상담할 게 아니라, 둘이 달아나기 라도 했으면 덜 귀찮았을 텐데."

"아직 이렇게 되기 전의 일이지만, 차라리 그러자고 아 소가 말한 적이 있나 보더라고. 그런데 미사코가, 자긴 그런 짓은 도저히 못 한다고, 마취제든 뭐든 맞혀서 재운 사이에 떠메고 데려가는 게 아니라면 안 된다면서 웃었대……"

"일부러 싸움을 걸면 어떨까."

"그것도 안 돼. 서로 연기하는 걸 알면, '나가.', '나갈 거 예요.' 하고 건성으로 얘기해 봤자, 여차하면 갑자기 울음이 터지고 말 거야."

"아무튼 귀찮게 하는 부부로군, 헤어지는 마당에 이래 저래 분에 넘치는 소리만 하고……"

---

82   구제(旧制)의 부현 지사(府県知事)·홋카이도(北海道) 도청 장관의 총칭.

"뭐랄까, 심리적으로 마취제 역할을 해 줄 만한 게 있으면 좋겠어. ……자네는 그때 요시코 씨를 진심으로 미워할 수 있었던 건가?"

"밉기도 했지만 가엾기도 했지. 철저하게 증오스럽기만 한 건 남자들 사이에서나 가능한 얘기니까."

"이렇게 말하면 이상할 수도 있겠지만, 화류계 여자라 헤어지는 게 쉽지 않았을까. 그런 거침없는 성격인 데다 과거에 여러 명의 남자를 알았고, 홀몸이 되면 홀가분하게 원래 직업으로 돌아갈 수도 있고……"

"역시 헤어지는 입장이 되어 보면 그렇지도 않다네."

미간을 희미하게 찡그렸던 다카나쓰는, 바로 다시 원래 표정으로 돌아가면서 말했다.

"그것도 날씨하고 같은 얘기야, 헤어지는 게 쉬운 여자라느니 어려운 여자라느니, 그런 게 있을 리 없잖아."

"그런가? 나는 아무래도 창부 타입의 여자는 헤어지기 쉽고, 현모양처 타입의 여자는 헤어지기 어려울 것 같은데[83], 그렇게 생각하는 건 제멋대로일까?"

"창부 타입은 의외로 본인이 아무렇지도 않은 만큼, 한층 더 가여운 구석이 있어. 좋은 곳에 시집보내 주면 몰라도, 다시 뻔뻔하게 화류계로 돌려보내서는 이쪽도 남 보기에 떳떳하지 못하니까. 나는 그런 데엔 초월했다만, 그런 식으로 생각하면 정숙한 여자든 음란한 여자든 슬퍼하지 않는

---

83 오스트리아의 철학자 오토 바이닝거(Otto Weininger, 1880~1903)의 이론에 따른 분류.

여자 같은 건 없어."

한동안 둘 다 말없이 냄비 속을 들쑤셨다. 술은 둘이서 두 병을 채 마시지도 않았지만, 그 얕은 취기가 오히려 계속 얼굴을 달아오르게 해서, 이상하리만치 봄처럼 둔중한 기분이었다.

"슬슬 밥 먹을까?"

"음."

가나메는 무뚝뚝한 얼굴로 벨을 눌렀다.

"그런데 대체로 ──"

다카나쓰가 입을 열었다.

" ── 근대 여성은 모두 어느 정도씩은 창부 타입이 되어 가고 있지 않나? 미사코 씨도 현모양처 타입이라고 하기는 어려우니 말이야."

"그 사람은 원래 현모양처 타입이야. 그런 영혼을 창부 타입의 화장으로 감싸고 있지."

"그럴지도 모르네. ── 한편으로는 분명히 화장 때문일 거야. 요즘 여자들의 얼굴 생김새는 이래저래 미국 영화배우들의 영향을 받고 있으니, 어떻게 해도 창부 타입이 되고 말지. 상하이도 마찬가지지만."

"게다가 미사코는, 내가 창부 타입으로 만든 경향도 없지 않아."

"그거야 자네가 여성 숭배자이기 때문이겠지, 페미니스트[84]라는 자들은 현모양처 타입보다도 창부 타입을 좋아

───────────────

84 본래는 여성 참정권 등 남녀의 사회적 평등을 요구하는 사람을 지칭하는 말

하니까."

"아니야, 그렇지 않아. 결국 뭐랄까, ── 또다시 이야기
가 앞으로 돌아가지만, 창부 타입이 되면 헤어지기 쉬우리
라고 생각했던 걸세. 그런데 그게 완전히 큰 착각이어서, 타
고난 거면 몰라도 대충 벼락치기로 만든 것이다 보니, 정작
중요할 때 현모양처 타입의 본성이 드러나서 더 부자연스럽
고 싫은 기분이 드는 거야."

"미사코 씨 본인은 어떻게 생각하고 있을까?"

"자기는 확실히 못되게 변했다, 예전처럼 순수하지 않
다고 말하고 있어. ── 맞는 소리긴 한데, 그 책임의 절반은
내게 있다네."

별일 아니다. 그녀와 결혼하고부터 이 긴 세월 동안, 그
는 어떻게 이혼해야 할지 하는 문제만을 계속 고민하며 살
아왔다. 헤어지려는 일념밖에 없는 남편이었다. ── 문득 그
렇게 생각하니, 스스로의 냉혹한 모습이 가나메 자신에게도
생생하게 보이는 것이었다. 그는 아내를 사랑해 주지 못하는
대신 모욕감만큼은 결코 느끼지 않도록 항상 신경을 썼지만,
여자한테 그런 배려가 가장 커다란 모욕이 아니면 무엇이겠
는가. 창부든 현모양처든, 억척스럽건 얌전하건 간에, 이런
남편을 둔 아내의 쓸쓸함은 도대체 누가 어찌 견뎌 낼 수 있
다는 말인가.

"실제로 저 사람이 정말로 창부 타입이었다면, 난 불만
은 없지만."

이지만, 당시 일반적으로 '여성에게 친절한 남자'라는 의미로 쓰였다.

"글쎄, 그것도 알 수 없는 일이라네. 요시코가 한 짓 같은 걸 당하면 자네라도 참지 못할 거야."

"그야, 이렇게 말하면 미안하지만, 정말 물장사를 했던 적이 있는 여자는 안 되지. 게다가 나는 기생 타입은 안 좋아하니까. 하이칼라에 지적인 창부 타입이 좋아."

"그렇다고는 해도, 마누라가 되고 나서 창부 같은 짓을 하면 곤란하지 않겠나."

"지적인 사람이라면, 그 정도 자제력이야 지녔을 테지."

"자네가 말하는 건 다 제멋대로야. 그렇게 염치없는 주문에 꼭 맞는 여자가 있겠나. ― 페미니스트라는 자들은 결국 독신으로 지낼 수밖에 없어, 어떤 여자를 만나도 마음에 들 리 없으니까."

"나도 사실 결혼엔 질렸어. 이번에 헤어지면 뭐 당분간은, ― 아니면 평생 장가 안 갈지도 모른다네."

"그렇게 말하면서, 또 가고서 실패하는 게 페미니스트기도 하지."

두 사람의 대화는, 종업원이 식사 시중을 들러 들어왔기 때문에 거기서 끊겼다.

그 여섯 번째

아침 10시 가까운 시각에 이불 속에서 눈을 뜬 미사코는 정원 쪽에서 아이와 개가 노는 소리를 여느 때와 달리 느긋한 기분으로 듣고 있었다. "린디! 린디!", "피오니![85] 피오니!" 하고, 아이는 자꾸만 개를 불렀다. 피오니는 예전부터 키우던 콜리종의 암컷으로, 작년 5월에 고베의 애견숍에서 데려왔을 때 마침 화단에 피어 있던 모란을 보고 지은 이름이다. 히로시는 당장 선물받은 그레이하운드를 끌고 와서, 그 피오니와 친구가 되게 하려는 듯하다.

"안 돼, 안 돼, 그렇게 너처럼 갑자기 억지로 사이좋게 하려고 하면 안 돼. 그냥 내버려 두면 자연히 친해진단다."

그렇게 말하는 건 다카나쓰다.

"그렇지만 삼촌, 암컷이랑 수컷은 싸우지 않는다잖아요."

---

85   피오니(peony)는 '모란(牧丹)'이라는 뜻.

"그래도 아직은 어제 막 왔을 뿐이니까 안 돼."

"싸우면 어느 쪽이 셀까?"

"글쎄다, 진짜. ──마침 양쪽 다 크기도 비슷해서 안 되겠네. 한쪽이 작으면 큰 쪽이 상대를 안 해 주니까 금방 친해지는데."

그동안에도 두 마리의 개는 번갈아 짖어 댔다. 어젯밤 늦게 돌아온 미사코는, 여독으로 졸려 보이던 다카나쓰와 이삼십 분 정도 이야기를 나눴을 뿐이었다. 그래서 선물로 받아 온 개를 아직 보지 못했지만, 저 낑낑하고 감기 걸린 듯한 쉰 목소리로 우는 쪽이 피오니이리라 생각했다. 그녀는 남편이나 히로시만큼 개를 좋아하지는 않았지만, 이 피오니는 늘 10시가 넘어 귀가할 때마다 할아범과 함께 정류장까지 마중을 나왔다. 그리고 그녀가 개찰구에 나타나면, 목줄을 철컹거리며 갑자기 달려들려고 하는 것이다. 그러면 그녀는 할아범을 꾸짖고 옷에 묻은 흙 발자국을 털어 내면서도, 점점 이 개가 예전만큼 싫지는 않아서 요즘에는 내킬 때면 쓰다듬어 주거나 우유를 주거나 했다. 어젯밤 전차에서 내렸을 때에도, "피오니야, 오늘은 네 친구가 왔다면서?"라며 달려드는 머리를 쓰다듬었다. 어떻게 보면, 누구보다도 먼저 자신이 돌아오는 걸 반기는 이 피오니가 남편 집의 대표처럼 느껴지기도 했다.

덧문은 눈치 빠르게 닫아 두었지만 란마(欄間)[86] 장지

---

86 문·미닫이 위의 상인방과 천장 사이에 통풍과 채광을 위하여 교창(交窓) 따위를 붙여 놓은 부분.

에 내리쪼이는 햇살로 보아, 바깥은 복숭아꽃이 필 듯 화창한 날씨인 것 같다. 그러고 보니 올해 삼짇날에는 히나 인형을 장식해야 하나 말아야 하나. 그녀는 첫 삼짇날을 위해, 인형을 좋아하는 부친이 특별히 교토 마루헤이(丸平)[87]에서 마련해 준 고풍스러운 히나 인형을 시집올 때 가지고 왔다. 그리고 간사이 지방으로 이주하고 나서는 이 지방 풍습에 따라 한 달 늦은 4월 3일을 명절로 지냈다. 여자아이가 없는 가정인 데다, 그녀도 그런 것에 지금은 큰 애착이 없어서 그렇게 옛날 관습을 고수할 필요까지는 없었다. 그러나 교토가 가까워졌기 때문에, 매년 삼짇날이 되면 부친이 그 인형을 그리워해서 일부러 보러 오는 것이었다. 실제로 작년에도 재작년에도 그랬으니, 올해도 아마 잊어버리지는 않았으리라. 그걸 생각하니, 창고 안쪽에서 일 년 동안 먼지를 뒤집어쓴 상자를 몇 개나 꺼내야 하는 귀찮음은 참아 내더라도, 요전 벤텐자 때와 같은 거북한 장면이 상상되어서 마음이 무거워지는 것이었다. 어떻게든 올해는 장식 않고 넘어갈 방법이 없을까? 남편에게 상담해 볼까? 대체 나는 저 인형을, 이 집에서 나갈 때 다시 가져가야 하나 말아야 하나? 두고 간다면 남편에게 폐는 안 되려나……?

이제 와서 갑자기 그런 게 신경 쓰이기 시작한 건, 아마도 올해 삼짇날에는 이미 이 집에 없으리라고 어렴풋이 예

---

87   마루야 헤이조(丸屋平蔵)의 약자로, 성은 오키(大木). 에도 시대부터 대를 이어 온 히나 인형 전문점. 특히 산다이메 헤이조는 1889년 파리 만국 박람회에서 금상을 받아 명장으로서 명성을 얻었다. 당시 황족과 화족들이 그의 작품을 많이 소장했다.

상했기 때문이겠지만, 그러던 것이 이렇게 침실 안에 틀어박혀 있을 때조차 저절로 봄이 느껴지는 따뜻한 계절이 되어 버렸다. 미사코는 똑바로 누워 베개에 머리를 묻은 채, 잠시 란마에 비치는 밝은 햇살에 시선을 보냈다. 오랜만에 푹 자서 피로는 남아 있지 않았지만, 팔다리를 느긋하게 뻗고 있는 게 기분 좋아서 잠시나마 이부자리의 온기를 버리기 힘들었다. 그녀 곁에는 히로시의 이부자리가, 그 옆 도코노마[88] 쪽에는 남편의 이부자리가 깔려 있었는데, 두 자리 다 이미 텅 비어 있어서 자색을 띤 파란 고이마리(古伊万里)[89] 꽃병에 동백꽃이 꽂힌 것이 남편의 베개 너머로 보였다. 오늘은 손님인 다카나쓰도 있으니 이제 일어나야만 한다. 그녀가 이렇듯 천천히 늦잠을 자는 일은 좀처럼 없었다. 부부는 아이가 태어났을 때부터 지금까지 히로시를 가운데 두고 자는 습관을 고치지 않아서 아들이 일어나면 반드시 누군가가 깼는데, 대개 남편을 더 재우기 위해서 그녀가 먼저 일어났기 때문이었다. 일요일 아침 같은 때는 좀 더 느긋하게 자고 싶었지만, 히로시는 학교에 가지 않아도 7시면 깨어 버려서 그녀도 일단은 일어나야만 했다. 최근 이삼 년간 점점 살이 붙어서 수면 시간을 줄이는 게 좋겠다고 생각하고는 있었다. 잠을 덜 자는 데에 그렇게까지 고통을 느끼지는 않았지만, 아침잠의 쾌감이란 또 각별한 것이다. 너무

---

88 일본 건축에서 방 한편에 공간을 마련해 인형이나 꽃꽂이로 장식하고 붓글씨를 걸어 두는 곳을 말한다. 벽 쪽으로 움푹 파여 있으며 방바닥보다 한 단 위로 솟아 있는 것이 특징이다.

89 에도 중기의 이마리(伊万里) 도자기.

수면이 부족한 것도 불안해서 가끔 수면제의 힘을 빌려 낮잠을 자 보려고 한 적도 있는데, 오히려 머리가 맑아져 안심하고 잠들 수가 없었다. 일주일에 한 번 오사카 사무소에 출근하는 날에, 남편이 일부러 눈치껏 아이와 함께 나가 주는 일은 한 달에 두세 번 있을까 말까 했다. 어쨌든 잠을 자든 못 자든, 이렇게 혼자서 침실을 점령할 수 있는 건 요즘에는 드문 일이었다.

개 짖는 소리가 여전히 들려온다. 히로시도 계속 린디와 피오니를 부른다. 그 어수선함이 너무나 봄답게 한가로이 울려 퍼져서, 최근 대엿새 동안 맑게 갰던 하늘의 색을 상상할 수 있었다. 어쨌든 오늘 중으로 다카나쓰를 상대로 얘기해야만 하겠지만, 그마저도 지금의 그녀에게는 히나 인형 이상의 걱정거리는 못 되었다. 걱정을 하자면 한이 없기 때문에, 모든 걸 히나 인형 다루듯이 단순하게 생각하고 늘 오늘 날씨처럼 화창한 기분으로 지내고 싶다. 그녀는 문득, 린디가 어떤 개인지 아이처럼 호기심이 생겼다. 그리고 마침내 그 호기심에 못 이겨 일어나려고 마음먹었다.

"안녕!"

팔까지 오는 창의 덧문을 하나만 열고, 그녀는 아이에게 지지 않을 정도로 크게 소리쳤다.

"안녕, 언제 일어났어요?"

"지금 몇 시?"

"12시."

"말도 안 돼, 그럴 리가 없어요. 아직 겨우 10시쯤일 텐데"

"놀랍군요, 이렇게 좋은 날씨에 지금까지 자다니."

"후후, 늦잠 자기에도 좋은 날씨예요."

"일단 손님에게 실례 아닙니까."

"손님이라고 생각 안 하니까 괜찮아요."

"됐으니까 빨리 세수하고 내려오세요. 당신에게도 선물이 있으니까."

창문을 올려다보는 다카나쓰의 얼굴을, 매화나무 가지가 가리고 있었다.

"그 개예요?"

"응, 이 녀석이 지금 상하이에서 대유행인 녀석이에요."

"멋있죠, 어머니, 이 개는 사실 어머니가 데리고 다니는 게 좋대요."

"왜?"

"그레이하운드라는 놈은 서양에선 부인의 장식견이지요. 다시 말해서 이 녀석을 데리고 다니면 더 미인으로 보인다는 말씀."

"저도 미인으로 보이나요?"

"물론 그렇습니다. 보증하지요."

"그런데 정말 마른 개네요. 그런 걸 데리고 다니면, 오히려 내 쪽이 뚱뚱해 보일 거예요."

"개가 그러겠네요, 이 사모님은 우리들을 돋보이게 한다고."

"두고 봐요."

"아하하하하."

히로시도 함께 웃었다.

정원에는 매화나무가 대여섯 그루 있었다. 예전에 이 주변이 농가의 뜰이었던 시절부터 심겨 있던 것으로, 빠른 것은 2월 초부터 꽃봉오리를 맺고 3월 중에는 차례로 꽃을 피웠다. 지금은 거의 졌지만 아직 두세 송이가 남아 새하얀 꽃잎을 빛냈다. 두 마리의 개는 서로 물지 않을 정도의 간격을 두고, 그 매화나무 기둥에 각각 묶여 있었다. 피오니도 린디도 짖는 데 지친 모양이라, 스핑크스 같은 자세로 아랫배를 땅에 딱 붙인 채 마주 앉아 눈싸움을 하고 있었다. 매화나무 가지가 몇 개나 엇갈려 있어서 잘 보이지는 않지만, 남편은 양관(洋館) 베란다에 있는 것 같았다. 홍차가 든 잔을 앞에 두고 등나무 의자에 기대앉아 커다란 양서의 책장을 넘기는 걸 알 수 있었다. 잠옷 위에 오시마 하오리를 걸치고 메리야스 바지 자락을 아무렇게나 발목 위까지 늘어뜨린 다카나쓰는, 정원으로 의자를 가져와서 앉아 있었다.

"거기 묶어 두세요, 지금 바로 보러 내려갈 테니까."

그녀는 욕조에 대충 몸을 담근 뒤 베란다로 나갔다.

"어떻게 된 거예요, 벌써 식사는 마친 거예요?"

"끝냈지. 기다렸는데 좀처럼 일어날 것 같지를 않아서."

남편은 무릎 위에 놓인 책을 보면서, 한 손으로 찻잔을 들어 올려 차를 홀짝였다.

"사모님, 목욕물이 데워졌답니다."

다카나쓰가 말했다.

"이 집 사모님은 전혀 애교가 없는데, 하녀들한테는 감탄했어. 나를 위해 아침 일찍부터 목욕물을 데워 주더라니까. 내가 들어간 다음이라도 괜찮으면 하고 오시지요."

"하고 온 참이에요, 지금. ── 당신이 쓴 다음인 줄은 몰랐으니까."

"허, 그런 것치곤 빠르네요."

"괜찮을까요? 다카나쓰 씨?"

"뭐가?"

"당신이 쓴 목욕물을 쓰면 중국병[90]이 옮는 건 아닐까?"

"농담이죠? 그건 나보다 시바 군 쪽인데."

"나는 내지(內地)에서 얻은 거라, 자네만큼 위험하지 않아."

"어머니, 어머니."

정원에서 히로시가 부르는 소리가 들렸다.

"린디 보러 오세요."

"보는 건 좋은데, 오늘 아침에는 너랑 개 때문에 잠에서 깼단다, 엄마는. 아침부터 다카나쓰 씨까지 같이 큰 소리를 질러 대서 말이야."

"난 이래 봬도 비즈니스맨이니까요. 상하이에 있을 때는 아침 5시에 일어나서, 사무실에 나갈 때까지 기타시센로(北西川路)에서부터 장만(江湾)까지 말을 달렸다고.[91]"

"지금도 승마를 하나?"

"응, 아무리 추운 날에도 한 번 휙 돌고 와야 상쾌해."

---

90 매독을 가리키는 것으로 추측된다. 매독은 성관계로 전염되는 성병의 일종으로, 걸리면 사망하거나 발광한다.

91 상하이의 장만은 경마장으로 알려진 상하이 북부 교외 동네. 기타시센로에서부터 장만에 이르는 길에는 일본인 주택이나 일본인 학교가 많이 밀집해 있다.

"개를 이쪽으로 데려오면 되지 않냐?"

가나메는 베란다 양지에서 움직이는 게 싫은 모양이라, 매화나무 쪽으로 걸어가는 두 사람에게 말했다.

"히로시, 아버지가 린디를 데려오라고 하신다."

"린디!"

수풀 너머 매화 가지가 와삭와삭 흔들려, 피오니가 갑자기 낑낑 목쉰 소리를 냈다.

"이봐! 피오니, 야! — 삼촌, 삼촌, 피오니가 방해해서 어쩌지를 못하겠어요, 데려가 주세요."

"싫어, 피오니! 어머, 그렇게 달려들면…… 싫다니까!"

개가 뺨을 핥을 것 같았는지, 미사코는 정원용 게다를 신은 채로 다급히 베란다에 뛰어오르면서 말했다.

"너는 끈질겨서 귀찮아, 정말. 피오니 따위 데려오지 말걸, 그랬어."

"그렇지만 어머니, 놀라서 그런 거예요."

"개라는 놈은 질투심이 굉장히 강하니까."

다카나쓰는 계단 아래 서 있는 린디 곁에 쭈그리고 앉아, 손바닥으로 계속 개의 목덜미를 쓰다듬었다.

"뭐 하는 거야, 진드기라도 있는 거야?"

"아니, 여길 쓰다듬어 줘 보게, 진짜 신기해."

"뭐가 신기해."

"이렇게 하면 말이야, 이 목 부분의 느낌이 완전히 사람이랑 똑같아."

다카나쓰는 자신의 목을 만져 보고는, 다시 개의 목을 쓰다듬었다.

"미사코 씨, 잠깐 만져 보세요. 거짓말 아니니까."

"나 만져 볼래."

모친보다 먼저 히로시가 쪼그리고 앉았다.

"우와, 진짜다. — 잠깐 어머니 목도 만져 보고 —"

"뭐니, 히로시, 개랑 엄마를 똑같이 취급하는 사람이
어디 있어."

"뭐라는 거야, 네 어머니의 피부 따위 절대로 이렇게
매끈매끈하지 않다고. 이 개랑 비슷하다면 대단한 거야."

"그럼, 다카나쓰 씨, 제 목 좀 만져 보세요."

"잠깐만요, 잠깐, 먼저 이 개를 한번 만져 보세요. 어때
요? 그렇죠? 신기하지요?"

"흠, 신기하네, 진짜로. 거짓말은 아니군요. — 당신도
만져 보지 그래요?"

"어디, 어디."

이렇게 말하며 가나메도 내려왔다.

"과연, 이거 묘하네, 사람이랑 똑같아서 이상한 기분이
드는군."

"그렇지, 새로운 발견이지?"

"털이 짧으니 공단 같아서, 거의 털 같은 느낌이 안 나
네."

"게다가 목둘레 굵기가 딱 사람 정도예요. 내 목이랑
어느 쪽이 더 굵나?"

미사코는 양손으로 동그라미를 만들어, 개의 목과 자
신의 목둘레를 재서 비교했다.

"그래도 나보다는 굵네요. 길고 말라서, 가늘게 보이지

만."

"어, 나랑 같다."

다카나쓰가 말했다.

"와이셔츠 칼라였다면 14인치 반[92]이로군."

"그럼 다카나쓰 씨가 보고 싶을 때면 이 개의 목을 쓰다듬으면 되겠네."

"삼촌, 삼촌."

히로시가 일부러 그렇게 부르면서, 다시 한 번 개 옆에 쪼그리고 앉았다.

"아하하하하, '린디'라고 하지 말고 '삼촌'이라고 부를까, 어때, 히로시."

"그렇게 해요, 아버지. —삼촌, 삼촌!"

"다카나쓰 씨, 이 개를 데려가면 좋아할 사람은 우리집 말고 따로 있을 것 같네요."

"왜요?"

"모르시겠어요? 난 잘 알겠는데. 분명 이 목덜미만 만지면서 당신을 그리워할 사람이 있을 거 아니에요?"

"이봐, 우리 집으로 잘못 데려온 거 아냐?"

"아무래도 자네들 괘씸하군. 애 앞에서 그런 소리 하는 거 아냐. 그러니까 애가 건방져서 못쓰겠잖아."

"아, 그러고 보니 아버지, 어제 고베에서 데려올 때, 이 개를 보고 이상한 소리를 하는 사람이 있었어요."

---

92 칼라(collar)는 양복이나 셔츠의 깃. 양복의 목둘레가 14인치 반, 즉 약 37센티미터라는 것이다.

히로시가 화제를 바꾸었다.

"허, 뭐라던?"

"할아범이랑 둘이서 해안가를 걷고 있었는데, 술 취한 것 같은 사람이 신기한 듯이 다가와서는 뭐야, 이상한 개잖아, 갯장어같이 생긴 개다."

"아하하하하."

"아하하하하."

"나도 생각했었어, 갯장어라고. ─ 과연 갯장어 같은 느낌이군. 린디, 너가 갯장어래."

"갯장어 덕분에 삼촌은 살았네."

가나메가 작은 소리로 말참견을 했다.

"그렇지만, 얼굴이 긴 건 피오니랑 린디가 많이 닮았어."

"콜리랑 그레이하운드는 얼굴도 체형도 대체로 비슷하니까. 그저 콜리 쪽이 장모종이고 그레이하운드는 단모종일 뿐이야. 개에 대한 지식이 없는 사람을 위해 잠시 설명해 둡니다만."

"목덜미는 어때요?"

"목 얘기는 이제 그만합시다, 별로 유쾌한 발견도 아니었으니."

"이렇게 두 마리가 계단 밑에 나란히 있는 걸 보니 미쓰코시(三越)[93] 같네."

93　에도의 큰 포목상이었던 '에치고야(越後屋)'에서 발전한 백화점. 1914년 도쿄 니혼바시에 완공된 르네상스식 흰 벽돌 5층 건물의 신관 현관에는 청동 사자상이 장식되었다.

"미쓰코시에 이런 게 있어요, 어머니?"

"너 어떡하냐? 도쿄 토박이면서 도쿄의 미쓰코시를 모르다니. 이러니 오사카 방언을 잘하는 거야."

"그렇지만 삼촌, 도쿄에 있었던 건 내가 여섯 살 때예요."

"허, 참, 벌써 그렇게 됐나. 세월 빠르네. 그 후로 넌 도쿄에는 안 가 봤니?"

"네. 가고 싶은데, 늘 어머니랑 저를 따돌리고 아버지 혼자 가요."

"삼촌이랑 같이 안 갈래? 마침 학교도 방학이고……미쓰코시 구경시켜 줄게."

"언제?"

"내일이나 모레쯤."

"글쎄요, 어떻게 할까."

그때까지 유쾌하게 떠들어 대던 아이의 얼굴에 갑자기 불안의 그림자가 드리웠다.

"가면 되잖아, 히로시."

"가고 싶긴 한데, 아직 숙제를 안 했어요……"

"그러니까 숙제를 빨리 끝내라고, 요전부터 엄마가 말했잖니. 하루면 다 할 테니까 오늘 하루 종일 다 해 버려. 그리고 삼촌한테 데려가 달라고 하는 거야. 알았지? 그렇게 해."

"뭐야, 숙제 같은 건 기차 안에서도 할 수 있어. 삼촌이 도와줄게."

"거기 며칠 있을 거예요? 삼촌."

"너희 학교 시작하기 전엔 돌아온다."

"어디서 묵어요?"

"제국 호텔."

"그렇지만 삼촌은 볼일도 많잖아요."

"아, 얘도 참. 모처럼 데려가 주신다는데 이러쿵저러쿵 무슨 말이 이렇게 많니? 정말, 다카나쓰 씨, 민폐가 되더라도 데려가 주셔요. 이삼일 정도 없는 편이 시끄럽지 않아서 좋겠네요."

그런 어머니의 눈을 들여다보며, 히로시는 조금 창백한 얼굴로 웃었다. 도쿄에 데려간다는 얘기가 그저 우연히 여기서 나온 말일 뿐인데도, 히로시는 그렇게 받아들이지 않고 미리 짜 둔 일처럼 느꼈음에 틀림없었다. 정말로 자기를 기쁘게 해 주기 위한 거라면, 당연히 가고 싶지 않을 리가 없다. 하지만 도쿄에서 돌아오는 기차 안에서 삼촌이 무슨 얘기를 꺼낼지 모른다. "히로시 군, 오늘 돌아가도 이제 어머니는 집에 없어. 삼촌은 네게 그 얘기를 하려고 아버지 부탁을 받고 온 거야⋯⋯"라고 말하는 건 아닐까? ── 왠지 그게 무섭기도 하고, 또 한편으로는 너무 어린애처럼 바보스러운 상상 같기도 하고, 어른들의 마음을 헤아릴 수 없어서 묘하게 우물쭈물하는 것이었다.

"삼촌은 꼭 도쿄에 가야만 하는 일이 있는 거예요?"

"왜?"

"안 바쁘시다면, 집에 계속 머무르셔도 좋을 텐데요. 그러는 편이 모두 재밌잖아요. 아버지도 어머니도."

"집에는 린디가 있으니까 됐잖아. 아버지도 어머니도

매일 목덜미를 쓰다듬으면 말이지."

"린디는 말을 못 해서 안 돼요. 야, 린디, 린디! 너는 삼촌 대신은 안 되지?"

히로시는 쑥스러움을 감추려고 다시 개 앞에 쪼그리고 앉아서, 목덜미를 쓰다듬어 주며 그 옆구리에 얼굴을 대고 뺨을 문질렀다. 목소리며 그 모습이 조금 이상했다. 우는 것일지도 모르겠다고 어른들은 생각했다.

집 안에 어떤 사건이 닥쳐오건, 다카나쓰가 있으면 모두 느긋하게 농담을 할 기분이 되는 건 사실이었다. 그건 다카나쓰가 그런 식으로 대해 주기 때문이기도 하지만, 한편으로는 다카나쓰만이 모든 사정을 알기에 이 사람 앞에서는 연기를 하지 않아도 된다는 점이 부부의 마음을 가볍게 해 주었기 때문이었다. 미사코는 대체 몇 달 만에 남편의 큰 웃음소리를 들은 것일까. 남향의 베란다를 마주 보는 의자에 걸터앉아, 아이와 개가 노는 모습을 바라보면서 햇볕을 쬐는 이 평화로움 ─ 부부가 대화를 나누며, 멀리서 온 손님을 맞이하는 이 평온함은, 세상을 속일 필요가 없기 때문에 오히려 자연스러운 부부다움이 아직 얼마큼 남아 있음을 보여 주었다. 그래서 부부는 이 평온함이 언제까지나 지속되지는 않더라도, 이런 장면으로 잠시나마 스스로를 위안하고 안심하며 한숨 돌리고 싶었던 것이었다.

"재미있나, 그 책은? 꽤 열심히 보는걸."

"재미있어, 상당히……"

가나메는 일단 테이블 위에 엎어 두었던 양서를 집어 들어, 자신에게만 보이도록 얼굴 앞에 세워 두었다. 펼쳐진 책장 한쪽에는 나체 여인들이 노니는 하렘의 동판화가 삽화로 인쇄되어 있었다.

"어쨌든 그놈을 손에 넣을 때까지 켈리 월시에 몇 번이나 교섭하러 갔는지 모른다네. 드디어 영국에서 책이 왔다기에 가 보니, 호구로 본 건지 200달러[94]에서 한 푼도 안 깎아 준다는 거야. 이 책은 지금 런던에서도 없어서 못 파는데 그걸 깎아 달라니, 나보고 무리한 요구를 하는 거라고 지껄이더군. 이쪽은 책 시세 같은 건 전혀 모르니, 뭐 그런가 보다 하고 꽤나 입씨름을 한 끝에, 겨우 10퍼센트 깎아 주겠지만 대신에 그 자리에서 현금으로 지불하라는 거야."

"어머나, 그렇게 비싼 책이야?"

"그렇지만 여보, 이거 한 권짜리가 아니라고, 전부 합쳐 열일곱 권짜리야."

"그 열일곱 권이나 하는 놈을 가지고 오는 게 또 고생이었어. 외설적인 책인 데다 삽화도 들어 있다고 하니,[95] 세관에 걸리면 귀찮아질 거 같아서 트렁크 속에 밀어 넣고 온 것까진 좋았는데, 이게 말도 안 되게 무거워서 들어 옮길 때마다 큰일이라 얼마나 힘들었는지 모른다고. 심부름값을 꽤 많이 받지 못한다면 수지가 안 맞는 일이야."

"어른이 읽는 『아라비안나이트』라는 거, 아이들 것하고 완전히 달라요, 아버지?"

---

94 이 무렵 1달러는 약 2엔. 당시 1엔이 지금의 2000엔 수준이라고 보면, 200달러는 지금의 80만 엔 정도다.

95 전전(戰前)의 일본에서 성(性)의 표현은 엄격하게 규제받았다.

다카나쓰의 말에 어렴풋이 호기심을 품은 듯한 히로시는, 아까부터 아버지의 손 그늘에 가려진 삽화 쪽으로, 마치 탐색하듯 눈을 빛냈다.

　　"다른 부분도 있고, 같은 부분도 있지. ──『아라비안나이트』라는 건 전체적으로 어른이 보는 책이야. 그중에서 어린이가 읽어도 되는 이야기만을 모은 것이 너희들이 가지고 있는 책."

　　"그럼, '알리바바 이야기'도 있어?"

　　"있지!"

　　"'알라딘과 이상한 램프'는?"

　　"있어."

　　"'열려라, 참깨'는?"

　　"있단다. ── 네가 아는 얘기는 다 있어."

　　"영어면 어렵지 않아? 아버지는 그걸 다 보시는 데 며칠 정도 걸려요?"

　　"아버지도 이걸 다 읽지는 않아. 재미있을 것 같은 부분만 골라서 읽는 거지."

　　"하지만 읽는다니 감탄스럽군. 나는 완전히 잊어버렸어. 영어 같은 건 장사할 때 빼곤 쓰지를 않으니."

　　"그게 말이지, 이런 책이라면 누구나 읽어 볼 생각이 드니까 신기하다고. 하나하나 사전을 찾아보면서라도……."

　　"어차피 자네같이 한가한 사람이나 하는 짓이야. 나처럼 가난한 사람은 도저히 그럴 시간이 없어."

　　"그렇지만, 다카나쓰 씨는 벼락부자가 됐잖아요?"

　　"그게 모처럼 벌었다고 생각했더니, 또 손해를 봐 버렸어.”

“어째서죠?”

“달러 환율 때문에.[96]”

“그래, 맞다, 180달러면 얼마지? 잊어버리기 전에 지불해 둘까.”

“안 내도 괜찮죠? 이건 선물이잖아요?”

“바보 같은 소리 하지 마요! 그런 비싼 선물이 어디 있어. 이건 원래 부탁받고 사 온 거라고요.”

“그럼, 내 선물은? 다카나쓰 씨.”

“아, 그걸 완전히 잊어버리고 있었네. 잠깐 저쪽에 보러 가지 않을래요. 어느 것이든 그중에서 좋은 걸 드릴게요.”

두 사람은 다카나쓰한테 내준 양관 2층 방으로 올라갔다.

---

96 1927~1928년 무렵, 엔 대비 달러의 환율 시세는 급격히 오르내리기를 거듭하였다.

그 일곱 번째

"어머나, 냄새!"

방으로 들어서자, 미사코는 소매를 펄럭대며 근처 공기를 휘저었다. 그리고 소매로 얼굴을 가리고는 다급하게 닥치는 대로 창문을 열었다.

"진짜로 냄새나요, 다카나쓰 씨. 요즘도 그걸 드시는 거예요?"

"네, 먹습니다. 그 대신에 보시는 대로 늘 고급 시가를 피우죠."

"시가 냄새가 섞여서 더 이상해요. 아, 정말로 온 방에 배어서 무슨 이런 악취가 다 있을까. 이런 냄새를 풍길 거면 우리 집 잠옷은 입지 마세요."

"뭐라고요, 세탁하면 금방 없어져요. 이미 입어 버린 걸 이제 와서 벗어 봤자 똑같잖아요."

정원에서는 특별히 알아챌 정도가 아니었지만, 닫아 두었던 양실 안에는 하룻밤 사이에 밴 시가 냄새와 마늘 냄새가 코를 물씬 찌를 정도로 뒤섞여 있었다. "중국에 살면 중국인하고 똑같이 마늘을 열심히 먹는 게 제일이다. 마늘만 잘 먹으면 풍토병에 걸릴 걱정이 없다."라는 게 다카나쓰의 지론이라, 상하이 그의 집 주방에서는 매일 마늘이 들어간 중국요리를 절대로 빼먹지 않았다. "중국인이라면 반드시 요리에 마늘을 사용한다. 마늘 냄새가 안 나는 중국요리 따위는 중국요리 같다는 생각조차 안 든다."라면서, 그는 내지에 돌아와서도 말린 마늘을 갖고 다니며, 때때로 그걸 나이프로 잘라 오블라투[97]에 싸거나 해서 상비약처럼 먹었다. 위장을 튼튼하게 해 줄 뿐만 아니라 활력도 생겨서 끊을 수가 없다는데, "다카나쓰의 전처가 도망간 건, 마늘 냄새가 너무 나서야."라고, 가나메는 농담 삼아 말하곤 했다.

"제발, 좀 더 저쪽으로 가 줘요."

"냄새나면 코를 막고 계세요."

그렇게 말하며 한 손에는 시가를 들고 뻐끔뻐끔 연기를 내뿜으면서, 이제 슬슬 고물상에 팔아도 아깝지 않을 것 같은 상처투성이 슈트 케이스를 침대 위 한가득 펼쳤다.

"어머나, 꽤나 사들이셨네요. 꼭 포목전 지배인처럼."

"네, 이번엔 도쿄에 가니까요. ……마음에 드시는 게 있다면 좋겠지만, 어차피 또 불평하지 않을까?"

"제게는 몇 개 주실 건데요?"

"두 필이나 세 필로 부탁드립니다. ……어때요, 이

---

97 오블라투(oblato). 녹말로 만든 반투명의 얇은 종이 모양의 물건. 맛이 써서 먹기 어려운 가루약이나 끈적거리는 과자 따위를 싸서 먹기 좋게 만드는 데 쓴다.

건?"

"수수해요, 그런 건."

"이게 수수한가. ── 대체 본인이 몇 살이라고 생각하는 겁니까? 노구장(老九章)[98] 지배인 말로는 스물두셋 먹은 아가씨나 젊은 사모님을 위한 거라던데."

"그런, 중국인 지배인이 하는 말 따위 믿을 수 없어요."

"중국인이라고 해도 일본인이 많이 사러 오는 가게라 일본 사람 취향을 잘 알아요. 우리 가게 녀석은 늘 여기 지배인에게 상담한다고."

"그래도 저는 그런 건 싫어요. ── 일단 그건 고로잖아요."

"욕심도 많네. ── 고로면 세 필이지만, 돈스면 두 필밖에 못 드려요."

"그럼 돈스를 받을게요, 차라리 그쪽이 어느 정도 이득이니까. ── 어때요? 이건?"

"그걸?"

"'그걸?'이라니, 무슨 뜻이죠?"

"그건 아자부(麻布)에 사는 막내 여동생한테 줄 셈이었지."

"아, 놀래라, 그럼 스즈코 씨가 불쌍해요."

"놀랐다는 건 내가 할 말입니다. 이런 화려한 오비를 두르려고 하다니, 방탕하네."

"후후, 어차피 난 방탕한 여자예요."

---

98 중국 텐진(天津)의 유명한 견직물 상점.

다카나쓰가 실수했다고 느꼈을 때는 이미 늦었지만, 미사코는 상황을 무마하기 위해 일부러 넉살 좋게 웃었다.

"아, 실언입니다, 실언. 지금 한 말은 본 의원의 실수였습니다. 방금 전의 발언은 취소하겠사오니, 속기록[99]에는 기재하지 말아 주십시오."

"안 돼요, 이제 와서 취소라니. 이미 속기록에 기록돼 버렸어요."

"본 의원은 결코 악의로 말씀드린 것이 아니오. 그러나 이유 없이 숙녀의 명예를 상처 입혔을 뿐만 아니라, 함부로 의장을 소란스럽게 한 죄에 대해서는 삼가 사죄드립니다."

"후후, 그다지 숙녀도 아니지만……"

"그럼 취소 안 해도 됩니까?"

"됐어요, 어차피.—머지않아 상처 입을 명예니까요."

"그런 건 아니지요. 상처 입히지 않으려고 이런저런 고심을 하는 거죠."

"가나메는 그렇지만, 그런 소릴 해 봤자 무리라고 생각해요.—어제 뭔가 이야기를 나누셨나요?"

"응."

"뭐라고 하던가요, 가나메는?"

"늘 그렇듯 전혀 요령이 없어요."

두 사람은 화려한 오비 천 조각이 흐트러진 슈트 케이스를 사이에 두고, 침대 양 끝에 걸터앉았다.

---

99 제국 의회 귀족원·중의원에서의 회의 기록. 여기서는 농담으로 의회에서 행해지는 발언을 흉내 낸 것.

"당신은 뭐라고 하실 겁니까?"

"뭐라고, 라니! 그야…… 그렇게 한 마디로 딱 잘라 말 못 해요."

"그러니까 한 마디가 아니라도 좋아요. 두 마디든 세 마디든 얘기해 보세요."

"다카나쓰 씨는, 오늘 한가하세요?"

"오늘 하루는 비워 뒀습니다. 그럴 셈으로 어제 오후에 오사카에서 볼일을 마치고 왔으니까요."

"가나메는?"

"낮에 히로시 군을 데리고 다카라즈카(宝塚)[100]에라도 갈까 하더군요."

"히로시는 숙제를 하도록 시키죠. 그러고 나서 도쿄에 데려가 주시지 않겠어요?"

"데려가는 건 상관없지만 아까 기색이 이상하던데, 울던 거 아니었나."

"분명히 그럴 거예요, 걔는 그런 식이니까. ── 저, 어떤 기분일지 궁금해서 이삼일이라도 좋으니 한번 아이와 떨어져 지내보고 싶어요."

"그거 괜찮을지도 모르겠네요, 그동안에 시바 군과도 충분히 이야기를 해 보는 거죠."

"가나메의 생각은 다카나쓰 씨를 통해 듣는 편이 좋아요. 둘이서 얼굴을 맞대고 있으면, 아무래도 생각대로 말이

---

100   효고현(兵庫県) 동남부에 있으며, 온천과 가극단 외에 유원지로도 알려져 있다. 1954년에 시로 승격했다.

안 나와요. 어느 정도까지는 괜찮지만, 그 이상 깊이 들어가면 눈물만 나와서."

"그런데 대체, 아소 군에게 갈 수 있는 건 확실한가요."

"그건 확실해요. 결국에는 두 사람이 결심하기에 달려 있다고 생각해요."

"그쪽 부모님이나 형제는 아무것도 모르나?"

"어렴풋하게는 아는 것 같아요."

"어느 정도로?"

"뭐, 가나메 동의 아래 종종 만나는 것 같다더라는 정도로."

"보고도 못 본 척하는 거군요."

"그렇겠죠. 그 외엔 별도리가 없잖아요."

"그럼, 만약에 문제가 이 이상 진행된다면?"

"그것도 뭐, ── 이쪽이 원만하게 헤어진 후라면 반대하지는 않겠지요, 어머니는 자기 기분을 이해해 준다고 하니까요."

다시 정원에서 두 마리 개가 서로 으르렁대기 시작한 듯, 컹컹 짖었다.

"아, 또!"

미사코는 살짝 혀를 차더니 무릎 위에서 만지작대던 오비 천 두루마리를 툭 던지고는, 자리에서 일어나 창가 쪽으로 갔다.

"히로시, 개를 저쪽으로 데려가면 어떻겠니. 시끄러워서 못 견디겠구나."

"네, 지금 데려가려던 참이에요."

"아버지는?"

"아버지는 베란다에.—『아라비안나이트』를 읽고 계세요."

"너는 숙제나 빨리 하거라. 놀지 말고."

"삼촌은 아직이요?"

"삼촌을 기다릴 필요는 없잖니. 삼촌, 삼촌, 하면서 아주 자기 친구처럼 여기는구나, 너는."

"그렇지만, 숙제 도와주신다고 말씀하셨으니까."

"안 돼, 안 돼. 뭘 위한 숙제니, 스스로 하지 않으면 안 돼요!"

"네에."

대답하는 소리에 이어, 개와 함께 탁탁 달려가는 발소리가 들렸다.

"히로시 군은 어머니를 더 무서워하겠네."

"네, 가나메는 아무 소리도 안 하거든요. 그렇지만, 헤어지게 된다면 아버지보다는 어머니랑 헤어지는 게 더 힘들지 않을까?"

"그야 어머니는 여자 홀몸으로 나가니까, 그만큼 동정심이 생길지도 모르지요."

"그렇게 생각해요, 다카나쓰 씨는? 난 동정이라면 가나메 쪽으로 쏠릴 것 같아요. 겉보기엔 내가 가나메를 버린 것처럼 보이니까 세상 사람들은 나를 나쁘게 말할 테고, 아이도 그런 소문을 들으면 나를 원망하지 않을까요."

"하지만 크고 나서는 자연스럽게 바른 판단을 내리게 될 겁니다. 아이의 기억은 선명해서, 성인이 되고 나서 어릴 때 일을 다시 한 번 제대로 꺼내 보며 이건 이랬고, 저건 저랬다는 식으로, 성장한 무렵의 지혜로 재해석을 하죠. 그러니 아이라고 방심할 수는 없어요, 언젠가 어른이 될 때가 오니까요."

미사코는 그 말엔 대답하지 않고 여전히 창가에 멈춰 선 채로 멍하니 밖을 내다보았다. 매화나무 사이로 작은 새 한 마리가 가지에서 가지로 날아다녔다. 꾀꼬리일까? 할미새일까? 하고 생각하면서, 잠시 그 새를 눈으로 쫓았다. 매화 저편 채소밭에서는 할아범이 온상(溫床)[101]의 덮개를 열고, 무언가 묘종을 심고 있는 게 보인다. 2층에서 바다는 보이지 않았지만, 파랗게 갠 바다 쪽 하늘을 바라보자니 왠지 모르게 휴, 하고 무거운 한숨이 나왔다.

"오늘은 스마에 안 가도 됩니까."

"후후."

그녀는 얼굴을 보이지 않은 채 쓴웃음으로 대답했다.

"요즘은 거의 매일 갔다면서요."

"네."

"만나고 싶으면 다녀오세요."

"저, 그렇게 닳고 닳은 사람으로 보여요?"

"그렇게 보인다고 말하는 게 더 맘에 드시는 건지, 어떤 건지."

"솔직하게 말해 주세요."

---

101   모종을 빨리 자라게 하려고 판자 같은 것으로 주위를 둘러싸고, 유리로 덮어 둔 것.

"역시 어느 정도는 창부 타입이고, 점점 그렇게 변해 간다는 데에, 어제 의견이 일치했죠."

"저도 그건 인정해요. 그래도 오늘은 됐어요, 다카나쓰 씨 오셨다고 말해 뒀어요. 무엇보다도 손님을 내버려 두면, 선물을 받아 놓고 실례지요."

"잘도 그런 소릴 하네요, 어제는 하루 종일 집에 없었 으면서."

"어젠, 가나메가 할 얘기가 있을 거라고 생각해서 그랬 어요."

"그럼 오늘은 사모님의 날인가."

"어쨌든 저쪽, 일본 방 쪽으로 가시지 않겠어요? 저는 배가 고프네요. 드시지 않더라도 먹는 구경이라도 하러 오세요."

"오비는 어느 걸로 정했습니까?"

"아직 못 정했어요. 나중에 천천히 볼 테니까 가게는 열어 두세요. ─ 당신은 식사를 마쳤으니 괜찮겠지만, 나는 너무 배가 고파서요."

계단을 내려가는 길에 아래층 양실을 들여다보니, 가나메는 어느새 베란다에서 그곳으로 옮겨 와 소파에 누워 아직도 열심히 아까의 책을 읽고 있었다. 그런데 복도를 따라 일본 방으로 가는 발소리에,

"어때, 좋은 게 있었나?"

하고, 흥미 없는 듯한 목소리로 말을 걸었다.

"다카나쓰 씨는 못쓰겠어요. 선물을 준다고, 준다고 그 렇게 요란하게 선전해 놓고는 구두쇠라니까요."

"구두쇠라니, 당신이 욕심 많은 거야."

"그렇지만, 고로라면 세 필, 돈스는 두 필이라니— "

"그게 싫다면, 굳이 드리겠다고는 안 하겠습니다. 이쪽
도 아주 고마울 따름이지."

"후후."

반쯤 건성으로 억지웃음 소리를 낼 뿐, 조용히 책장을
넘기는 소리가 들렸다.

"당분간은 저기에 빠져 있겠네."

복도를 꺾어 돌면서 다카나쓰가 말했다.

"네, 그래도 뭐든 잠깐 신기해할 뿐이고 오래 안 가요.
아이에게 장난감을 주었을 때 같은 거라서."

미사코는 여덟 첩 넓이의 거실로 들어선 뒤 남편이 앉
는 방석 위로 손님을 안내하고 자신은 자단(紫檀)으로 만든
소반 앞에 앉으면서,

"오사요, 토스트 갖다줘."

주방 쪽에 그렇게 일러두고는 뒤쪽의 뽕나무 찻장을
열었다.

"홍차가 좋아요? 일본차가 좋아요?"

"둘 다 좋아요. 뭔가 맛있는 과자 같은 건 없습니까?"

"양과자라면, 여기 유하임[102]이 있어요."

"그걸로 됐어요. 남이 먹는 걸 그저 쳐다보기만 하면
재미없으니까."

---

102 1차 세계 대전 당시 중국 칭다오(青島)에서 포로로 붙잡힌 독일인 칼 유하임
(Karl Juchheim, 1886~1945)이 1923년 고베 산노미야에 연 독일 과자점.
일본에서 최초로 바움쿠헨을 만들어 인기를 얻었다.

“아아, 여기 오니 개운해졌는데도 아직 뭔가 냄새나는 것 같아요.”

“어느 정도 당신에게 뱄는지도 모르지. 뭐, 내일 나가 보세요.”

“다카나쓰 씨가 있는 동안에는 오지 말라고 할 것 같네요.”

“하지만 정말 서로 반한 사이라면, 마늘 냄새 정도는 아무것도 아닐 텐데. 안 그러면 거짓이지요.”

“경험담 잘 들었어요. 참고 들어줬으니 뭘로 한턱내시려나?”

“그렇게 앞질러 가시면 곤란하고. 뭐, 토스트라도 드세요.”

“그렇지만, 그 냄새를 좋아해 준 분이 있나 봐?”

“있고말고요. ― 요시코도 그랬죠.”

“저런, 그럼 냄새 때문에 도망갔다는 건 거짓말?”

“그건 시바 군이 멋대로 떠든 거지. 지금도 마늘 냄새를 맡으면 내가 생각난다고 한다는군요.”

“당신은 생각 안 나세요?”

“안 나는 건 아닌데, 그 사람은 놀기엔 좋아도 마누라로 삼을 여자는 아니야.”

“창부 타입?”

“응.”

“그럼, 나랑 같네.”

“당신은 날 때부터 창부는 아니야. 창부로 보이는 건 겉모습이고, 속은 현모양처라고 하네요.”

"그럴까요?"

딴청을 피우는 건지 어떤지, 그녀는 먹는 데 여념 없어 보이는 모습으로 즉석에서 샌드위치를 만드는 일에 집중했다. 그러고는 세로로 이등분한 오이 피클을 잘게 썰어서 소시지랑 같이 빵 사이에 끼워, 요령 좋은 손놀림으로 입에 넣었다.

"맛있어 보인다, 그거."

"네. 꽤 맛있어요."

"그 작은 건 뭘까."

"이거? 이건 간으로 만든 소시지. 고베의 독일인 가게 거예요."

"손님에게는 그런 맛있는 음식이 나오지 않았다지."

"그건 그럴 수밖에. 늘 내 아침 반찬으로 정해진 거라서요."

"그거 나도 한입 줘요. 과자보다 그쪽이 먹고 싶어졌네."

"걸신 들렸나 봐. 자, 입을 아 하고 벌려요."

"아 —"

"아, 냄새! 포크에 닿지 않게, 빵만 잘 빼 먹어요. …… 어때요?"

"맛있네."

"이제 안 줄 거예요, 내가 먹을 게 없어지니까."

"포크를 가져오라고 하면 될 것을, 손수 남의 입에 음식을 넣어 주는 그런 점이 창부 같다고요."

"불평할 거면, 남의 걸 먹지 마세요."

"하지만 예전에는 이렇게 예의 없는 사람이 아니었는데…… 아주 정숙하고, 신중하고……"

"네, 네, 그랬겠지요."

"당신은 결국 원래부터 그런 게 아니라, 일종의 허영심인 거지요?"

"허영심?"

"네."

"모르겠어요, 난."

"시바 군이 말하길, 당신을 창부 타입으로 만든 건 자신이니까 자기에게 책임이 있다고 하던데, 나는 꼭 그렇지만도 않은 것 같아요."

"가나메에게 그런 책임감을 느끼게 하고 싶지는 않아요. 역시 나에겐, 날 때부터 그런 구석이 있었다고 생각해요."

"그야, 어떤 현모양처라도 창부 같은 기질이 전혀 없는 건 아니지요. 그렇지만 당신 같은 경우는, 지금의 결혼 생활 탓이 아닐까. 다시 말해서 남들이 쓸쓸한 여자라고 생각하는 게 싫어서, 애써 화려하게 보이려고 한 결과가 아닐까요."

"그게 허영심?"

"역시 허영심의 일종이지요. 남편에게 사랑받지 못하는 걸 남에게 알리고 싶지 않은…… 이렇게까지 말하면 좀 미안하지만……"

"아니에요, 전혀 아무렇지도 않아요. 모쪼록 기탄없이 말씀해 주세요."

"당신은 약한 모습을 안 보여 주려고 일부러 화려하게 꾸미고 있지만, 때때로 쓸쓸한 본성이 드러날 때가 있어. 다른 사람은 몰라도, 시바 군은 그걸 알겠지요."

"가나메가 있으면 나는 이상하게 부자연스러워져요. 가나메가 있을 때와 없을 때, 내 태도가 어느 정도 다르다고는 생각하지 않아요?"

"시바 군이 없으면 당신은 오히려 피폐해 보여요."

"다카나쓰 씨조차 그렇게 느끼실 정도니, 틀림없이 싫어할 거라고 생각해서 가나메 앞에서는 아무래도 굳어 버려요. 그게 어떻게 해도 별도리가 없네요."

"아소 군 앞에서는, 물론 창부 타입 쪽이 나오겠지."

"그렇겠죠, 분명히."

"부부가 되면 의외로 달라지지 않을까?"

"아소하고라면 그런 일은 없을 거라 생각해요."

"그렇지만 아내가 되면 달라지는 걸 묘하게 많이 봤거든. 지금 당신네들은 유희하는 기분을 느끼고 있는 거니까."

"결혼하면 유희적인 기분으로 지낼 수 없어요?"

"그게 그렇게 되어만 준다면 좋겠지만."

"그렇게 지낼 셈이에요, 나는. 결혼이라는 걸 너무 진지하게 생각해서 그게 안 되는 거 아니에요?"

"그럼 질리면 또 헤어질 건가요?"

"그렇게 되겠네, 이론상으로는."

"이론이 아니라, 당신 스스로의 경우라면?"

포크를 움직이던 그녀의 손이, 피클 한 조각을 찌른 채 갑자기 접시 위에서 멈췄다.

" ─질릴 때가 올 거라고 생각합니까?"

"나는 질리지 않을 작정이에요."

"아소 군은?"

"질리지 않을 거라고 생각하지만, '질리지 않겠다.'라고 약속하는 건 곤란하다고 하네요."

"그래도 괜찮은 겁니까, 당신은?"

"난 그 기분을 잘 알아요. 그야 '질리지 않는다.'라고 말해 버리면 되지만, 그에겐 이번이 첫 연애니까, 지금에야 영원히 변하지 않을 것 같아도 실제론 어떻게 될지 앞으로의 일은 자기도 모르죠. 자기가 모르는 걸 약속해 봤자 무의미하고, 거짓말을 하는 건 불쾌하기 때문이라더군요."

"그렇지만 그건 아닌데. 앞으로 어떻게 될지 그런 건 생각하지 않고, 한결같이 '질리지 않는다.'라고 잘라 말할 수 있을 정도의 진지함이 아니면⋯⋯."

"그건 성격이 아닐까요. 아무리 진지하더라도 자기 자신을 속속들이 잘 아는 성격의 사람이라면, 좀처럼 그렇게는 말 못 하지 않나요?"

"나라면, 결과적으로 거짓말을 하게 되더라도 그때는 제대로 약속하겠어."

"아소는 또, 섣불리 약속을 하면, 그것 때문에 오히려 늘 '질리지는 않을까, 질리는 게 아닐까?' 하는 기분이 들 게 틀림없고, 자기 성격으로는 분명히 그렇게 될 거라면서 그 점을 두려워하는 거예요. 그래서 서로 약속을 하지 않고 지금 이대로 함께 있는 것이 제일 좋아요. 자기 기분을 속박하지 않는 편이, 결국 영원히 계속되리라고─"

"그럴지도 모르지만, 아무래도 좀……"

"뭔데요?"

"너무 유희적인 기분인 것 같아서."

"나는 그 사람 성격을 아니까, 그렇게 말해 주는 편이 안심되지만요."

"시바 군에게는 그 얘기를 했습니까?"

"말 안 해요. 오늘까지 그런 얘기가 나올 기회도 없었고, 얘기해 보았자 소용없으니까요."

"그렇지만, 그건 너무 무모하군요. 미래에 대한 보장도 없이 헤어진다는 건."

자연히 목소리가 격해지는 걸 억누르며 그렇게 말을 꺼낸 다카나쓰는, 그때 미사코가 양손을 무릎에 올린 채 조용히 눈을 깜빡이고 있다는 사실을 깨달았다.

"……나는 그런 줄 몰랐어요. ……이렇게 말하면 실례지만, 남편을 버리고 가는 이상, 좀 더 진지할 거라고 생각했어요."

"진지하지 않은 건 아니에요, 나. ……어쨌든 헤어지는 편이 좋으니까."

"그러니까 이렇게 되기 전에 좀 더 잘 생각했으면 좋았잖아요."

"생각했어도 똑같아요. 부부가 아닌데도 여기 있는 건 괴로운 일이에요."

어깨를 펴고 목덜미를 늘어뜨리며 눈물을 멈추기 위해 애썼지만, 반짝이는 눈물 한 방울이 무릎 위로 떨어졌다.

그 여덟 번째

가나메는 아까부터 외설 서적에서 야한 장면을 찾고 있었다. 그가 손에 쥔 1권에는 '첫 번째 밤'부터 '서른네 번째 밤'까지 실려 있었는데, 국판(菊版)[103]으로 360쪽이나 되니 찾는 데 시간이 꽤나 걸린다. 삽화에 낚이더라도 의외로 평범한 이야기가 가득하다. 「현자 두반과 유난왕」, 「세 개의 사과에 얽힌 안타까운 비극」, 「나자레인 거간꾼의 이야기」, 「검은 섬에 사는 젊은 왕에 관한 이야기」[104] —— 그런 식으로 하나하나 표제를 찾아 헤매는 것만으로는, 어느 게 가장 호기심을 충족시켜 줄 만한 이야기인지 짐작조차 가지 않는다. 원래 이 책은 지금까지 완전한 영역본이 없었던 '아라비아의 이야기'를 리처드 버턴[105]이 최초로 글자 하나하

---

103   서적 형태의 명칭. 가로가 15센티미터, 세로가 22센티미터의 판형.
104   「현자 두반과 유난왕」은 네 번째 밤, 「세 개의 사과에 얽힌 안타까운 비극」은
      스무 번째 밤, 「나자레인 거간꾼의 이야기」는 스물다섯 번째 밤, 「검은 섬에
      사는 젊은 왕에 관한 이야기」는 일곱 번째 밤이다.

나까지 뜻을 살려 영어로 옮긴 후 버턴 클럽 회원들이 출판한 한정판이다. 그래서 거의 매 쪽에 붙은 친절한 각주를 띄엄띄엄 읽어 가다 보면, 그에게는 아무런 흥미도 없는 어학연구에 관한 내용도 있지만, 개중엔 아라비아의 풍속과 관습에 관한 해설이나 이야기의 내용을 다소나마 엿볼 수 있는 기록도 있었다. 예를 들면 "깊게 팬 배꼽은 아름답게 보일 뿐만 아니라, 유아한테는 건강하게 자랄 징조라고 여겨진다."라는 것이 있다. "두 개의 앞니 — 하지만 위턱에 한한다.— 사이가 아주 살짝 벌어진 것을, 아라비아인들은 아름답다고 느낀다. 무슨 이유인지는 알 수 없지만, 변화에 대한 이 종족 특유의 애정일 것이다.[106]"라는 내용도 있다.

"왕의 전속 이발사는 보통 고위 고관 출신인데, 이는 주권자의 생명을 떠맡는 사람이라는 지극히 당연한 이유 때문이다. 일찍이 어떤 영국의 숙녀는 이런 인도의 귀족적 피가로[107] 중 한 명과 결혼했는데, 그녀는 남편의 관직이 무엇

---

105 리처드 버턴(Sir Richard Burton, 1821~1890): 영국의 군인, 여행가, 외교관. 서른다섯 가지 언어에 능통하여, 당시 유럽인에게는 알려지지 않았던 이슬람권이나 아프리카 오지 등을 탐험하고 여행기를 썼다. 1885년부터 1888년에 걸쳐 간행된 상세한 각주가 달린 『아라비안나이트』의 완역은, 처음에는 사가본(私家本)으로서 1000부 한정, 예약 회원에게만 배포되었다. 외설적인 부분도 그대로 정확하게 번역했기 때문이다. 그 후에도 버턴판은 음란 서적 취급을 받아, 진귀한 서적으로서 불법적인 경로를 통해 고가에 거래되었다.

106 열여섯 번째 밤 「바그다드의 짐꾼과 세 처녀의 이야기」에 달린 각주.

107 피가로(Figaro). 프랑스의 극작가 보마르셰(Beaumarchais, 1732~1799)의 『세비야의 이발사』에서, 알마비바 백작의 예전 종복이었으며 지금은 세비야에서 이발사를 하고 있는 남자의 이름. 여기서는 종복 겸 이발사의 의

인지를 알고 나서 실망한 나머지 흥이 깨졌다는 이야기가
있다.[108]"

"동방 회교국에서는 기혼자와 미혼자를 막론하고 젊
은 부인이 혼자 돌아다니는 것을 금지한다. 이를 어기는 자
가 있다면, 순경은 포박해도 된다. 이는 밀통을 막는 데 유
효한 수단이라, 일찍이 크림 전쟁[109] 때 수백 명의 영국, 프
랑스, 이탈리아 사관이 콘스탄티노플에 주둔했던 적이 있
는데, 그들 중에는 터키 부인을 손에 넣겠다며 의기양양해
있던 자가 적잖았다. 그러나 그 부인들 중에 틀림없이 터
키인은 한 명도 없었으리라고 나(버턴)는 믿는다. 그들에게
정복당한 여인들은 모두 그리스인이거나 왈라키아인이거
나 아르메니아인[110]이거나, 그도 아니라면 유대인이었다."

"이 부분[111]은 이 아름다운 이야기 중 유일한 오점으로,
레인[112]이 이 부분을 번역했다는 이유로 배척당한 것은 어
쨌든 당연한 일이다[113]"

미이리라.

108 열여덟 번째 밤 「바그다드의 짐꾼과 세 처녀의 이야기」에 달린 각주.

109 1853~1856년, 러시아와 오스만 튀르크·프랑스·영국·프로이센·사르데냐 연
     합군이 크림반도에서 벌였던 전쟁.

110 왈라키아(Wallachia)는 일찍이 루마니아 남동부에 있었던 공국. 아르메니
     아(Armenia)는 소아시아와 카스피해 사이의 지역.

111 열 번째 밤 「바그다드의 짐꾼과 세 처녀의 이야기」에 달린 각주.

112 에드워드 윌리엄 레인(Edward William Lane, 1801~1876): 아라비아어 사
     전을 만든 뛰어난 동양학자였지만, 그가 번역한 『아라비안나이트』는 전체의
     절반 정도에 불과했고, 그것도 에로틱한 부분을 멋대로 고쳐 쓴 것이었다.

113 오역이다. 원문은 'Lane is scandalized and naturally enough by this
     scene……', 정확한 번역은 '레인은, 지극히 당연한 일이지만 이 장면에 분

가나메는 퍼뜩, 드디어 찾아냈구나, 라고 생각하며 급히 그 주석을 읽어 내려갔다.

"……레인이 이 부분을 번역했다는 이유로 ……어쨌든 당연한 일이다. 그러나 그 추잡함은, 우리들 옛 시대에 무대에 오른 희곡(예를 들면 셰익스피어의 『헨리 5세』[114] 같은)과 비교해 보자면 큰 차이가 없다. 하물며 이 야화는 남녀가 함께하는 자리에서 낭독되거나 암송되지 않았던 것이다."

가나메는 이런 주석이 달린 「바그다드의 세 귀부인과 문지기의 이야기」[115]를 곧 읽기 시작했지만, 겨우 대여섯 줄 정도 읽었을 때쯤 거실 쪽에서부터 발소리가 들리더니 다카나쓰가 나타났다.

"자네, 『아라비안나이트』는 나중에 보지 않겠나."

"무슨 일인가?"

가나메는 이렇게 물으며 소파에서 일어나려고도 하지 않고, 아쉬운 듯이 펼쳐진 책을 다리 위에 엎어 놓았다.

"뜻밖의 얘기를 듣고 왔다고."

"뜻밖의 얘기라니……?"

이삼 분 정도, 다카나쓰는 말없이 테이블 주변을 서성였다. 시가 연기가 그 걸음 뒤로 안개 같은 선을 그었다.

개하고 있다.'이다.

114   영국의 극작가 윌리엄 셰익스피어(William Shakespeare, 1564~1616)의 사극 『헨리 5세(King Henry the Fifth)』. 영국 국왕 헨리 5세(1387~1422)가 프랑스와 벌인 전투를 그린 것.

115   원제는 'The Porter and the Three Ladies of Baghdad'로, 'porter'를 '문지기'로 번역한 것은 오역이다. '짐꾼'이 맞다.

"미사코 씨에겐 미래에 대한 아무런 보장이 없다고 하잖아."

"미래에 대한 보장이……?"

"자네도 느긋하지만, 미사코 씨도 너무 느긋해."

"뭐야 대체? 아닌 밤중에 홍두깨라 좀 알아듣기 힘든데."

"아소하고, 언제까지나 애정이 변하지 않겠다는 맹세를 안 했어. 아소는 연애하다 보면 질릴 때가 올 수도 있으니까 장래를 약속할 수 없다고 하고, 미사코 씨도 그걸 승낙했다는 거야."

"흠, ……그런 말을 할 만한 남자이긴 하다만."

가나메는 결국 『아라비안나이트』를 단념하고, 겨우 소파에서 몸을 일으켰다.

"하지만 ……나는 직접 아는 사이가 아니라서 뭐라고 할 입장이 못 되지만 ……그런 소리를 하는 남자라니 불쾌하군. 보기에 따라서는 꽤 나쁜 놈 같기도 하잖아?"

"그렇지만 이보게, 나쁜 녀석이라면 여자의 비위를 맞출 말을 하겠지. 그런데 그러지 않았다는 건 정직하다는 뜻이 아닐까."

"나는 그런 정직함이라면 싫다. 정직한 게 아니라, 불성실한 거야."

"자네 성격으로는 그렇겠지. 그렇지만 아무리 서로 사랑하는 사이라고 해도 언젠가는 질릴 때가 온다네. 영원히 계속해서 똑같은 애정을 품는다는 건 무리니까, 약속할 수 없다는 것도 일리는 있어. 내가 아소라고 해도 역시 그렇게 말할지도 모르겠어."

"그럼 질리면 또 헤어지면 된다는 건가?"

"질린다는 것과 헤어진다는 건 별개라는 말이야. 질리면 다시금 저절로, 연애 감정이 아닌 부부의 애정이 생길 거라고 생각해. 대개의 부부는 그것으로 연결되어 있지 않은가."

"아소라는 남자가 훌륭한 인간이기만 하다면 그걸로 충분하겠지. 그렇지만 질렸다고 버려지면 어떻게 하나? 그런 보장이 없다면 너무나 불안하잖아."

"설마, 그렇게 나쁜 인간은 아니겠지."

"도대체, 이렇게 되기 전에 비밀 탐정에게라도 의뢰해서 조사한 적이 있나?"

"비밀 탐정에게 의뢰한 적은 없어."

"그럼 다른 방법으로라도 조사해 봤어?"

"딱히 별로 조사라고 할 만한 것은 안 했지. ……나는 그런 게 싫고, 금방 귀찮아져서……."

"너라는 인간에게도 질렸다."

다카나쓰는 내뱉듯이 말했다.

"— 상대가 믿을 수 있는 사람이라고 하기에 당연히 대충은 알아봤겠지 하고 생각했는데, 이건 너무 무책임하잖아. 만약 색마 같은 놈이라, 미사코 씨를 속이고 있는 거라면 어떡할 거야?"

"그런 소리를 들으니 왠지 불안해지는데. ……하지만 만났을 때 느낌으로는 괜찮아 보였고 그런 놈은 아니었어. 게다가 나는, 사실 아소보다도 미사코를 믿어. 미사코는 어

116

린애가 아니니까, 좋은 사람인지 나쁜 사람인지를 가려낼
만한 분별력은 있겠지. 미사코가 믿을 수 있다고 하니 그걸
로 안심하는 거야."

"그 여자는 그다지 못 믿겠네. 여자란 영리해 보여도
알고 보면 바보라서 말이야."

"자, 그런 소리 하지 마, 나는 가능한 한 나쁜 경우는
생각하지 않으려고 하니까."

가나메는 마치 다른 사람의 일인 양 내뱉으며, 다시 나
른하게 소파에 누웠다.

도대체 아소와 미사코 사이에 어느 정도의 정열이 불
타오르고 있는지, 가나메로서는 상상이 되지 않는 것이다.
그걸 상상하는 건 아무리 냉정한 남편이라 하더라도 즐거
울 리가 없어서, 때때로 호기심이 움직이는 일은 있어도 일
부러 그런 억측을 모른 척했다. 애초 시작은 대충 이 년도
더 이전의 일이다. 어느 날 오사카에서 돌아와 보니 베란다
에 아내와 마주 앉은 낯선 손님이 있었고, "아소라는 분."이
라고 미사코가 간단하게 소개했다. 남편은 남편대로 아내
는 아내대로, 각자 교제의 범위를 만들어 자유롭게 행동하
는 것이 언제부터인가 익숙해져서 그 이상의 설명은 별로
필요하지 않았다. 말하는 품새로 보아 그 무렵 그녀는 심심
풀이로 고베까지 프랑스어를 배우러 다녔는데, 아마 그곳에
서 친구가 된 것 같았다. 당시 가나메는 그저 그 정도만 알
았을 따름이라 그 후 아내가 이전보다 공들여 몸단장을 하
고, 날이 갈수록 거울 앞에 새로운 화장 도구가 늘어가는 듯
하다는 사실을 전혀 눈치채지 못할 정도로 무심한 남편이었

던 것이다. 그가 처음으로 아내의 기색을 알아챈 때는, 그로부터 일 년 가까이 지나고 나서였다. 어느 날 밤 그는, 이마 위까지 이불을 뒤집어쓴 채 누워 있던 아내가 희미하게 흐느껴 우는 소리를 들었고, 오랫동안 그 소리를 들으면서 불 꺼진 침실의 어둠을 바라보았다. 아내가 밤중에 흐느껴 우는 소리를 낸 것은 그때가 처음은 아니었다. 결혼하고 나서 한두 해 정도 지난 후, 점차 성적으로 그녀를 방치하기 시작하던 무렵, 그는 종종 안타까운 여심을 호소하는 그 울음소리에 위협당했다. 그리고 소리의 의미를 알면 알수록, 가엾다고 생각하면 할수록, 자신과 아내의 거리가 더욱 멀어지는 것을 느껴, 위로할 말도 없이 가만히 그 소리를 듣고 있었던 것이다. 그는 이제부터 평생 몇 년이고 밤마다 이 소리에 불안해질 것을 생각하니 이미 그것만으로도 독신으로 돌아가고 싶었다. 하지만 아내도 점차 단념해 버려서 그로부터 몇 년간은 한 번도 듣지 못했다. 그런데 그날 밤, 오랜만에 그 울음소리를 들은 것이다. 그는 처음엔 자신의 귀를 의심했고, 그러고는 아내의 심리가 이상하다고 생각했다. 이제 와서 그녀는 무엇을 호소하려는 것일까. 단념한 듯 보였건만 실은 포기한 게 아니라, 언젠가는 남편이 상냥하게 대해 줄 날도 있겠거니 하고 긴 세월을 견뎌 내다 결국 더 이상 참지 못하게 된 것일까. 그는 "뭐 이런 바보 같은 여자가 다 있지." 하고 화까지 나면서도, 역시 예전처럼 잠자코 그 소리를 흘려들었다. 하지만 그 후 매일 밤, 끝도 없이 흐느끼는 게 너무나 이상해서, "시끄럽잖아." 하고, 한 번 소리쳐 본 적도 있었다. 그러자 미사코는 그의 질타를 계기로 한층 더 소리 내어 울었다. "용서해 줘요, 나 당신한테 오늘까지 숨겨 온 게 있어요." ─ 하고, 그의 말이 끝나자마자 그녀는 말했다. 그건 가나메에게 의외이긴 했지만, 동시에 속박에서 풀려난 듯한, 갑자기 어깨의 짐이 벗겨진 듯한 편안함을 주기도 했다. 가까스로 넓디넓은 들판의 공기를 가슴 가득 들이마실 수 있게 됐다. ─ 그는 그렇게 생각했을 뿐만 아니라, 그때 이불 위에 누워 실제로 폐부 깊숙이 숨을 들이마셨다.

그녀의 사랑은 아직까진 마음뿐이라 그 이상 진전되지는 않았다고 했다. 그도 그 고백을 의심하지는 않았지만, 그렇더라도 도덕적으로 자신의 빚을 상쇄하기에 충분했다. 그녀가 그런 일을 벌일 수 있었던 건, 자신이 그렇게 만들었기 때문이 아닌가. ─ 그렇게 생각하니 자신의 비열함을 책망할 수밖에 없었지만, 솔직히 언젠가 이런 때가 오기를 남몰래 바랐을 뿐, 그런 바람을 입 밖에 낸 적도 없거니와 몸소 나서서 기회를 만들어 준 기억도 없다. 그저 아무리 노력해도 아내를 아내로서 사랑할 수 없다는 사실이 괴로운 나머지, 그 불쌍하고 가련한 여자를 자기 대신에 사랑해 줄 사람이라도 있다면 하고, 꿈같은 바람을 계속 품었던 데 지나지 않았다. 게다가 미사코의 성격을 생각하면, 설마 그 꿈이 이루어지리라고는 예상하지 못했던 것이다. 아내도 아소와의 일을 밝히고 나서는, "당신에게도 연인이 있는 거 아니에요?"라고 물었다. 이제는 그녀 역시 그가 바랐던 대로 그러기를 바랐던 것일 테다. 그렇지만 가나메는 "내겐 그런 사람 없어."라고 대답했다. 그가 그녀에게 미안한 짓을 한 건,

아내에게는 정조를 지키도록 했으면서 자신은 그러지 않았던 일, ─'그런 사람이 없음'에도 불구하고, 아주 잠깐의 호기심과 육체적 욕구 때문에 매춘부를 찾아갔던 일뿐이었다. 가나메에게 여자란 신이든가 노리개든가 둘 중 하나였고, 그의 입장에서 아내와의 관계가 좋지 않았던 건 그녀가 그 어느 쪽에도 속하지 않았기 때문이었다. 그는 미사코가 아내만 아니었다면, 어쩌면 노리개로 삼았으리라. 아내이기 때문에 그런 흥미를 느끼지 못했던 것이기도 할 터였다. "나는 그만큼, 아직 당신을 존경하고 있다고 생각해. 사랑할 수는 없어도 위안거리로 삼지는 않았어." 가나메는 그날 밤 아내에게 이렇게 이야기했다. "그야 나도 잘 알아요. 고맙게 생각해요. ······그래도 나는, 위안거리가 되더라도 좀 더 사랑받고 싶었어요." 아내는 그렇게 말하고는 격하게 흐느꼈다.

가나메는 아내의 고백을 듣고 나서도, 절대로 아소에게 가라고 그녀를 부추기지는 않았다. 그저 자신에게는 아내의 연애를 '불륜의 사랑'이라고 지적할 권리가 없으며, 연애가 어디까지 진전되든 자신은 인정할 수밖에 없다고 말했다. 그러나 그의 그런 태도가 간접적으로 미사코를 부추긴 건 분명하다. 그녀가 원했던 것은 남편의 빠른 이해력이나 깊은 배려심, 관대함이 아니었다. "나 자신도 어떻게 해야 할지 몰라서 헤맸어요. 당신이 그만두라고 말해 주면 지금이라도 멈출 수 있어요." 그녀는 이렇게 말했다. 만약 그때 고압적이더라도 "그런 바보 같은 짓은 그만둬."라고 말해 주었더라면, 얼마나 기뻤을까. '불륜의 사랑'이라고까지는 하지 않더라도, 하다못해 "도움이 안 돼."라고 말해 주었더라면, 그것만으로도 아소를 단념했을 터다. 그녀가 바랐던 것은 그것이었다. 자신을 이렇게까지 멀리하려는 남편에게서 사랑받기를 원하지는 않았지만, 어떻게든 자신의 사랑을 억눌러 주었으면 하는 게 본심이었다. 그러나 남편은 "어떻게 하면 좋을까요?" 하고 몰아가니, "어떻게 하면 좋을지 나도 몰라."라며 한숨을 내쉴 뿐이었다. 그렇게 아소의 출입에도, 그녀의 외출이 빈번해지고 귀가가 늦어져도, 무엇 하나 간섭하지 않는 데다 싫은 얼굴도 보이지 않았다. 그녀는 생전 처음으로 알게 된 사랑을, 스스로 어떻게든 매듭을 지어야만 했다.

흐느끼는 소리가 그 밤의 고백 이후에도 여전히, 때때로 침실의 어둠 속에 울려 퍼진 것은, 이 돌처럼 차가운 남편에게 버림받았다고는 해도 여전히 애욕의 세계에 투신할 용기가 없어서 갈팡질팡한 결과였다. 특히 남자에게서 편지가 오거나 어딘가에서 만나고 온 날 밤 같은 때에는, 밤새도록 훌쩍훌쩍하고 소리 죽여 우는 소리가 침구 사이로 새어 나와 새벽녘까지 그치지 않았다. 그러던 어느 날 아침, "잠깐 당신에게 할 얘기가 있어."라며 가나메가 그녀를 양관 계단 아래 방으로 부른 것은, 그로부터 반년 정도 지난 때였던가. 테이블 위의 수반에 중국 수선화가 꽂혀 있었고 전기난로를 쬐었던 걸 기억하니까, 아마도 아름답게 갠 겨울날의 일이었다. 그 전날 밤에도 역시 밤새 울어서 그녀도 가나메도 거의 잠을 자지 못했기 때문에, 마주 앉은 부부는 둘 다 눈이 부어 있었다. 사실 가나메는 어젯밤에 얘기를 꺼낼까

하고 생각했었지만, 히로시가 잠에서 깰 우려도 있고 어두운 장소라면 안 그래도 눈물 많은 아내가 한층 더 감상적이 될 것 같아서, 일부러 상쾌한 아침 시간을 고른 것이었다. "이전부터 생각했던 건데 당신에게 좀 상담할 게 있어." 하고, 그가 가능한 한 경쾌하게, 소풍이라도 가자는 듯한 태평한 어조로 말을 꺼냈을 때, "나도 당신에게 상담하고 싶은 게 있어." 하고 앵무새처럼 미사코도 따라 말하며, 수면이 부족한 눈으로 웃으면서 난롯가에 의자를 끌어당겼다. 그리고 서로 흉금을 털어놓아 보니, 두 사람은 대체로 같은 과정을 밟아서 같은 결론에 도달해 있었다. 자신들은 도저히 서로 사랑할 수가 없다. 서로의 좋은 점은 인정하고, 성격도 이해하고 있으니 이제부터 십 년, 이십 년 후 노년에 이르면 혹시라도 성격이 맞게 될지도 모르지만, 이런 불확실한 미래를 기다려 봤자 소용없을 거라고 남편이 말하니, "나도 그렇게 생각해." 이렇게 아내가 대답했다. 아이에 대한 애정 때문에 자신들을 희생하는 건 어리석다는 생각에도 두 사람 다 동의했다. 그렇지만 거기까지 도달했으면서도, "헤어지고 싶은가?" 하고 한쪽이 물어보면, "당신은 어때?" 하고 다른 쪽이 되묻는다. 결국 둘 다 헤어지는 게 낫다는 걸 알면서도 그럴 만한 용기가 없어서, 그저 자신들의 나약한 성격을 저주하며 당황한 상태였다.

　　남편의 속내를 말하자면 자기 쪽에서 아내를 쫓아낼 이유가 없는 데다, 적극적으로 나서면 나설수록 분명히 뒷맛이 개운하지 않을 테니까, 가능하다면 수동적인 입장이고 싶었다. 자신은 지금 당장 결혼하고 싶은 상대가 있는 것

도 아니지만, 아내에게는 있으니 아내 쪽에서 마음을 정해
주었으면 했다. 그렇지만 아내의 주장은, 남편에게 그런 상
대 없이 자신만 행복해지면 헤어지기 힘들다는 것이다. 그
녀는 남편에게 사랑받지 못했지만, 그가 무정한 사람이라
고는 생각하지 않았다. 더 좋은 것을 바란다면 한이 없겠지
만 세상에는 꽤나 불행한 아내들이 많으니, 그렇게 보면 자
신은 사랑받지 못했을 뿐 그 외에 부족할 게 없었다. 그래서
남편과 자식을 버릴 마음까지는 들지 않았다. 요컨대 남편
도 아내도, 헤어진다면 자기가 버림받는 쪽이 되기를 바랐
고, 둘 다 마음 편한 쪽이 되고자 했다. 그들은 어린애도 아
니면서 무엇이 그렇게 괴로웠던 것일까. 이성이 옳다는 걸
실행하지 못하는 까닭은 무엇을 두려워하기 때문일까. 결국
과거의 인연을 잘라 내는 일일 뿐인데. 그 슬픔은 그저 한순
간이라, 세상 사람들을 보면 오랜 시간이 흐르는 동안 그 슬
픔도 점점 엷어지는 것이다. "우리들은 앞으로의 일보다 눈
앞의 이별이 두려운 것이구나." 부부는 이렇게 이야기하며
웃었다.

　가나메는 마지막으로, "그럼, 우리 자신도 모르게 아주
조금씩 헤어지는 방법을 택하지 않겠어?"라는 제안을 했
다. 옛날 사람들은 이별의 슬픔을 이겨 내지 못하는 건 아녀
자의 감정이라고 할지도 모른다. 그렇지만 요즘 사람들은,
설사 아주 작은 고통이라 하더라도 만약 고통을 느끼지 않
고 같은 결과를 얻을 수 있다면 그런 길을 택하는 걸 현명하
다고 한다. 그들은 겁쟁이 같은 스스로를 부끄러워할 필요
가 없다. 겁쟁이라면 겁쟁이한테 어울리는 방법으로 행복을

찾는 게 옳다. 그래서 가나메는 미리 머릿속으로 각각의 항목을 정리해 둔 다음, 아래와 같은 조건을 제시하고 "이렇게 해 보면 어떨까."라고 말했다.

하나. 미사코는 당분간 대외적으로 가나메의 아내로 지낼 것.

하나. 마찬가지로 아소는 당분간 대외적으로 그녀의 친구로 지낼 것.

하나. 세상 사람들의 의심을 초래하지 않는 범위 안에서, 그녀가 아소를 사랑함에 있어 정신적으로나 육체적으로 자유로울 것.

하나. 이렇게 일이 년 경과를 보다가 서로 사랑하는 두 사람이 부부가 되어 잘해 나갈 것 같은 전망이 보이면, 가나메의 주도로 그녀 친정의 양해를 얻어 대외적으로도 그녀를 아소에게 양도할 것.

하나. 그런 까닭에서 이 일이 년간을 그녀와 아소의 '사랑의 시험' 시기로 삼는다. 만약 이 시험에 실패하여 양자 사이에 성격 차이가 발견되고, 결혼해도 도저히 원만할 것 같지 않음이 인정된다면, 그녀는 역시 원래대로 가나메의 집에 머무를 것.

하나. 다행히 시험에 성공하여 두 사람이 결혼한 경우, 가나메는 두 사람의 친구로서 오랫동안 교제를 계속할 것.

그는 이 이야기를 하고 나자, 아내의 안색이 마치 그날 아침 하늘처럼 빛으로 가득 차오르는 걸 보았다. 그녀는 단한 마디, "고마워."라고 말했다. 그 눈에서는 기쁨의 눈물이

톡 하고 떨어졌다. 몇 년 만에 마음속 응어리가 풀리고, 비로소 안심하고 맑은 하늘을 올려다보는 듯한 심정이었다. 아내의 기쁨을 알게 된 남편도 마찬가지로 가슴의 체증이 내려간 듯한 기분이었다. 부부가 되고 나서 오랜 세월 석연치 않은 기분으로만 지내 왔던 부부는, 얄궂게도 헤어지자는 얘기가 나오고서야 겨우 스스럼없이 서로 마음을 터놓을 수 있게 된 것이었다.

말할 것도 없이 일종의 모험이기는 했지만, 그런 식으로 눈감아 주며 서서히 빼도 박도 못할 처지로 몰아넣지 않으면, 남편도 아내도 헤어질 길이 없는 것이었다. 아소도 이의가 있을 리 없었다. 가나메가 그에게 이런 생각을 털어놓았을 때, "서양이라면 이런 일이 그다지 까다로운 문제가 되지 않겠지요. 그렇지만 지금의 일본 사회에서는 좀처럼 그렇게 되기 어려우니, 이 계획을 실행하려면 상당히 영리하게 처신해야 한다고 봅니다. 그러기 위해서는 무엇보다도 우리들 세 사람이 서로 굳게 믿는 게 제일이죠. 아무리 친한 친구들 사이에서라도 이런 문제라면, 어쨌든 오해가 생기기 쉬워요. 우리들은 각자 꽤 미묘한 관계니까 서로의 감정이 상하지 않도록, 그리고 한 사람의 부주의 때문에 다른 두 사람이 궁지에 몰리지 않도록, 아주 조심해야 합니다. 부디 그쪽도 그렇게 해 주시기를." 하고 다짐해 두었다. 그 결과 아소는 되도록 가나메의 가정에 모습을 보이지 않게 됐고, 미사코 쪽에서 '스마에 가게끔' 되었던 것이다.

그때 이후로 가나메는 두 사람의 관계에 말 그대로 '눈을 감아' 버렸다. 이제 이걸로 됐어, 이대로 가만히 있으면 나의 운명은 저절로 정해진다. ── 그는 흐름에 몸을 맡기고, 흘러가는 대로 얌전하고도 맹목적으로 따라가고자 노력하는 것 외에는 자신의 의지를 발휘하려고 하지 않았다. 다만 그렇게 되어서도 여전히 두려운 건, 시험 기간이 지나고 드디어 마지막 순간이 다가오고 있다는 사실이었다. 아무리 완만하게 어름어름 떠밀려 가려고 해도 반드시 한 번은 이별의 장면을 거쳐야 한다. 멀리 바라보아 평온한 듯한 뱃길에서도, 어떤 한 지점에서는 폭풍 지대를 빠져나가야만 하는 것이다. 그곳에 다다랐을 때에는 감았던 눈을 떠야만 한다. 그러한 예감은 겁 많은 그를 한층 일시적으로 회피하게 하고, 방치하게 하고, 태만하게 하는 결과를 낳았다.

"자네는 헤어지는 게 괴롭다, 괴롭다 하면서도 또 한편으로는 그런 무책임한 짓을 하고 있으니, 그러면 너무 칠칠하지 못하잖아."

"내가 칠칠하지 못한 게 뭐 어제오늘 일인가. ── 그렇지만 내 생각에, 도덕이라는 건 개개인 모두가 조금씩은 달라도 된다고 봐. 사람은 누구나 자기 성격에 맞는 도덕을 만들고 그걸 실행할 수밖에 없는 거지."

"그야 분명히 그렇지만, ── 그래, 자네의 도덕에서는 칠칠하지 못한 게 선(善)이 되는 건가?"

"선은 아닐지도 모르지만, 날 때부터 결단력이 부족한 사람이 억지로 성격을 거스르면서까지 결단을 내릴 필요는 없어. 그러면 쓸데없는 희생이 커지고, 결국에는 오히려 나쁜 일이 생기지. 칠칠하지 못한 인간은 역시 그 성격에 맞게 진퇴의 길을 모색해야 해. 그래서 내 도덕을 지금의 상황에 맞춰 보면 헤어지는 게 최선이니까, 마지막에 그걸 이루기만 한다면 과정은 아무리 빙 둘러가더라도 아무 지장 없어. 사실 좀 더 칠칠하지 못해도 상관없다고 생각해."

"그런 소리 하다 보면 최선에 다다를 때까지 평생 걸릴지도 모른다."

"어, 나는 진지하게 그런 생각도 한 적이 있어. 서양 귀족들 사이에서는 간통이 드물지 않다지. 하지만 그들의 간통은 부부가 서로 속이는 게 아니라, 암묵적으로 각자 인정한 경우, ── 다시 말해서 지금 우리 같은 경우가 많았잖아. 일본 사회가 허락만 해 준다면 나는 평생 이 상태로 지내도 좋은데 말이야."

"서양에서도 그런 방식은 시대에 뒤처진 거야, 종교의 위력이 사라져 버렸으니까."

"종교에 얽매였기 때문만은 아니야, 역시 서양 사람이라도 과거의 인연을 너무나 명백하게 끊어 버리는 일이 두려웠던 게 아닐까?"

"어떻게 하든 자네 맘이지만, 난 이만 실례하겠네."

그렇게 쌀쌀맞게 쏘아붙이며, 바닥에 떨어진 『아라비안나이트』를 이번에는 다카나쓰가 주웠다.

"왜?"

"왜라니, 뻔하지 않나. 그런 애매한 이혼담에 타인이 입을 놀릴 수는 없잖아."

"그건 곤란하지."

"곤란해도 별수 없어."

"별수 없어도 어쨌든 네가 달아나면 곤란해. 내버려 두면 더 애매해지기만 할 뿐이야. 이봐, 제발 부탁해.”

　“아, 됐어, 오늘 밤 히로시 군을 데리고 도쿄에 갈 거
야.”

　다카나쓰는 더 상대하지 않고, 냉담하게 책을 넘겼다.

그 아홉 번째

휘파람새도/ 도성에 찾아드는 봄/ 만났지만은
마음은 요도가와(淀川)/ 올라가는 배……

오히사는 샤미센 제3현의 음을 낮추어[116] 지우타인 「능직 비단」[117]을 불렀다. 노인은 이 노래를 좋아했다. 지우타라는 건 대개 풍류가 없지만 이 노래에는 어딘지 에도의 속곡 같은 기개가 있어서, 간사이 지방에 두 손 들었다 해도 본디 에도 출신인 노인의 취미에 맞는 것인지도 모른다. 그리고 "올라가는 배……" 다음의 간주[118]가 좋다. 평범한 것

---

116   샤미센의 기본적인 조현법(調絃法)을 '본가락(本調子)'이라 부르는데, 이 본
       가락에서 제3현의 음을 낮춘 것.
117   지우타는 '그 지방의 노래'라는 의미로, 가미가타(上方, 교토 근방)에서 맹인
       음악가에 의해 작곡·연주·전승된 샤미센 음악의 가곡을 가리킨다. 간토에
       서는 '가미가타우타(上方唄)'라고 부른다. 「능직 비단(あやぎぬ)」은 유녀가
       유곽을 벗어나 연인이 있는 도읍으로 가는 경로를 나열한 노래. 본가락에서
       제3현의 음을 낮춰 연주한다.

같으면서도 은근히 마음을 찔러 와, 듣다 보면 요도가와의 물소리가 들리는 것 같단다.

> ……마음은 요도가와/ 올라가는 배
>
> 내 갈 길 가로막는/ 매서운 북풍
>
> 오도 가도 못하는/ 통나무배는
>
> 기슭 버드나무에/ 붙들려 버린 채로
>
> 걸어 본 적도 없는/ 뭍에 걸려서
>
> 올라갔다 돌아왔다/ 몇 번이던가
>
> 하룻밤을 보내는/ 하치켄야(八軒家)에
>
> 불편한 잠 깨우는/ 아미지마(網嶋)의/ 우는 까마귀인가
>
> 간잔지(寒山寺)에서……

활짝 열린 2층 마루에서 내다보면 선착장을 낀 한 갈래 길을 사이에 두고, 이미 저녁놀로 물든 바다 풍경이 펼쳐져 있었다. 단노와(淡の輪)를 왕래하는 배[119]인 듯한, '기단마루(紀淡丸)'라 쓰인 기선이 부두를 떠나고 있었는데, 사오백 톤이 채 되지 않을 정도의 선체가 휙 뱃머리를 바꾸었을 때 배 꼬리가 물가에 스칠 정도로 작은 항구였다. 가나메는 툇마루에 방석을 깔고는, 항구의 출구를 막고 있는 설탕 과자처럼 귀여운 콘크리트 방파제를 바라보았다. 방파제 위의 귀여운

118 　일본 음악에서 노래와 노래 사이에 악기 등으로 연주하는 부분.

119 　단노와는 스모토(洲本)에서 기단(紀淡) 해협을 건너 맞은편 기슭에 있는 항구 마을. 오사카부 센난군(泉南郡) 미사키초(岬町) 단노와.

등롱에도 이미 불이 켜진 듯했지만, 수면은 아직 엷은 남빛으로 밝았고 두세 명의 남자가 등롱 아래 앉아 낚싯대를 드리우고 있는 모습이 보인다. 딱히 절경이랄 것도 없건만, 이런 남국적인 해변 마을의 느낌은 결코 간토 시골에는 없다. 그리고 보니 언젠가 히타치 지방의 히라카타 항구에 놀러 갔을 때, 포구를 둘러싼 양쪽 산부리에 등롱이 있고 기슭에는 유곽이 쭉 늘어서 있던 광경이 너무나 옛 선착장 같은 분위기라고 생각했던 건 그럭저럭 이십 년도 더 된 일이었던가. 하지만 히라카타의 퇴폐적인 느낌에 비해 이곳은 역시 밝고 향락적이다. 많은 도쿄 사람들이 그렇듯, 굳이 따지자면 밖에 나가는 걸 싫어하고 좀처럼 여행 같은 것도 하지 않는 가나메는, 한차례 목욕을 마치고 숙소 난간에 기대어 있는 유카타 차림의 자신을 돌아보니, 그저 바다를 하나 건너 세토우치 섬으로 건너왔을 뿐인데도 왠지 엄청나게 멀리 떠나온 것 같은 기분이었다. 사실 노인이 같이 가자고 했을 때, 그는 그다지 마음이 내키지 않았다. 어쨌든 노인의 계획이라는 건 오히사를 데리고 아와지의 서른세 곳[120]을 순례하겠다는 뜻이었으므로, 그 사이에 끼는 게 불편하기도 하고 노인의 즐거움을 방해하기 싫어서 사양하는 편이 좋겠다고 생각했다. 그렇지만 "뭐, 그렇게 사양할 거 없네. 우리들은 스모토[121]

120　관세음보살이 중생을 제도하기 위해 부처·제석(帝釈)·비사문천(毘沙門天)·장자(長者)·사내아이·여자아이·천(天)·용(龍)·야차(夜叉)·아수라(阿修羅) 등 서른세 가지로 변신한다는 『법화경(法華經)』의 설에 근거하여, 관음을 안치한 서른세 곳의 영장(靈場)을 순례함으로써 관음의 공덕을 입으려는 풍습.
121　아와지마 남동부에 있는 성 아래 마을·항구 마을. 아와지마의 중심 도시.

에서 하룻밤 자고, 인형극의 원조인 아와지 조루리(淡路浄
瑠璃)[122]를 구경할 거야. 그러고 나서 순례를 떠나 영지를 돌
거니까, 하다못해 스모토까지라도 함께 갑시다." 노인도 이
렇게 권하고 오히사도 거들었기 때문에, 게다가 요전에 분
라쿠자가 인상적이었던 터라 그 아와지 조루리라는 데에도
부지불식간에 호기심이 동한 것이었다. "어머, 취흥이네요.
그렇다면 당신도 순례 준비를 하지 그래요." 하고 미사코는
눈살을 찌푸렸지만, 가련한 오히사가 가부키「이가고에(伊
賀越)」[123]에 나오는 오다니처럼 애처롭게 차려입은 모습을
상상하면, 그녀와 함께 순례가[124]를 부르고 방울을 울리며
여행을 하려 한다는 노인의 도락이 조금일지언정 부럽지 않
은 건 아니었다. 듣자 하니 오사카의 한량들 사이에서는 좋
아하는 기생을 데리고 매년 아와지의 섬을 도는 사람들이
드물지 않다고 한다. 그리고 노인도 올해를 시작으로 이제
부터 매년 계속하겠다면서, 햇볕에 타는 걸 두려워하는 오
히사와는 달리 굉장히 신이 나 있었던 것이다.

1940년에 시로 승격되었다.

122   도요토미 히데요시가 통치하던 시대에 시작되었다고 하며, 분라쿠자에 비
해 오래된 작품이 비교적 옛 모습 그대로 전승되고 있다. 인형은 1887년 무
렵부터 커졌다.

123   인형 조루리·가부키 『이가고에도츄스고로쿠(伊賀越道中双六)』의 통칭. 3
대 복수담 중 하나인 『이가의 복수(伊賀の仇討)』에서 취재한 작품. 8단(段)
째인 오카자키의 단에서 가라키마사에몬[唐木政右衛門, 모델은 아라키마타
에몬(荒木又右衛門)]에게 이혼당한 아내 오다니(お谷)가 자식을 데리고 순
례자 차림으로 등장하는 장면이 있다.

124   각 영장마다 노래가 정해져 있으며, 순례자가 방울을 울리며 부른다.

"뭐라고 한 건가요, 방금 가사는? '하룻밤을 보내는 하치켄야'였나.──그 하치켄야라는 건 어디 있는 겁니까?"

오히사가 다다미 위에 황갈색 물소 채를 내려놓았을 때, 노인은 5월인데도 여관의 유카타 위에 격자무늬 갈포 겹옷을 걸치고, 약한 불에 올려 둔 주석 술병을 만져 보았다. 그러고는 예의 붉게 칠한 잔을 앞에 두고 느긋하게 술이 데워지기를 기다렸는데,

"과연, 가나메 씨는 에도내기라 하치켄야를 모르겠구먼."

이렇게 말하며 화로 위의 술병을 집었다.

"옛날에는 오사카 덴마바시(天滿橋) 다릿목에서 요도가와로 다니는 배가 떴어. 그 배들을 주선하는 집이 있던 곳이라네."

"아, 그렇습니까. 그래서 '하룻밤을 보내는 하치켄야, 불편한 잠 깨우는 아미지마'입니까?"

"지우타라는 건 길면 졸리기만 하고 별 감동을 안 줘. 역시 듣고 재미있는 건 이 정도 길이의 노래밖에 없어."

"어때요, 오히사 씨. 뭐든 방금 전 같은 노래를 한 곡 더……"

"아니야, 이 아이는 도무지 서툴러서 말이야."

노인이 옆에서 끼어들며,

"나이 어린 여자가 부르면, 노래가 너무 예뻐져서 안 된다고. 샤미센도 좀 더 거칠게 치라고 늘 얘기하는데도, 그 기분을 이해 못 하고 마치 나가우타라도 부르는 것처럼 하니까……"

"그렇게 말씀하시면 이제 연주 안 해 드릴 거예요."

"뭐, 됐다. 한 곡 더 네가 해 보거라."

"못 해요, 저는."

오히사는 투정 부리는 아이처럼 얼굴을 찌푸리고 중얼거리면서, 세 번째 현의 음을 높였다.

정말로 그녀 입장이 되어 생각해 보면, 이 까다로운 노인의 시중을 드는 것도 보통 일은 아닐 것이다. 노인이야 눈에 넣어도 아프지 않을 만큼 귀여워해서 기예와 요리, 몸단장에 이르기까지 모두 기량을 닦아, 자신이 죽고 나면 어디로든 좋은 곳에 인연을 맺어 주려고 정성을 들이는 것이지만, 그런 시대에 뒤떨어진 가르침이 젊은 여자에게 과연 얼마나 도움이 되겠는가. 보는 것이라고는 인형극, 먹는 것이라고는 고사리나 고비나물 조림뿐이라면, 오히사도 생명을 부지하기 힘들 것이다. 가끔은 활동사진도 보고 싶을 것이고 비프스테이크도 먹고 싶을 텐데, 그걸 참아 내는 건 역시 교토 출신이기 때문에 가능한 일이라며 가나메는 종종 감탄하는 한편, 이 여자의 심리가 신기하다는 생각도 들었다. 그러고 보면 노인은 한때 꽃꽂이를 배우게 하는 데 열심이더니, 그게 요즘에는 지우타가 되어 일주일에 한 번씩 일부러 오사카 남쪽에 사는 어떤 맹인 검교(檢校)[125] 집까지 둘이서 배우러 가는 것이었다. 교토에도 상당히 괜찮은 선생이 있

---

125 이 인물의 모델은, 1927년 다니자키가 지우타의 샤미센을 배우기 시작했던
     오사카의 기쿠하라 고토지(菊原琴治) 검교. 검교란 무로마치 시대 이래 맹
     인에게 부여된 최고의 관직이었으나, 메이지 유신 이후 실권을 지니지 않는
     사적인 칭호가 되었다.

음에도 오사카류를 배운다는 건 노인의 자랑거리라, 히코네(彦根) 병풍[126]이라도 보다가 생각해 낸 것인지, 지우타의 샤미센은 오사카식으로 무릎에 올려놓지 않고 연주하는 게 좋다. 어차피 지금부터 배워 봤자 잘 치게 될 리가 없으니, 하다못해 연주하는 모습의 아름다움에서 즐거움을 얻고 싶다. 젊은 여자가 다다미 위에 앉아, 몸을 약간 비틀며 연주하는 모습에는 은근한 정취가 있다. 그렇게 말하는 걸 보면 오히사의 샤미센을 듣는다기보다는 바라보며 즐기려는 것이었다.

"자, 그런 소리 하지 말고 어서 한 곡 더……"

"뭘로 할까요."

"뭐든 좋지만, 되도록 제가 아는 걸로 해 주세요."

"그렇다면 「눈(雪)」[127]이 좋겠군."

노인이 이렇게 말하며 가나메에게 잔을 건넸다.

"「눈」이라면 가나메 씨도 들어 본 적이 있겠지."

"예, 예, 제가 아는 건 「눈」이나 「검은 머리」[128] 정도입니다."

가나메는 그 노래를 듣는 동안에 문득 생각난 것이 있었다. 어릴 때 살던 구라마에의 집은, 오늘날 교토 니시진

---

126 히코네의 번주였던 이이(井伊) 가문에 전해져 내려오는 에도 초기의 병풍이며 국보. 샤미센을 무릎에 올려놓지 않고 연주하는 남녀 등, 당시 유곽의 풍속이 그려져 있다.

127 지우타 중 하나며, 거문고를 타서 연주하는 음악. 속세를 버리고 비구니가 된 예기가 여전히 옛 연인을 잊지 못하는 심정을 표현한 것.

128 지우타. 외로운 여인의 잠들 수 없을 만큼 애타는 마음을 표현한 것.

(西陣) 근처의 상점 구조처럼, 그냥 지나치면 폭이 좁은 격자 모양이지만 밖에서 보는 것보다 안쪽이 훨씬 깊어서, 몇 칸이고 가늘고 길게 이어지다가 끝에 작은 중정이 나타난다. 그 복도를 따라 그곳을 지나가면 가장 안쪽 막다른 곳에 또 상당한 별채가 있고, 거기가 가족의 거처가 되는데, 그렇게 같은 구조의 집들이 오른쪽에도 왼쪽에도 늘어서 있어서 2층에 올라가면 담장 철책 너머로 옆집의 중정이 보이고, 별채의 마루가 보였다. ……그러나 그 당시 도쿄의 서민 동네는 지금 생각해 보면 얼마나 조용했던 것일까. 어렴풋한 기억이라 확실하게 말할 수는 없지만, 그 무렵에는 한 번도 옆집의 말소리를 들어 본 적이 없었다. 담장 너머에는 전혀 사람이 살지 않는 듯, 늘 괴괴하고 달그락 소리 하나 나지 않아서, 마치 쓸쓸한 시골 마을 사족(士族)의 저택에라도 간 듯한 적적함이 있었다. 다만 언제였던가, 그곳에서 가끔씩 거문고에 맞춰 희미한 노랫소리가 새어 나왔다. 그 소리의 주인은 '후 짱'이라는 아이로, 기량이 뛰어나다는 평판이 높았기 때문에 가나메도 그런 소문을 듣긴 했지만, 그때까지 한 번도 얼굴을 본 적이 없었고 보고 싶은 기분도 들지 않았다. 그러던 어느 날 우연히 2층에서 들여다보았을 때, 아마도 여름 해 질 녘이었을 것이다. 마루에 방석을 깔고 활짝 걷힌 발에 등을 기댄 채, 모기떼가 날아다니는 땅거미 진 하늘을 올려다보던 어슴푸레 하얀 얼굴이, 흘끗 이쪽을 돌아보았다. 어린 마음에도 그 아름다움에 깜짝 놀라 무서운 것이라도 본 것처럼 당황해서 고개를 움츠려 버렸기 때문에, 어떤 얼굴 생김이었는지 정리된 인상 따윈 남

지도 않았다. 첫사랑이라기에는 너무나도 아련한 동경과도 비슷한 쾌감이, 그 후 오랫동안 아이의 꿈속 세계를 지배했다. 그건 적어도 가나메 안에 깃들어 있던 여성 숭배가 최초로 싹튼 것일 터였다. 그는 지금도 그때의 그녀가 몇 살 정도였는지 짐작이 가지 않았다. 일고여덟 살 남자아이에게는 열너덧 살의 소녀도 스무 살 전후의 어른과 다름없어 보였을 테고, 더구나 깡마른 중년 여인 같은 차림새를 하고 있었기에 자기보다 훨씬 누나로 보였다. 그뿐만이 아니라, 분명 그녀의 무릎 앞에는 담배 소반이 놓여 있고, 손에는 긴 담뱃대를 들고 있었던 것 같은 기분이 들었다. 그러나 그 무렵만 해도 에도 말기의 멋지고 씩씩한 풍토가 서민 여성에게까지 남아 있어서 가나메의 어머니도 더울 때에는 팔을 걷어붙이고 있었을 정도라, 담배를 피우고 있었다 한들 어른이라는 증거는 아닐지도 모른다. 가나메의 집은 사오 년 지나 니혼바시 쪽으로 이사했기 때문에, 그가 그녀를 엿본 것은 그 전에도 그 후에도 단 한 번뿐이었다. 그 뒤로는 거문고를 조율하는 소리나 노랫소리에 한층 귀를 기울이게 되어, 그녀가 즐겨 부르는 노래가 「눈」이라는 걸 어머니에게 들은 적이 있었다. 거문고에 맞춰 부르는 노래이기는 했지만, 때때로 샤미센에 맞춰서도 불렀다. 도쿄에서는 그 노래를 「가미가타우타」라고 한다고, 어머니가 가르쳐 주었다.

그는 그 후로 「눈」이라는 노래를 전혀 듣지 않았기 때문에, 일부러 잊으려던 게 아니라 그저 잊힌 채 십 년 정도의 시간이 흘렀다. 어느 해 간사이 지방을 구경 갔다가 기온

(祇園) 찻집[129]에서 마이코의 춤을 보았을 때, 오랜만에 또 그 노래를 듣고는 형언할 수 없는 그리움을 느꼈다. 춤에 맞춰 노래를 부른 건 오십이 넘은 노파였기 때문에, 목소리에도 대충 쓸쓸함이 깃들어 있었고 샤미센의 음색도 둔하고 나른하며 탁탁거리는 수수한 울림이 있어서, 노인이 거칠게 부르라는 말은 그런 맛을 요구하는 것인 듯했다. 그 노파에 비한다면 과연 오히사는 예쁘게만 부를 뿐 함축된 맛이 없다. 그러나 옛날 '후 짱'도 역시 아름다운 방울 같은 목소리로 불렀기에, 가나메에게는 젊은 여자의 육성 쪽이 더 추억을 돋우는 것이다. 게다가 그 탁탁거리는 교토풍의 샤미센보다는, 오히사가 연주하는 오사카풍 샤미센의 격조 높은 울림이 어느 정도 거문고 소리를 품은 까닭이기도 했다. 원래 이 샤미센은 지판을 아홉 부분으로 나누어 접어서 통에 넣을 수 있게 한 특제품으로, 노인은 오히사와 함께 유람할 때 이걸 빼먹지 않고 들고 가는 것이다. 그러나 숙소 객실이라면 몰라도 흥이 난다 하면 길가 찻집의 의자에서도, 만개한 꽃나무 아래에서도, 싫어하는 오히사를 무리하게 다그쳐서 연주하게 하는 식이라, 작년 음력 9월 13일[130] 달구경을 하던 밤에도 우지가와를 타고 내려가는 배 안에서 연주를 시켰다. 물론 거기까진 좋은데, 그 때문에 오히사보다도 노

---

129 기온은 교토시 히가시야마구 야사카(八坂) 신사의 입구 앞, 시조도오리(四条通り) 남북에 걸쳐 있는 유곽. 찻집은 간토 지방의 요정을 뜻한다. 손님이 예기(芸妓)·춤추는 기생(舞妓, 마이코)을 불러 노는 장소. 요리는 만들지 않고 주문을 받아 배달해 준다.

130 음력 8월 15일 밤 다음으로 달이 아름답다.

인 쪽이 감기에 걸려서 나중에 심하게 앓은 적이 있었다.

"자, 이번엔 당신이 불러 보시면……"

그렇게 말하며 오히사는 노인 앞에 샤미센을 두었다.

"가나메 씨는「눈」가사의 의미를 잘 아는가."

무심한 척 샤미센을 들고 음정을 낮게 조절하면서, 내심 노인은 득의양양한 기색을 감추지 못하는 것이다. 도쿄에서 살던 시절에 잇추부시(一中節)[131]의 소양을 쌓았던 덕인지, 지우타 연습은 정말 최근에 시작했음에도 비교적 능숙하게 연주를 하는가 하면 노래도 잘해서, 잘 모르는 사람이 들으면 어쨌든 일종의 운치가 있었다. 그리고 본인도 그걸 적잖이 자랑으로 삼아서 제법 대가인 양 잔소리를 늘어놓는 게 오히사를 한층 불편하게 했다.

"글쎄요, 대체로 옛날 노래 가사라는 건 어렴풋하게 기분은 알 것 같지만 문법적으론 거의 엉터리지 않습니까."

"그렇지, 정말로. ……옛날 사람들은 문법 같은 건 생각하지 않았지. 어렴풋하게 기분을 알겠다, ── 그 정도로 충분하네. 그런 어렴풋한 부분에 오히려 여운이 있으니까. 예를 들면 이런 가사가 있지, ──"

노인은 곧 노래를 시작했다. "……'지금은 노자와의/ 한 줄기 강물/ 고뇌하는 마음을/ 품은 이도 잠시간/ 시름을 잊게 하는/ 인연의 달빛/ 남몰래 비춰 주는/ 저 창문 안쪽[132]

---

131 조루리의 한 유파. 초대 미야코다유잇추(都太夫一中)가 1700년 무렵 교토에서 창시. 후에 주로 에도의 상류층, 서민 사이에서 사랑받았다.

132 지우타「인연의 달(由縁の月)」의 한 구절. 생각지도 못했던 사람의 첩이 된 유녀가 옛 연인을 그리워한다는 내용.

……그다음이 '드넓은 이 세상을/ 살아가면서'인데, 이건 남자가 여자한테 몰래 다가가는 장면이지. 그걸 노골적으로 드러내지 않고, '시름을 잊게 하는/ 인연의 달빛/ 남몰래 비춰 주는/ 저 창문 안쪽'이라고, 일부러 여운을 남긴 게 좋지 않은가. 오히사 같은 애는 이런 의미를 생각하지 않고 부르니까 마음이 드러나질 않아."

"과연, 말씀을 들어 보니 그런 의미일지도 모르겠습니다만, 그걸 알고 부르는 사람이 몇이나 되겠습니까?"

"모르는 사람은 몰라도 되고, 아는 사람만 알아주면 된다는 태도로 노래를 지은 게 오히려 그윽한 정취가 있다는 생각이 든다오. 어쨌든 옛날에는 대체로 맹인들이 노래를 지었으니까, 그만큼 비뚤어지고 음침한 구석이 있지."

취하지 않으면 노래할 기분이 나지 않는다는 노인은, 지금이 딱 노래하기 좋을 만큼 취한 기분인 듯, 자신도 맹인인 양 눈을 감고 노래를 계속했다.

일찍 자고 일찍 일어나는 노인의 특성 때문에, 8시면 아직 초저녁인데도 그는 벌써 이부자리를 펴고 어깨를 주물러 주는 오히사의 안마를 받으며 잠들었다. 그러나 복도를 사이에 둔 건너편 방으로 온 가나메는, 술기운에 억지로라도 잠들기 위해 이불을 뒤집어써 보긴 했으나, 늘 밤늦도록 깨어 있던 버릇에 몸이 길들어서 쉬이 잠에 빠져들지 못하고 오랫동안 꾸벅꾸벅 졸고만 있었다. 굳이 따지자면 그는 이렇게 혼자서 방 하나를 독차지하고 자는 걸 좋아했다. 모처럼 편안하게 자려고 해도 같은 방에 아내가 베개를 나란히 하고 누워 그 훌쩍거리는 소리를 내기라도 하면, 편한 곳에서 푹 자고 싶은 욕심에 하코네나 가마쿠라로 일박 여행을 떠나, 그야말로 진짜 거리낌 없이 평소 쌓인 피로를 충분히 풀며 쉬었던 것이다. 그랬던 것이 요즘에는 부부가 완전히 무관심해져서 서로의 존재를 개의치 않게 되자, 같은 방에서도 아무렇지 않게 각자 숙면을 취하게 되었다. 자연히 일박 여행을 갈 필요도 없어졌는데, 오랜만에 혼자 자 보니 복도 건너편에서 들려오는 노인 부부의 소리 죽인 말소리가 지금의 아내보다도 잠드는 데 훨씬 방해가 됐다. 둘만 남으니 오히사에게 말을 건네는 노인의 태도가 완전히 다른 사람처럼 다정한 데다 목소리까지 변해서, ── 그것도 분명하게 말하면 괜찮을 것을, 저쪽에서는 또 가나메를 배려하는 것일 테지만 소곤소곤 주변에 신경을 쓰듯 자못 졸린 것처럼, 반은 입속으로 '흥흥' 하고 어리광 부리듯 말하는 것이다. 거기에 더해 쿵, 쿵 하고 오히사가 전신을 안마하는 소리가 베개를 타고 울려오는데, 그게 좀처럼 그칠 것 같지 않다. 노인이 무언가 구시렁구시렁 말하고 오히사 쪽은 짤막하게 "네네." 하며 듣고 있는 듯한데, 때때로 "뭐뭐예요."라고 대답하는 그 "……예요."라는 어미만이 어렴풋하게 들려온다. 가나메는 보통 다른 부부가 오순도순 금슬 좋은 모습을 보면, 자신들과 비교해서 그 행복이 부럽기도 하고 남 일이지만 기쁘기도 하여 결코 싫지 않았는데, 이 노인처럼 서른 살 이상 차이가 나는 한 쌍의 이런 행태를 보고 있노라면 미리 각오했더라도 역시 조금은 불쾌했다. 하물며 노인이 자신의 친부모였다면 오죽 기가 막힐까 싶어서, 미사코가 오히사를 미워하는 심정이 이제야 이해되는 것이었다. 이쪽은 잠들지 못하고 이런 생각을 하는 사이에 노인은 곧 잠에 빠진 듯 쌕쌕 숨소리가 들려왔다. 그러나 충실한 오히사가 여전히 안마를 멈추지 않아서 쿵, 쿵 하는 소리가 겨우 그친 때는 10시 가까운 무렵이었을까. 그는 심심해서, 건넛방의 전등이 꺼졌을 때 자기 방에 불을 켰다. 그리고 누워서 엽서를 썼다. 한 장은 히로시에게, 그림엽서에 간단한 문구를 적은 것. 또 한 장은 상하이의 다카나쓰에게, 이것도 되도록 간단하게 나루토(鳴門) 바다의 경치 옆에 작은 글씨로 일고여덟 줄 적은 것.

그 후로 그쪽은 잘 지내는지.

이쪽은 자네가 도망치는 바람에, 지금까지도 변함없이 애매모호. 미사코는 여전히 스마에 간다. 나는 교토 노인네와 함께 아와지에 와 있네. 그리고 실컷 금슬 좋음을 과시당하고 있지. 미사코는 오히사를 헐뜯지만, 꽤 친절한 사람이라고, 민망하지만 감탄하고 있어. 매듭이 지어지면 알리겠다만, 지금은 언제가 될지 전혀 불명.

그 열 번째

내무성 면허

아와지 겐노조 대연극

스모토초 모노노베(物部) 도키와(常磐) 다릿목

사흘째 상연 프로그램

나팔꽃 일기

- 초막(初幕) 우지노사토 반딧불잡이의 단(段)[133]
- 아카시 배에서의 이별의 단
- 유미노스케 저택의 단
- 오이소아게야의 단
- 마야가타케의 단
- 하마마쓰 오두막의 단

---

133 분라쿠, 가부키 등 조루리에서 한 막(幕)을 가리킨다.

- 에비스야 도쿠에몬 여관의 단

- 여행의 단

다이코키의 열 번째 단(특별 출연[134])

오슌과 덴베이(특별 출연)

(특별 출연)

도모노 마타헤이

오사카 분라쿠자 도요타케 로타유

1인 50전 균일

단 통권[135] 지참한 분은 30전

"안녕히 주무셨습니까, 들어가도 될까요."

복도에 멈춰 서서 이렇게 말을 걸자,

"아, 괜찮소이다, 어서 들어오시오."

이렇게 대답하는 소리가 들려오기에 바깥방에 들어가 보니, 여관에서 준 유카타에 이치마쓰 다테마키[136] 차림으로 거울 앞에 앉아 틀어 올린 머리를 참빗으로 빗고 있는 오히사 옆에서, 노인은 프로그램 전단지를 무릎 위에 얹은 채

---

134 본고장의 다유를 특별 초청하여 출연시키는 것.

135 어떤 공연이 여러 공연장에서 열리거나 며칠에 걸쳐 열리는 경우, 모든 공연을 두루 볼 수 있는 표.

136 이치마쓰(市松)는 흑과 백을 교차로 늘어놓은 바둑판 모양. 다테마키(伊達巻)는 오비 아래나 긴 주반(襦袢, 속옷) 위에 두르는 띠.

돋보기안경집을 막 열던 참이었다. 활짝 갠 바다는 가만히 바라보면 눈앞이 새카매질 정도로 새파랗고 잔잔해서 배의 연기조차 움직이지 않는 듯한 느낌이었지만, 그래도 이따금 산들바람이 불어오는 듯 장지문 찢어진 곳이 나부끼는 연처럼 펄럭이고, 무릎 위의 전단지도 희미하게 날렸다.

"오히사, 「오이소아게야의 단」이라는 걸 본 적이 있니?"

"무슨 교겐인가요, 그건?"

"「나팔꽃 일기」[137]야."

---

137   조루리 『나팔꽃 일기(生写朝顔日記)』(후에 『나팔꽃 이야기(生写朝顔話)』로 개제)의 통칭. 줄거리는 오치(大内) 가문의 내분을 설명하는 「오치 저택의 단」, 「마쓰바라의 단」 이후, 우지의 반딧불잡이 날 밤에 전 게이슈(芸州) 기시도(岸戸) 가문의 장로인 아키즈키 유미노스케(秋月弓之助)의 딸 미유키(深雪)가, 오우치 가문의 가신 미야기 아소지로(宮城阿曾次郎)와 맺어져 나팔꽃의 노래를 선물받는다.(「우지의 단」) 미유키에게 반한 남자가, 아소지로를 사칭하여 미유키와 맞선을 보려다 실패하는 「마쿠즈가하라의 단」 「오자키의 단」 이후, 게이슈로 돌아가는 미유키의 배가 우연히 아카시 해변에서 아소지로의 배와 짧은 시간 함께한다.(「아카시 배에서의 이별의 단」) 귀국 후, 미유키는 고마자와 지로자에몬(駒沢次郎左衛門)과의 혼담 때문에 가출하지만, 사실은 지로자에몬이야말로 이름을 바꾸고 고마자와 가문의 양자가 된 아소지로였다.(「유미노스케 저택의 단」) 고마자와는 가마쿠라에서 유흥에 빠져 있던 주군 오치노스케 오시오키(大内之助義興)를 개심시킨다.(「오이소아게야의 단」) 한편, 미유키는 인신매매단에게 속아 마야가다케로 끌려간다.(「고세가와의 단」 「마야가다케의 단」) 너무 울어 두 눈을 잃고 나팔꽃의 노래를 부르는 걸인 예인으로 전락한 미유키는, 순례자 차림으로 찾아온 유모 아사카(浅香)와 하마마쓰에서 우연히 만나지만, 아사카는 인신매매단과 싸우다 목숨을 잃는다.(「하마마쓰의 단」) 고마자와는 가마쿠라에서 돌아오는 길, 시마다의 숙소 에비스야에서 나팔꽃의 노래를 부르는 예인을 불렀는데, 그가 미유키임을 알게 된다. 그러나 자신의 정체를 밝힐 새 없이, 안약과 함께 자신을 알아볼 수 있을 부채를 남긴 채 떠난다. 그 사실을

"본 적 없어요. ── 그런 게 있었나요?"

"그러니까 말이야, 이런 건 분라쿠 같은 데서는 좀처럼 안 하는 것 같아. 다음에는 「마야가타케의 단」이라는 게 있어."

"그건, 미유키가 유괴당하는 장면 아닌가요?"

"흠, 그런가, 유괴당하고, 그러고 나서 하마마쓰의 오두막이 되는 거로군. ── 그렇다면 「마쿠즈가하라의 단」이라는 게 있을 수 없지 않나? 여보, 이것 좀 보라고……."

"……."

반사광이 방 전체를 쨍하고 한 바퀴 돌았다. 오히사가 참빗을 입에 물고, 봉긋한 오른쪽 귀밑머리로 한쪽 엄지손가락을 밀어 넣으며 뒷모습을 보기 위해 맞거울을 가져다 댄 것이다.

가나메는 사실, 아직도 이 여자의 실제 나이를 몰랐다. 노인의 취향으로 후쓰라든가, 이치라쿠[138]라든가, 버석버석한 쇠사슬처럼 무거운 잔무늬 지리멘이라든가, 이미 유행이 지난 옷을 고조(五条) 근처의 헌 옷집이나 기타노(北野) 신사의 아침 장터에서 찾아내서는 먼지 냄새가 나는 넝마 같

알게 된 미유키는 그의 뒤를 쫓지만, 때마침 내린 비로 오이카와(大井川)의 물이 불어나 건널 수가 없다. 절망하여 강에 몸을 던지려 하는데, 에비스야의 주인 도쿠에몬과 뒤를 쫓아온 하인 세키스케(関助)에게 저지당한다. 미유키는 도쿠에몬의 피와 함께 안약을 마셔 눈이 보이게 되고(「여관의 단」), 세키스케와 함께 고마자와의 뒤를 쫓아(「돌아온 아즈마 길가에 핀 꽃」), 마지막 「고마자와 저택의 단」에서 고마자와와 결혼하고 악인도 최후를 맞이한다.

138   이치라쿠오리(一楽織). 무늬를 도드라지게 짠 정교한 능직 견직물.

은 걸 마지못해 억지로 입고, 수수하디수수한 차림이라 늘 스물예닐곱 정도로 보이지만 ── 그리고 노인과 균형을 맞추기 위해, 누군가 나이를 묻거든 그 정도로 대답하게끔 타일러 둔 모양이지만 ── 거울을 받쳐 든 왼손, 지문이 반짝이는 복숭앗빛 손끝의 윤기는, 꼭 머릿기름 때문만은 아니리라. 가나메는 그녀의 이런 모습을 처음 보았지만, 얇은 옷 아래로 거의 들여다보이는 어깨나 엉덩이의 포동포동한 살집은 이 고상한 교토 출신 여자에게는 가엾을 만큼의 젊음으로 팽팽해서, 스물두셋 ── 이라는 나이를 분명히 일러 주는 것이다.

"그러고 나서 「여관의 단」 다음에 「여행의 단」이 있네요."

"흠, 흠."

"『나팔꽃 일기』의 여행이라는 건 처음 듣는데, 마지막에는 미유키의 소원이 이루어져서 고마자와하고 여행이라도 떠나는 겁니까?"

"아니, 그렇지 않아, 난 이걸 본 적이 있어. ── 이보게, 「여관」 다음이 오이카와의 강둑이라, 거기서부터 미유키가 강을 건너 고마자와의 뒤를 따라가면서 도카이도를 내려간다고."

"여행 동반자는 없는 건가요?"

"아니, 그게 이것 보게, 강둑에, 고향에서 달려온 무슨 스케였나 하는 젊은 종자가 있었지."

"세키스케였죠."

다시 한 번 거울이 쨍하고 빛나더니, 오히사가 잔머리

를 다듬기 위한 더운물[139]이 든 놋쇠 대야를 한 손에 들고 일어나 복도로 나갔다.

"그래그래, 세키스케,—— 그자가 따라가게 된다네, 말하자면 주종(主從)의 여행이로군."

"이미 그때 미유키는 맹인이 아니었지요."

"눈이 뜨여 원래대로 무사의 딸로 돌아가서, 예쁘게 차려입고 가지. 센본자쿠라의 여행[140]하고도 비슷한, 화려하고 좋은 옷이야."

인형극은 이 변두리 공터에 가건물[141]을 짓고, 그곳에서 아침 10시쯤부터 저녁 11시, —— 때때로 12시를 넘겨서까지 했다. 처음부터 보시는 건 도저히 무리니까 날이 저문 뒤부터 딱 좋으실 겁니다, 라고 여관 지배인이 말하자, 아니오, 나는 이걸 보러 온 거니 아침 식사 마치고 바로 나갈 겁니다, 점심하고 저녁은 이 찬합에 준비해 주시오, 하고, 이런 것 역시 하나의 즐거움으로 삼는 노인이라 예의 금박 찬합을 맡기고는 도시락에, 계란말이에, 장어에, 우엉에, 무슨무슨 조림에, ……라며 반찬 주문까지 까다롭게 했다. 그리고 도시락이 준비되자,

---

139 일본식 머리를 빗어 올릴 때에는 쇠로 만든 대야에 뜨거운 물을 담아 흰 무명천을 꼭 짜서 잔머리를 다듬는 데 썼다.

140 인형 조루리·가부키 『요시쓰네센본자쿠라(義経千本桜)』 네 번째 장의 일부분인 「미치유키하쓰네의 여행(道行初音の旅)」을 가리킴. 미나모토노 요시쓰네(源義経)를 사모하는 시즈카고젠(静御前)과, 사토 다다노부(佐藤忠信)로 변신하여 시즈카고젠이 손에 든 하쓰네 북을 그리워하는 겐쿠로 여우가 벚꽃이 핀 요시노 산속을 여행하는 장면.

141 연극이나 볼거리를 위해 지은 가건물.

"자, 오히사야, 준비하거라."

이렇게 서둘러 대는 것이었다.

"잠깐만, 여길 좀 꽉 조여 주세요."

뻣뻣해서 올기가 떨어져 나갈 것 같은 핫탄(八反)[142] 위에, 역시 상당히 딱딱해 보이는 가사처럼 거친 오비를 한바탕 잔소리를 듣기 전에 고쳐 매던 오히사는, 그렇게 말하며 노인 쪽으로 매듭을 향했다.

"네, 좀 더……"

앞으로 고꾸라질 뻔한 걸 허리로 버티고 선 오히사 뒤에서, 노인의 뺨에 땀이 솟았다.

"아무래도 이 녀석이 너무 뻣튕겨서 조이기가 힘드네……"

"그렇게 말씀하셔도, 당신이 사 주신 거잖아요. 저 너무 힘들어서 못 참겠어요."

"하지만 색깔 좋네요."

마찬가지로 뒤에 다가선 가나메가 감탄했다.

"무슨 색인지, 요즘 옷에서는 별로 보지 못한 것인데요."

"아니, 역시 연두색 계통이라 요즘 옷에도 없는 건 아닌데, 이렇게 색이 바래고 낡아서 멋이 나는 거지."

"천은 뭡니까?"

"수진(繻珍)[143]일걸세. 옛날 직물은 뭐든 이렇게 뻣뻣

---

142 누인 명주실로 짠 비단. 두텁고 무거워서 한 필(一反)의 두께가 여름옷으로 쓰이는 사(絽)의 여덟 필 정도(八反)나 되기 때문에 '핫탄'이라 한다.

143 견직물의 일종. 옛날 중국에서 수입되어 에도 중기부터 일본 국내에서도 생산되었다. 주로 오비 옷감으로 쓰인다.

한데, 요즘 것엔 어떤 물건이든 대개 인견[144]이 들어가니까……"

차를 타고 갈 정도의 거리는 아니라 각자 찬합이나 나무 상자 꾸러미를 들고 나섰는데,

"벌써 양산이 필요하네요."

오히사는 햇볕이 내리쬐는 걸 걱정하며 손으로 가렸다. 햇빛이 그 얄팍한 손바닥과 채를 쥐느라 굳은살 박인 새끼손가락을 양산살만큼 붉게 비쳐서, 어둡게 그늘진 얼굴이 빛을 받은 턱 끝보다도 더 하얗다. 어차피 이번에는 새카맣게 탈 테니 양산 같은 건 안 가져가도 된다고 했지만, 손가방 안에 숨겨 온 안티솔라틴[145]을 외출할 때 살짝 얼굴과 목덜미, 손목과 발목에까지 바르는 모습을 본 가나메는, 고운 피부를 보호하려는 이 교토 여자의 고심을 애처로우면서도 가소롭게 느꼈다. 이렇듯 주색에 강한 노인은 세세한 데까지 신경을 쓰는 것 같아도 자기 고집대로 밀고만 나갈 뿐 의외로 그런 배려가 부족한 것이다.

"여보, 빨리 안 가면 11시예요."

"흠, 뭐 좀 기다려."

때때로 노인은 골동품 가게 앞에 멈춰 선다.

"정말 오늘은 날씨가 좋네요."

가나메와 함께 쓱쓱 먼저 걸어가면서, 오히사는 맑게

---

144   인조 견사의 약자. 레이온.
145   자외선 차단 크림의 상품명. 1915년에 시로키야(白木屋) 포목점에서 판매를
       시작했다.

갠 하늘을 올려다보며,

"이런 날에는 들에서 나물이나 캐고 싶은데……"

불평하듯 입속으로 중얼거렸다.

"정말, 연극보다는 나물 캐기에 딱 맞는 날이네요."

"어디 이 근처에 고사리나 쇠뜨기 자라는 곳이 있을까
요."

"글쎄요, 이 근처는 모르겠지만 시시가타니 근처 산에
는 얼마든지 있겠죠."

"네, 그렇죠, 분명히 돋아 있어요. 지난달에는 야세(八
瀨)[146]까지 나물 캐러 갔다가, 머위 줄기를 잔뜩 따서 돌아
왔어요."

"머위 줄기를?"

"네,—머위 줄기가 드시고 싶다는데, 교토에서는 시
장에 가도 없어요, 아무도 그 쓴 걸 먹지 않는다고."

"도쿄에서도 다들 먹는 건 아니지만요.—그래서 일
부러 그걸 캐러 간 건가요?"

"네, 이 정도 바구니에 가득—"

"나물 캐기도 좋지만, 시골 거리를 어슬렁어슬렁 걷는
것도 나쁘지는 않네요."

파란 하늘 아래 한 줄기로 쭉 뻗은 길은, 오가는 사람
의 그림자를 저 끝까지 셀 수 있을 만큼 쾌청하고, 가끔 스
쳐 지나가는 자동차 경적 소리조차 한가하다. 별로 특징 있

---

146   교토시 사쿄구(左京区)의 지명. 가모가와(鴨川) 상류의 다카노가와(高野川)
유역으로 히에이산(比叡山)의 서쪽 기슭에 해당한다.

는 동네는 아니지만, 간사이 지방은 어딜 가나 건물 벽의 색이 아름답다. 노인의 말을 빌리자면, 간토 지방은 옆에서 들이치는 비바람이 거세서 집 밖에는 모두 판자벽을 둘러친다. 게다가 그 판자는 아무리 좋은 나무를 써도 곧 시커멓게 더러워지기 때문에, 전체적으로 굉장히 지저분하다. 함석지붕에 가건물이 많은 지금의 도쿄[147]는 논외로 치더라도, 가까운 현의 소도시 등지도 건물이 낡으면 낡은 대로 일종의 운치가 생길 텐데, 그저 이미 그을려서 음침할 따름이다. 그뿐만 아니라 종종 지진이나 화재로 불타 버린 자리에 세워지는 건 북해송이나 미국에서 수입한 목재로 만든 불쏘시개처럼 허연 집 혹은 미국 변두리에 간 듯한 느낌을 주는 빈약한 빌딩이다. 예를 들어 가마쿠라 같은 동네가 간사이 지방에 있다면, 나라(奈良) 정도는 아니더라도 좀 더 조용하고 차분한 정취였으리라. 교토로부터 서쪽 지방의 풍토는 자연의 혜택을 많이 받아 천재지변이 일어나는 빈도가 적기 때문에, 이름 없는 상인의 집과 농가의 기와나 토담의 색까지도 여행자의 발길을 사로잡을 만큼 운치가 있다. 특히 대도시보다도 옛날 성 아래 동네 정도의 작은 도시가 좋다. 오사카는 물론이고, 교토조차도 시조(四条)의 가와라(河原)가 저렇게 변해 버린 요즘인데, 히메지(姬路), 와카야마(和歌山), 사카이(堺), 니시미야(西宮) 같은 동네는, 여전히 봉건 시대의 그림자를 짙게 드리우고 있다.

---

147   이 작품이 발표될 무렵의 도쿄에는 간토 대지진 이후 조성된 가건축물이 아
       직 많이 남아 있었다.

"하코네나 시오바라(塩原)가 좋다고 해도, 일본은 섬나라인 데다 지진도 자주 일어나니까 그런 경치는 어디에나 있어. 《오사카 마이니치 신문》에서 신8경을 모집[148]했을 때 '사자 바위'라는 게 일본 전체에 몇 개나 있었다니까, 실제로도 그런 거겠지. 역시 여행하면서 재미있는 건, 간사이 지방이랑 시코쿠(四国), 주고쿠(中国), ── 그 근처 동네나 항구를 걷는 일이라네."

어떤 사거리에서 직각으로 꺾어 돈 곳에 자리해 있던 쓸쓸하게 초벽질만 한 담장 지붕, 그 둥근 기와 위로 자라난 병꽃나무 꽃을 바라보았을 때, 가나메는 노인의 이 말이 생각났다. 아와지라면 지도상으로 봐도 작은 섬인 데다가 그곳의 항구니까, 아마도 이 동네에는 지금 걷고 있는 이 한 줄기 길이 전부이리라. 이 길을 계속 쭉 걸어가다 보면 강과 만나고, 지배인이 말하길 인형극은 그 건너 강변에서 하고 있다니까 강까지 가면 주택가도 끝나 버릴 터다. 예전 막부 시대에는 아무개 다이묘(大名)의 영지였을까, 물론 동네는 성 아래라고 할 정도는 아니었지만 아마 그때의 모습과 그다지 달라지지 않았으리라. 대체로 도시 풍경이 근대적으로 변해 간다는 건 나라의 동맥을 이루는 대도시의 현상일 뿐, 그런 도시가 한 국가에 많이 존재하는 건 아니다. 미국처럼 새로운 땅은 그렇다 쳐도 오랜 역사를 가진 나라들의 시골

148   1927년 《오사카 마이니치 신문(大阪毎日新聞)》, 《도쿄 니치니치 신문(東京日日新聞)》(현재 《마이니치 신문(毎日新聞)》)이 '일본 신8경' 선정을 기획하여 전국에서 투표를 모집했다. 이때 다니자키도 심사 위원 중 한 사람이었다.

마을은, 중국이든 유럽이든 천재지변을 겪지 않는 한 문화의 흐름에서 뒤처져 봉건 시대의 향취를 전해 주는 것이다. 한 예로 이 마을만 해도, 전선이나 전신주, 페인트칠을 한 간판, 곳곳의 쇼윈도를 신경 쓰지 않는다면, 사이카쿠나 우키요조시 삽화에 나올 법한 상인의 집들을 가는 곳마다 찾아볼 수 있었다. 집의 서까래까지도 회반죽을 바른 흙벽으로 만든 가게의 구조, 두터운 통나무를 아낌없이 쓴 튼튼한 격자창, 무거운 수키와로 묵직하게 누른 기와지붕, '옻칠', '간장', '기름'이라 적힌 글씨가 지워져 가는 느티나무 간판, 토방 막다른 곳에 매달린, 가게 이름만 빼고 염색한 감색 포렴, ── 노인의 말버릇을 흉내 내는 건 아니지만, 그런 것들이 얼마나 일본의 옛 동네에 정취를 안겨 주는지 모른다. 가나메는 푸른 하늘을 배경으로 하얗고 또렷하게 보이는 벽의 색채에 은은하게 마음이 빨려 드는 듯한 기분이었다. 그건 마치 오히사 허리에 두른 수진으로 만든 오비와도 같았다. 맑은 해변의 공기 속에서 오랜 시간 비바람을 맞으며, 자연스레 윤기가 바랜 색이다. 어슴푸레 밝고, 화사하면서도 수수하며, 가만히 보고 있으면 마음이 편안해진다.

"이런 옛날식 집은 집 안이 깜깜해서, 격자문 너머에 뭐가 있는지 전혀 모르겠네요."

"어떻게 보면 길이 너무 밝은 거지, 이 근방 땅은 말 그대로 너무 허옇거든……"

문득 가나메는, 저런 어두운 집의 포렴 그늘에서 하루하루 보냈을 옛사람들의 얼굴을 떠올렸다. 그러고 보면 저런 곳에서야말로 분라쿠 인형처럼 생긴 사람들이 살고, 인형극 같은 생활을 했으리라. 돈도로[149] 극에 나오는 오유미, 아와의 주로베, 순례자 오쓰루가 살던 세계는 분명히 이런 마을이었을 터다. 실제로 지금 여기서 걷고 있는 오히사도 그런 사람들 중 하나가 아닌가. 지금으로부터 오십 년, 아니 백 년도 더 이전에, 꼭 오히사 같은 여자가 저런 옷에 저런 오비를 두르고, 봄날에 도시락 꾸러미를 들고서, 역시 이 길을 걸어 강가 연극을 구경하러 갔을지도 모른다. 아니면 저 격자문 안에서「눈」을 연주하였을지도 모른다. 정말 오히사야말로 봉건 시대에서 빠져나온 환영이었다.

---

149 인형 조루리·가부키 『게이세이 아와노나루토(傾城阿波の鳴門)』여덟 번째 장을 개작한 것. 주군의 보검을 도난당한 아와 다마키(阿波玉木) 가문의 가로(家老) 사쿠라이(桜井)를 위한 자금을 마련하기 위해, 그 종복인 주로베(十郎兵衛)·오유미(お弓) 부부는 오사카에서 도둑질과 사기를 일삼고 있었다. 어느 날, 돈도로 대사[도이도노(土井殿) 대사의 통칭]를 참배한 오유미는 순례자가 되어 어머니를 찾아 헤매던 딸 오쓰루(お鶴)와 재회한다. 오유미는 어머니라 밝히지 않고 헤어지지만, 참지 못하고 딸의 뒤를 쫓아 달려간다는 이야기.

그 열한 번째

아와지 사람들은 이곳이 인형 조루리의 원조라고들 한다. 지금도 스모토에서 후쿠라(福良)로 통하는 길 근처 이치무라(市村)라는 마을에 가 보면, 인형 극단이 일곱 개 남짓 있다. 옛날엔 그곳에 극단이 서른여섯 개나 있었을 정도라, 흔히 이 마을을 '인형 마을'이라고 불렀다. 어느 시대였는지, 도성에서 내려와 이 마을에 터를 잡은 귀족이 그저 재미로 꼭두각시를 만들어 움직여 본 것이 시작으로, 저 유명한 아와지 겐노조(淡路源之丞)[150]는 그 귀족의 자손이라고 한다. 그 일가는 오늘날에도 마을 명문가로 통해서 훌륭한 저택에 살고 있으며, 이 섬뿐만 아니라 시코쿠나 주고쿠 지방까지 흥행하러 간다고 한다. 그러나 극단을 소유한 것은 겐노조 일족만은 아니다. 거창하게 말하면, 마을마다 기다

150 1894년에 생긴 아와지 인형 조루리 극단. 다니자키는 에도 이전부터 계속된 아와지 인형극단(人形座)의 본가로 꼽히는, 유명한 우에무라 겐노조(上村源之丞)와 혼동하고 있다.

유라든가, 샤미센 연주자라든가, 인형사라든가, 극단 흥행주가 아닌 사람이 없어서, 농번기에는 밭에 나가 일을 하고, 농사일이 한가해지는 계절이면 각자 극단을 꾸려서 섬의 이곳저곳을 돌아다닌다. 그러니 이것이야말로 진정한 의미에서, 순수하게 향토 전통으로부터 탄생한 농민 예술이라고 할 것이다. 연극은 대개 일 년에 두 번, 5월과 정월에 공연하는데, 그 시기에 이 섬에 오면 스모토, 후쿠라, 유라(由良), 시즈키(志筑) 등을 비롯해 가는 곳마다 어디에서든 상연한다. 큰 마을에서는 상설 극장을 빌리는 일도 있지만, 보통은 통나무를 세우고 거적을 덮어 만든 가건물에서 하기 때문에, 비가 내리면 공연이 중단된다. 그렇기 때문에 아와지에는 굉장히 열광적인 인형광이 드물지 않아서, 도락에 심하게 빠진 경우에는 혼자서 움직일 수 있는 손가락 인형을 가지고 마을에서 마을로 걸립[151]하러 돌아다니다가, 부름을 받으면 집에 와서 조루리 한 대목을 부르며 춤을 춰 보이는 사람도 있고, 인형을 사랑한 나머지 가산을 탕진해 버리는 건 말할 것도 없고 정말로 미쳐 버리는 사람조차 있었다. 다만 아쉽게도 이러한 향토의 자랑거리도 점점 시세의 압박을 받아서 쇠퇴 일로다. 결과적으로 인형이 낡아서 점차 못쓰게 되어도 새 인형을 제작해 줄 세공사가 없었다. 지금 인형사라고 할 만한 사람은 아와의 도쿠시마(德島)에 있는 덴구히사(天狗久)와 그 제자인 덴구벤(天狗弁), 유라의 항구에 있는 유라카메(由良亀) 세 사람밖에 없는데,[152] 그중 정

---

151   여염집 문간에서 예능을 보여 주고 돈을 받는 것.

말로 솜씨가 좋은 덴구히사는 이미 육십인가 칠십 되는 노인이라 만약 이 사람이 세상을 뜨면 이 기술 또한 영원히 사라질 것이다. 덴구벤은 오사카로 나와서 분라쿠의 분장실을 돕고 있는데, 일이라고 해 봤자 예전부터 있던 인형을 고치거나 백분을 새로 바르는 정도에 지나지 않는다. 유라카메도 선대는 괜찮은 인형을 만들었지만, 지금은 이발사인지 뭔지가 본업이라, 역시 틈틈이 수선해 줄 뿐이다. 극단 쪽에서는 새로운 인형을 얻기 힘들다 보니 낡은 인형 목을 될 수 있는 대로 손질해서 사용한다. 그래서 매년 백중이나 연말이 되면, 여러 극단에서 수선해 달라고 보낸 파손된 인형이 인형사의 집으로 몇십 개나 모여들기 때문에, 이런 시기에 맞춰 가면 부서진 인형 목 한두 개쯤은 싸게 얻을 수 있다고 한다.

그런 이야기를 어디에선가 자세하게 알아 온 노인은, "이번에는 어떻게 해서든 인형을 손에 넣겠다."라며 벼르고 있었다. 실은 요전에 분라쿠에서 오래된 인형을 양도받으려고 여러모로 손을 썼지만 잘 안됐는데, 아와지에 가면 살 수 있다고 누군가 가르쳐 주었던 모양이다. 그래서 순례하는

152 초대 덴구히사, 본명 요시오카 히사키치(吉岡久吉, 1858~1943)는 명인이라 불린 사람. 덴구벤, 본명 곤도 벤키치(近藤弁吉, 1873~1969)는 초대 덴구히사의 조카이자 제자였다. 1921년부터 1928년까지 분라쿠자에서 일했다. 이 두 사람은 도쿠시마 사람. 선대 유라카메, 본명 후지시로 가메타로(藤代亀太郎, 1858~1923)는 스모토시 유라초 출신. 본업은 시계점으로 오사카 도톤보리 '구이다오레(くいだおれ)' 인형 고안자이기도 하다. 그의 삼남인 후지모토 운베이(藤本雲並, 1893~1961)가 시계점을 가업으로 삼으며 2대 유라카메가 되었다.

김에, 연극만 보러 돌아다닐 것이 아니라 유라 항구의 유라 카메를 찾아가서 인형 마을 겐노조의 집에도 들르고, 돌아올 때에는 후쿠라에서 배를 타고 나루토 호수를 본 뒤, 도쿠시마로 건너가 덴구히사와도 만나고 오겠다는 것이다.

"가나메 씨, 얼마나 한갓진가."

"한가하네요, 정말로."

가나메는 가건물 안으로 들어서자, 그렇게 말하며 노인과 시선을 마주쳤다. 한가함,— 정말로 이곳의 느낌은 '한가함' 외에는 달리 표현할 말이 없었다. 언제였던가, 4월 말의 어느 따뜻한 날 미부교겐[153]을 보러 갔을 때였다. 관람석에 앉아 있는데도 절 경내의 화창한 봄기운에 몽롱하게 졸음이 몰려왔다. 과자와 가면을 파는 노점 천막은 유리구슬처럼 햇빛에 반짝이고, 뛰노는 아이들의 왁자지껄한 목소리와 이런저런 잡음이 무대에서 펼쳐지는 교겐의 느긋하고도 느릿한 음악과 한데 뒤섞여 들려오던 중에, 그만 스르르 기분 좋게 잠들어 버렸다가 다시 깜짝 놀라서 눈을 떴다. 그렇게 잠들었다가 화들짝 깨어나기를 몇 번 반복했는데, 눈을 뜰 때마다 무대를 보면 아까의 교겐이 여전히 계속되었고 느릿한 음악도 아직 들려왔으며, 객석 밖에선 여태 햇빛이 천막 위에서 화창하게 빛났고 아이들은 와글와글 떠들며 놀고 있었다. 기나긴 봄의 하루가 언제까지나 저물지 않

---

153 교토시 주쿄구(中京区) 미부데라(壬生寺)에서 4월 21일부터 아흐레 동안 공연되는 교겐. 와니구치(鰐口, 불당이나 신사의 추녀 앞에 걸어 놓고 매달린 밧줄로 치는 방울), 북, 피리 반주와 몸짓으로만 공연하는 가면 무언극. 1300년 무렵에 시작되었다고 한다.

을 듯…… 낮잠을 자다 두서없는 꿈을 몇 번이고 꾸다가 깨기를 반복하는 것처럼…… 태평성대라고 해야 할지 무릉도원[154]이라고 해야 할지, 오랜만에 속세를 벗어난 것처럼 느긋해져서, 이런 기분은 어릴 적 닌교초(人形町) 수천궁(水天宮)에서 75좌 가구라(神楽)[155]를 봤던 때 이후로 처음이라고 생각했었는데, 이 가건물 안에서의 기분이 딱 그때 같았다. 지붕과 사방에 거적이 둘러쳐져 있기는 하지만, 거적과 거적 사이의 이음새가 빈틈투성이라 햇빛이 객석에다 반점을 만들었고, 군데군데 파란 하늘이 보이거나 강변의 풀이 쑥쑥 자란 모습이 보이거나 했으며, 여느 때 같으면 담배 연기로 탁해졌을 장내 공기가 자운영과 민들레, 유채꽃 위를 건너온 바람 때문에 노천처럼 탁 트여 있었다. 객석에 해당하는 곳 땅바닥에는 돗자리를 깔고 그 위에 방석을 늘어놓았는데, 마을 아이들이 과자나 귤을 먹으며 연극은 뒷전이고 마치 그곳이 유치원 운동장인 양 떠들어 대는 모습은 역시 사토카구라(里神楽)[156]의 정취와 별반 차이가 없다.

"과연, 이건 또 분라쿠와 꽤 다르네."

세 사람은 도시락 꾸러미를 든 채로 잠시 동안 발도 들

---

154 도연명(陶淵明, 365~427)의 『도화원기(桃花源記)』에 나오는 전쟁이 없고 풍요로우며 안락한 세계. 어부가 복숭아나무 숲 안쪽 골짜기의 수원(水源)에서 발견한 동굴 저편에 있었으나, 그곳으로 가는 길을 다시 찾을 수는 없었다고 한다.

155 좌(座)는 '사토카구라' 등에서 곡의 수를 세는 단위. 보통은 25좌지만, 도쿄 니혼바시에 있던 수천궁에서는 매년 5월 5일에 75좌의 가구라를 공연했다.

156 궁중에서 연주되던 '미카구라(御神楽)'와 달리, 일반적인 신사에서 연주되던 가구라를 가리킨다.

여놓지 못하고, 아이들이 날뛰는 모습을 멀거니 바라보고
서 있었다.

"어쨌든 시작했네요, 인형이 움직이고 있으니까."

가나메의 눈에는 이 유치원 소동 너머로 어른거리는
광경이 벤텐자에서 본 조루리와는 다른 종류의, 어떤 동화
속 나라 — 무언가 동화적인 단순함과 밝음을 지닌 환상의
세계 — 인 것처럼 비쳤다. 무대 전체에는 화려한 나팔꽃 문
양의 장막이 드리워져 있고, 아마도 서막인 반딧불잡이 장
면인 듯, 고마자와처럼 보이는 젊은 무사 인형과 미유키인
듯한 아름다운 공주님 인형이 배 위에서 부채로 이마를 가
리며 무릎을 맞대고 고개를 끄덕이거나 속삭이곤 했다. 요
염한 장면이지만, 다유의 목소리도 샤미센의 울림도 장내에
전혀 들리지 않았기 때문에 그저 귀여운 두 남녀가 움직이
는 모습만을 보고 있자니, 분고로가 움직이듯 사실적인 느
낌이 아니라 인형들도 마치 마을 아이들과 함께 순진하고
천진난만하게 노는 것 같다.

오히사가 판자를 깔아 높게 만든 관람석으로 가자는
데도, 인형극은 밑에서 보는 게 제일이라 주장하는 노인은
"여기가 좋구나."라고 유난을 떨며 바닥 자리를 잡았기 때
문에, 새싹이 움트는 시기라고는 해도 앉아 있자니 얇은 방
석을 사이에 두고 땅바닥의 습기와 뼛속까지 스며드는 추위
가 느껴진다.

"엉덩이가 차가워서 못살겠네."

오히사는 엉덩이 아래로 방석을 세 장이나 깔면서,

"여보, 이런 데 앉으면 몸에 안 좋아요."

이렇게 자꾸 관람석으로 옮기자고 권했지만,

"자자, 이런 데 와서 그런 사치스러운 소리를 하는 게 아냐. 여기서 안 보면 역시 정이 안 드니까, 차가운 거 정도는 참는 거야. 이것도 이야깃거리니까."

노인은 이렇게 말하며 일어날 기색조차 없다. 그러나 그렇게 말하는 당사자도 몸이 엄청 시려 오는 모양인지, 주석 술병을 알코올램프로 데워서 벌써부터 곧장 술을 마시기 시작한 것이었다.

"봐, 이 근처 사람들은 모두 우리들의 동료라네, 저렇게 찬합을 들고 왔어."

"꽤 멋진 금박 찬합이 있네요. 안에 들어 있는 것도, 계란말이에 김말이 비슷한 것만 있고요. 이 근처에서는 늘 연극을 하니까 도시락 반찬도 자연스레 똑같아진 걸까요?"

"이 근처만 그런 게 아니라는 말일세. 옛날에는 다들 저래서, 오사카 근방엔 바로 얼마 전까지도 그런 습관이 남아 있었어. 지금도 교토 명문가에서는, 꽃놀이 갈 때 머슴에게 도시락이랑 술을 들려서 놀러 나가는 집이 많아. 그리고 행선지에서 술 데울 그릇을 빌려다 술을 데우고, 남은 술은 다시 병에 담아 들고 돌아와서 조미료로 쓴다는데, 사실 그건 좋은 생각이지. 도쿄 토박이들은 교토 사람들이 인색하다고 하지만, 밖에서 맛없는 걸 사 먹는 것보다 그러는 편이 얼마나 영리한지 몰라. 무엇보다도 재료를 아니까 안심하고 먹을 수 있지?"

둘러보니, 점차 손님이 들어차기 시작한 객석 이곳저곳에서는 제각기 둥글게 둘러앉아 작은 연회를 벌이고 있었다. 아직 날이 밝아 남자 손님은 적었지만, 마을 아주머니들과 아가씨들이 각자 아이들을 데려왔고, 그중에는 젖먹이를 안고 온 사람도 있었다. 이들은 저쪽에 한 무리 이쪽에 한 무리 하는 식으로 군데군데 자리를 차지하고는, 무대 위의 연극은 신경도 쓰지 않고 찬합을 빙 둘러싸고 앉아 먹고 있었기에 시끄럽고 어수선하기 짝이 없었다. 이 가건물에서도 푹 끓인 꼬치나 정종[157] 정도는 팔고 있어서 그걸로 술잔치를 벌이는 이들도 있었지만, 대부분의 사람들은 모두 상당한 크기의 보따리를 가져왔다. 메이지 초기의 아스카산(飛鳥山)[158]에 가 본다면, 벚꽃놀이 철에는 틀림없이 이런 광경을 볼 수 있었으리라. 가나메는 금박 무늬 찬합 같은 걸 구시대의 사치품이라고 생각했었다. 그런데 여기 와서 처음으로 그 물건을 실제로 많이들 쓰고 있다는 사실을 알았다. 과연 칠기의 느낌은 계란말이나 주먹밥의 색채와 정말로 아름다운 조화를 이루었다. 그 안을 채운 진수성찬이 아주 맛있어 보인다. 일본 요리는 먹는 게 아니라 보는 것이라고 하는 건 곁상이 따라 나오는 형식을 중시하는 연회를 헐뜯는 말일 테지만, 이 화려하고 홍백이 가지각색으로 어우러진 도시락은 보기에 그저 아름답기만 한 게 아니라, 별것 아닌 단무지나 쌀의 색까지도 묘하게 맛있어 보여서 확실히 보는 사람의 식욕을 돋운다.

---

157   덴포(天保, 1831~1845) 시대에 나다(灘)의 야마무라(山邑) 씨가 양조한 일본주 이름이지만, 일본주 자체를 가리키기도 한다.

158   도쿄도 기타구(北区)에 있는 작은 산. 에도 시대부터 꽃놀이 명소로 알려졌다.

"추운 데 와서, 술이 들어가다 보니……."

노인은 아까부터 두 번이고 세 번이고 소변을 보러 갔다. 그러나 누구보다도 곤란한 건 오히사라, 사실 장소가 장소이니만큼 되도록 그런 일이 없도록 나오기 전에 용변을 마치고 왔지만 신경을 쓰면 더 마려운 법이다. 거적 아래 등줄기 쪽으로 찬 공기가 들어오는 데다가 못 마시는 술이지만 노인을 상대하며 두세 잔 하거나 찬합의 음식을 집어 먹은 게 즉효였던 것이다.

"어디예요……?"

한 번 그녀가 일어났지만,

"오히사 씨는 도저히 안 될 거예요."

가나메가 돌아와서 얼굴을 찌푸렸다. 들어 보니 울타리도 치지 않은 곳에 거름통을 두세 개 늘어놓고, 남녀 불문하고 서서 용변을 본다고 한다.

"저…… 어떡하죠……?"

"괜찮아, 여보. 보이는 건 피차 마찬가지인데."

"그렇지만, 서서 할 수 있나요."

"교토에서는 여자들이 곧잘 그렇게 한다잖아."

"말도 안 되는 소리를. 아직 그런 짓은 해 본 적 없어요."

어디든 그 근처에 가면 우동집이든 뭐든 있을 거라는 말을 듣고 나선 오히사는, 그로부터 거의 한 시간이 지나서야 돌아왔다. 마을까지 가서 우동집 앞도, 밥집 앞도 지나가 보았지만, 왠지 들어가기 껄끄럽기도 하고 가게마다 어쩐지 기분이 나빠서, 결국 여관까지 걸어가 버렸고 올 때는 차를 타고 돌아왔다는 것이다. 그렇다고는 해도 여기에 와 있는 젊은 여자나 아주머니들은 어떻게 하는 걸까, 모두 저 거름통으로 가는 걸까, 하고 쓸데없는 걱정을 하는 사이에, 이윽고 세 사람의 뒤쪽에서 달갑지 않은 일이 벌어졌다.— 아이를 안은 아낙네가 아래층 통로에서 옷섶을 열더니, 수도꼭지를 튼 것 같은 소리를 내기 시작한 것이다.

"이건 너무 야만적인데. 도시락을 먹는 코앞에서 너무한걸."

노인은 기가 막힌다는 표정이었다.

무대 쪽에서는 객석의 소란 따위 모른 척하고, 몇 명째인지 모를 다유가 올라와 있었다. 가나메는 낮술이 오르기도 한 데다 주변 소음이 심해서 흥분한 탓인지, 그저 힐끗힐끗 눈에 들어오는 걸 느낄 뿐이었지만, 그래도 결코 지루하지 않았고 귀에 거슬리지도 않았다. 이 쾌감은 마치 밝은 욕조 안에서 기분 좋을 정도로 따뜻한 물에 몸을 담근 것과 비슷하다. 따뜻한 날에 이불에 감싸여 꾸벅꾸벅 늦잠을 자는,— 그런 느긋하고 나른한, 달콤한 듯한 기분과도 닮았다. 멍하니 바라보는 동안에, 어느새 아카시 배에서의 이별 장면이 끝나고, 유미노스케의 저택도, 오이소의 유곽도, 마야가타케의 장면도 끝나 버린 듯, 지금 하는 건 하마마쓰의 오두막인 것 같았다. 날은 아직 쉽게 저물 것 같지도 않고, 천장을 올려다보니 거적 틈새로 오늘 아침에 도착했을 때처럼 기분 좋은 파란 하늘이 엿보였다. 이런 때에는 연극 줄거리 따위를 마음에 둘 필요가 없다. 그저 넋을 잃고 인형이 움직이는 모습을 바라보는 것만으로 충분하다. 심지어 구경꾼들의 왁자지껄 떠드는 소리가 전혀 방해되지 않을 뿐만 아니라, 여러 가지 소리와 갖가지 색채가 만화경을 보는 듯, 화려하고 눈부시게 뒤섞이면서 혼연한 조화를 유지하는 것이다.

"한가하네요."

가나메는 다시 한 번 되풀이해서 말했다.

"그런데 인형도 의외인걸, 미유키 인형을 움직이는 사람도 그렇게 못하는 건 아니지 않나."

"그렇군요, 좀 더 원시적인 부분이 있어도 좋을 텐데요."

"이런 건 어디서 하더라도 대체로 틀이 짜여 있어서, 기다유 대사가 달라지지 않는 이상 순서는 같으니까."

"아와지 특유의 말투 같은 건 없을까요?"

"아는 사람이 들으면 아와지 조루리라고 해서 어느 정도 오사카와는 다른 모양이지만, 나 같은 사람은 듣기만 해선 몰라."

대체로 '틀에 박혔다.'라든가 '틀에 얽매이다.'라는 걸 예도(芸道)의 타락처럼 여기는 사람도 있지만, 예컨대 농민 예술인 이 인형극도 어쨌든 이렇게 볼 수 있게 된 건 필경 '틀'이 존재하기 때문이 아닌가. 그런 점에서 기다유부시의 구극(旧劇)은 민중적이라 할 것이다. 어떤 교겐이든 대대로 명배우들이 고안해 낸 일정한 분장, 일정한 동작 — 이른바 '틀'이 전해져 오기 때문에, 그 약속에 따라 다유의 설명에 맞추어 움직이기만 한다면, 문외한이라도 어느 정도까지는 연극 흉내를 낼 수 있고, 구경꾼도 그 틀 덕에 큰 무대의 가부키 배우를 연상하면서 볼 수 있다. 시골의 온천 여관 같은 곳에서 어린이를 대상으로 한 연극 여흥이 있었을 때, 가르치는 쪽도 잘 가르쳤고 배우는 쪽도 잘 배웠구나, 하고 감탄한 적이 있었다. 각자 제멋대로 해석하는 현대극의 연출과 달리 시대물은 근거가 있는 만큼 오히려 여자나 아이들도 기억하기 쉬울지도 모른다. 활동사진 같은 것이 없었던 옛날에도, 역시 그걸 대체할 만한 편리한 방법이 있었던 것이다. 특히 얼마 안 되는 설비와 인력으로도 손쉽게 도처를 흥행하며 다니는 인형극은, 얼마나 지방 민중을 위로해 주었을 것인가. 이렇게 보면 구극이라는 것이, 제법 시골의 구석구석까지도 널리 퍼져 깊숙이 기반을 닦았음을 알 수 있다.

가나메는 『나팔꽃 일기』 중에서 누구나 아는 여관 장면과 강둑 장면만을 본 적이 있었다. 따라서 "그 어느 해 우지의/ 반딧불잡이"라든가 "울며 아카시에서/ 바람 기다려"라는 문구를 들어 본 적 있으나, 반딧불잡이나 배에서의 이별이나 이 하마마쓰 오두막의 장면을 직접 보는 것은 처음이었다. 그러나 이 이야기는 시대물 같으면서도, 시대물 특유의 부자연스럽게 뒤얽힌 줄거리나 잔혹한 무사도의 의리에 따른 속박 같은 것이 적었다. 반면, 세태물[159]처럼 솔직하게 밝고, 가벼운 골계미조차 가미되어 술술 진행되는 점

159　세와모노(世話物). 조루리나 가부키에서 '시대물(時代物)'과 대조를 이루는 개념. 에도 시대 조닌(町人, 근세 사회 계층의 하나로 '서민') 사회의 사건이나 인물을 다룬 작품. 시대물 쪽은 에도 이전의 역사상 사건을 다루고, 귀족이나 무사를 주인공으로 한다.

이 좋다. 언제를 배경으로 삼았다는 둥, 실화라는 둥, 고마자와는 구마자와 반잔(熊沢番山)¹⁶⁰을 모델로 삼은 것이라는 둥의 이야기를 들은 적도 있지만, 왠지 도쿠가와 시대보다도 한 시대 전인 전국 시대나 무로마치(室町) 시대의 이야기를 읽는 듯한 구석이 있다. 남자가 여자에게 사이바라(催馬楽)¹⁶¹를 보내고 여자가 그걸 노래하거나 아사카라는 유모가 공주님의 뒤를 따라다니며 고생하거나 하는 걸 보면 헤이안 시대 같기도 하다. 이렇듯 먼 옛날 같으면서도 한편으로는 상당히 통속적인 데다 사실적인 느낌도 있어서, 지금 여기에 나온 아사카의 순례 차림도 그렇고, 그녀가 소리 높여 부르는 순례가도 그렇고, 이 근방 사람에게는 지극히 친근한 것이라 오늘날에도 때때로 거리에서 아사카 같은 차림으로 저 노래를 부르며 가는 여자를 발견하는 일이 드물지 않다. 그렇게 생각해 보면, 간토 사람이 조루리를 보는 것과 달리, 서쪽 지방 사람들은 이런 극을 의외로 자신과 가까운 사실처럼 느낄 것이다.

"아, 이건 『나팔꽃 일기』라서 안되는 거로군."

---

160 구마자와 반잔(1619~1691)은 에도 전기의 유학자. 그가 지은 것으로 전해지는 '이슬이 마르기도 전에 나팔꽃에 내리쪼이는 무정한 햇살, 슬프구나 빗줄기라도 주룩주룩 내려 주기를'이라는 노래가 강석(講釈) 『나팔꽃(葬)』의 근원이 되고, 그것이 각색되어 『나팔꽃 이야기(生写朝顔話)』가 탄생했기 때문에, 주인공 미야기 아소지로(후의 고마자와 지로자에몬)의 모델이라고 한다.

161 아소지로가 미유키에게 보낸 노래를 가리키는 것이지만, 실은 사이바라가 아니다. 사이바라는 상대(上代)의 민요 가사를 외래 아악(雅楽)에 적용시킨 것으로, 헤이안 중기에 유행했다.

노인은 뭐가 생각난 것인지 갑자기 이렇게 말했다.

"다마모노마에(玉藻の前)¹⁶²라든가, 이세온도(伊勢音頭)¹⁶³라든가, 그런 건 오사카하고는 상당히 달라서 재미있다고 하던데."

듣자 하니 분라쿠 같은 곳에서 잔인하거나 외설적이라는 이유로 금지된 대사나 동작을 아와지에서는 고전의 모습 그대로 지금도 상연한단다. 노인은 그게 굉장히 특이하다는 이야기를 듣고 온 것이었다. 가령 다마모노마에 같은 건, 오사카에서는 보통 세 번째 막만 상연하는데 이곳에서는 서막부터 쭉 한다. 그러고 보니 그중 구미호가 다마모노마에를 물어 죽이는 장면이 있어서 여우가 여자의 배를 물어 찢고 피투성이의 내장을 물어뜯는데, 그 내장은 붉은 명주솜으로 만든다고 한다. 이세온도에서는 열 명을 참수하는 장면에서 조각난 몸이며 손발이 무대 전체에 흩어진다. 기발한 건 오에산(大江山)의 귀신 퇴치¹⁶⁴로, 인간의 목보다도 훨씬 큰 귀

162　인형 조루리·가부키 『다마모노마에 아키히노다모토(玉藻前曦袂)』의 약칭. 인도·중국을 거쳐 일본으로 건너온 금빛 털의 구미호가 '다마모노마에'라는 미녀로 변신해 도바(鳥羽) 천황을 괴롭혔다는 전설을 기반으로 한 작품. 4막에서 여우가 다마모노마에를 죽이고 그의 모습으로 변하는 장면이 있다.

163　인형 조루리·가부키 『이세온도 고이노네타바(伊勢音頭恋寝刃)』의 통칭. 3막에서 주인공 후쿠오카 미쓰기(福岡貢)가 소꿉친구인 유녀 오곤(お紺)의 쌀쌀맞은 태도에 격분해서, 심야의 유곽에서 열 명을 베어 버리는 장면이 볼거리다.

164　미나모토노 요리미쓰(源頼光) 일행이 오에산의 술고래동자(酒呑童子)를 퇴치했다는 전설을 기반으로 한 인형 조루리 『오에산 술고래동자 이야기(大江山酒呑童子話)』. 아와지 인형 술고래동자는 특별히 커서, 머리 크기가 인간의 네 배 이상이며 신장은 올려다볼 정도다.

신 머리가 나온다.

"그런 걸 안 보면 얘깃거리가 안 되지. 내일 상연물은 이모세야마(妹背山)[165]라는데, 이건 좀 볼만하겠지."

"하지만 『나팔꽃 일기』도, 쭉 이어서 보는 게 처음이라 그런지 저는 무척 재미있네요."

가나메는 인형사가 잘하는지 못하는지 그런 세세한 부분까지는 몰랐다. 다만 분라쿠와 비교하니 움직임이 난폭하고 부드럽지 않았으며, 무엇보다도 촌티가 느껴지는 건 어쩔 수가 없었다. 그건 인형의 얼굴 표정이나 의상을 입히는 방법 때문이기도 하리라. 왜냐하면 오사카와 비교해서 눈코의 선이 어딘가 인간미 없이 딱딱하고 어색하게 만들어져 있다. 여자 주역[166]의 얼굴도 분라쿠자의 것은 봉긋하고 둥그스름한 느낌이 있었는데, 여기 것은 보통 교토 인형이나 히나 인형처럼 얼굴이 길고, 차가운 느낌을 주는 높은 코를 하고 있다. 그리고 남자 악역은 그 붉은색이나 기분 나쁜 얼굴 생김이, 여하튼 이건 또 너무나도 괴기하기 짝이 없어서, 인간의 얼굴이라기보다는 도깨비나 괴물의 얼굴에 가깝다. 게다가 인형 몸의 길이가 ― 특히 그 머리가, 오사카보다도 유달리 커서 남자 주역 인형은 일고여덟 살 어린애 정도는 되어 보인다. 아와지 사람들은 오사카 인형을 보고 크기가 너무 작아서 무대 위에서 표정이 돋보이지 않는 데다, 백분

---

165   '이모세야마'는 인형 조루리·가부키 『이모세야마 온나테이킨(妹背山婦女庭訓)』의 통칭. 아와지 인형 조루리에서는 매일 상연물이 바뀌는 일이 많다.

166   다테오야마(立女形). 여자 역할 중 주역을 말한다. 남자 역할 중 착한 주역은 '다테야쿠(立役)'라고 한다.

을 바르고도 윤을 내지 않아서 못쓴다고 말한다. 다시 말해 오사카에서는 되도록 인간 혈색에 가까워 보이도록 일부러 윤기를 죽이고 얼굴에 백분을 바르지만, 그와 반대로 가능한 한 윤을 내서 반짝반짝 빛나게 하는 아와지 쪽에서는 오사카의 방식을 조악한 세공이라 한다. 그러고 보니 이곳 인형은 과연 눈알이 맹활약한다. 주역의 눈알은 좌우로 움직일 뿐만 아니라 위아래로도 움직이고, 눈이 붉게 변하거나 푸른 눈을 치켜뜨기도 한다. 이를 두고 이 섬사람들은 '오사카 인형에는 이런 정교한 장치가 없어요. 여자 역의 눈 같은 건 보통 움직이지 않지만, 아와지에서는 여자 역도 눈꺼풀을 감았다 떴다 합니다.'라며 자랑한다. 요컨대 연극의 전체적인 효과로 보자면 오사카 쪽이 현명하지만, 이 섬사람들은 연극보다 오히려 인형 그 자체에 집착하고 마치 자기 자식을 무대에 세운 부모와도 같은 자애로움으로 인형들을 바라보는 것이다. 단지 딱한 것은, 오사카 쪽은 쇼치쿠의 흥행이므로 비용도 충분히 들이지만, 이쪽은 농민들이 짬짬이 하는 일이다 보니 머리 장식이나 복장이 아무리 봐도 초라하다. 미유키도 고마자와도 꽤 낡은 의상을 입고 있다. 그러나 헌 옷을 좋아하는 노인은,

"아니야, 의상은 이쪽이 좋구나."

이러면서 저 오비는 옛날 고로라느니, 저 통소매 옷은 노란 줄무늬 비단이라느니, 나오는 인형의 옷만 눈여겨보면서 아까부터 자꾸만 탐을 냈다.

"분라쿠도 예전에는 이런 식이었는데, 요즘 요란해진 거라네. 흥행할 때마다 의상을 새로 맞추는 것도 좋지만, 모

슬린 유젠(友禪)[167]이나 금사 지리멘[168] 같은 걸 쓰면 극을 망치는 거지. 인형의 옷매무새는 노(能)의 의상처럼 낡을수록 좋거든."

노인은 그렇게 말하는 것이다.

미유키와 세키스케가 여행을 떠나는 사이에 긴긴 하루도 드디어 저물어, 그 막이 끝났을 때에 울타리 밖은 완전히 어두워져 있었다. 낮 동안 살풍경했던 가건물 내부도 어느새 손님으로 꽉 들어차, 과연 연극의 밤다운 분위기다. 마침 저녁 먹을 시간이라, 한층 성대한 작은 연회가 이쪽저쪽에서 시작되었다. 도수 높은 알전구가 그대로 곳곳에 매달려 있기 때문에 밝기는 했지만, 굉장히 눈부시다. 게다가 무대 조명이라는 게 풋라이트도 없거니와 특별한 장치조차 없이 알전구만 천장에서 드리워져 있을 뿐이라, 이윽고 『다이코키』[169]의 열 번째 막이 시작되자 인형 얼굴의 백분이 단번에 번쩍번쩍 반사되기 시작했다. 그래서 주지로도 하쓰기쿠도 제대로 볼 수 없을 만큼 진기한 광경을 연출했다. 그러나 다유는 점점 본업에 가까운 듯 잘하는 사람이 무대로 올라온

---

167 모슬린 옷감에 저렴하게 화려한 채색으로 인물·꽃·새·산수 따위 무늬를 선명하게 염색한 것. 모슬린은 모직물의 일종으로, 질기지 않고 색이 잘 바랜다.

168 다니자키는 수필 「지리멘과 모슬린」에서, 금사는 벼락부자 같아서 천박하다고 쓰고 있다.

169 인형 조루리·가부키 『에혼 다이코키(絵本太功記)』의 약칭. 아케치 미쓰히데(明智光秀)가 역모를 결심하고부터 멸망할 때까지를 그린 작품. 열 번째 막은 미쓰히데의 어머니 사쓰키(皐月)의 주선으로 미쓰히데의 아들 주지로(十次郎)가 약혼녀인 하쓰기쿠(初菊)와 혼례를 올린 뒤 출정하여 전사하는 이야기.

다. 그걸 한쪽 객석에서 "어때, 우리 마을 다유 잘하지, 다들 조용히 들으라고."라며 같은 마을 사람인 듯한 이가 응원하면, "우리 마을 아무개 다유는 더 잘해, 이제 그만 들어가!"라고 다른 쪽 객석에서 야유를 한다. 취기로 구경꾼들 대부분이 각자 어느 쪽이든 편을 들기에 밤이 깊어질수록 마을 사이의 경쟁이 격해진다. 이야기가 절정에 다다르면, 열성적인 관중은 이런저런 야유를 보내다 결국에는 "너무하잖아!"라며 모두 함께 울먹이는 목소리로 감동한다. 더 웃긴 건 인형사인데, 이쪽도 반주를 한잔 걸치고 온 듯 어렴풋이 눈가가 붉어져서 인형을 움직이는 건 그렇다 치고, 여자 인형을 움직이는 남자는 절정에서 인형한테 이끌려 이상한 몸짓을 한다. 분라쿠 쪽도 그러긴 하지만, 이쪽은 매일 밭에서 일하는 게 본업인 사람들이라 햇볕에 검게 그을린 얼굴에 가타기누를 입고서는, 아련한 복숭앗빛으로 얼굴을 물들이며 자못 기분 좋은 듯 교태를 부릴 뿐만 아니라, 객석에서 "너무하잖아!"라고 외칠 때면 음악에 맞춰 표정까지 지어 보인다. 인형 형태에도 점점 기발한 방법이 동원되어, 『나팔꽃 일기』에 실망한 노인을 기쁘게 할 만한 동작이 있었다. 『다이코키』 다음 작품인 『오슌과 덴베이』[170]에서는 원숭이를 부리는 요지로가 잠자리에 들려고 할 때, 일단 잠가 둔 격자문을 열고 집 앞 길가에 웅크려 앉아 소변을 본다. 그때 어디선가 개 한 마리가 나타나서는, 요지로의 훈도시를 물

170　『지카고로 가와라노다테히키(近頃河原達引)』의 별칭. 요지로(与次郎)는 오슌(おしゅん)의 형으로 원숭이를 시켜 재주 부리게 하여 돈벌이를 하는 가난한 광대다.

고 쭉쭉 잡아당기는 것이다.

오사카에서 왔다며 미리 선전한 데다 프로그램에도 크게 이름을 내건 로타유[171]의 『도모마타(吃又)』[172]가 시작된 때는 밤 10시가 지난 무렵이었는데, 그로부터 얼마 지나지 않아 객석에서 큰 소동이 벌어졌다. 감색의 스탠딩 칼라 옷을 입고 대여섯 명의 일행과 함께 둘러앉아 술을 마시던 막일꾼 십장 같은 남자가, 갑자기 바닥에서 일어나더니 객석의 관객에게 "야, 덤벼!"라며 싸움을 건 것이다. 아무래도 관객석에서, 그 전부터 오사카에서 온 다유라는 데 반감을 품은 토박이들과 그렇지 않은 사람 두 파로 나뉘어 야유를 날리면서 꽤 험악한 분위기가 되어 있던 참에, 한쪽 객석에서 누군가가 뭐라고 욕한 것이 그 십장의 성질을 건드린 모양이었다. "야, 이 새끼야, 나와 봐."라며 당장이라도 객석으로 뛰어들 듯한 서슬에, "참아, 참아." 하며 동료들이 한꺼번에 일어나서 남자를 말린다. 남자는 점점 위압적인 태도로 우뚝 버티고 선 채 계속 소리를 질러 댄다. 다른 구경꾼들이 저 남자 좀 어떻게 하라고 떠들어 댄다. 덕분에 모처럼 데려온 비장의 출연자 공연이 결국 엉망진창이 되어 버리고 말았다.

---

171   2대 도요타케 로타유(豊竹呂太夫, 1857~1930).
172   인형 조루리·가부키 『게이세이 한곤코(傾城反魂香)』의 통칭.

그 열두 번째

"그럼 가나메 씨, 다녀오겠네."

"안녕히 가십시오. 정말 날씨가 계속 좋아서 다행입니다. ……오히사 씨도 햇볕에 타지 않게 조심하시고……."

"후후."

삿갓 속 검은 이가 웃더니,

"사모님께 안부 전해 주세요."

아침 8시쯤, 고베로 가는 배가 승객을 태우는 부두에서, 가나메는 순례 차림을 한 두 사람과 헤어졌다.

"부디 조심해서 가십시오. ── 언제쯤 댁으로 돌아가십니까?"

"글쎄, 서른세 곳을 전부 다 도는 건 큰일이니 적당히 할 셈이지만, ── 어쨌든 후쿠라에서 도쿠시마로 건너가서, 거기서 돌아갈 걸세."

"선물은 아와지 인형이겠군요."

"음, 그렇지. 조만간 꼭 교토에 보러 오시게나, 이번에야말로 좋은 걸 구할 테니까."

"예, 예, 어쨌든 이달 말 즈음에 한번 찾아뵐지도 모르겠습니다, 마침 그쪽에 볼일도 있어서요."

뭍을 떠나는 배 위에서, 가나메는 육지에 선 두 사람 쪽으로 모자를 흔들었다.

迷故三界城	헤매기에 삼계가 성과 같으나
悟故十方空	깨달음이 찾아오니 사방이 비어 있구나
本來無東西	본래 동쪽과 서쪽이라는 구분이 없으니
何処有南北[173]	남쪽과 북쪽이라는 것이 어디 있으랴

삿갓 전체에 그렇게 굵은 붓으로 적힌 글자가 점점 작아져서 읽을 수 없게 되었다. 오히사가 열심히 지팡이를 치켜들어 모자에 답하는 게 보인다. 저렇게 삿갓 쓴 모습을 멀리서 바라보기에는, 서른 살 이상 나이 차가 나더라도 그야말로 "본래 동쪽과 서쪽이라는 구분 없이" 사이좋은 부부의 순례 같지 않은가. ─ 가나메는 그런 생각을 하면서, 곧 희미한 방울 소리를 남긴 채 멀어져 가는 두 사람의 뒷모습을 바라보았다. "머나먼 길을/ 떠나는 발걸음도/ 믿음직하네/

173　대략적인 뜻은 다음과 같다. '헤매기 때문에 모든 중생은 생사윤회를 반복하며 욕계(欲界)·색계(色界)·무색계(無色界)의 삼계가 마치 성(城)인 것처럼 쉽게 그곳에서 빠져나오지 못한다. 그러나 깨달음이 오면 그때에는 사방 무수한 세계 전체가 공(空)인 것이다. 본래 동쪽이라든가 서쪽이라든가 하는 것은 상대적·주관적 구별일 뿐이다. 남쪽이라든가 북쪽이라는 장소가 실체로서 어디에 존재하는가. 실체 없는 것에 얽매이면 안 되는 것이다.' 순례할 때는 반드시 삿갓 전체에 이 글귀를 써넣어야 한다.

불법의 꽃이 피는/ 절을 찾아가노라.”[174]라는, 어젯밤 여관 주인을 스승 삼아 두 사람이 열심히 연습하던 순례가의 한 구절이 떠올랐다. 노인은 어제 순례가와 경 읽는 법을 배우기 위해 아쉽지만 이모세야마 극의 구경을 도중에 마치고, 9시부터 자정에 가까운 시간까지 열심히 익혔기 때문에, 가나메도 같이 있다가 저도 모르게 한 구절을 외워 버린 것이다. 그에게는 그 노래의 곡조와, 흰 깃털 두 겹으로 만든 팔 토시에 똑같은 각반을 두르고 마루 귀퉁이에서 여관 지배인에게 짚신 끈을 묶어 달라던 오늘 아침 오히사의 차림이 번갈아 마음속에 떠올랐다. 처음엔 딱 하룻밤만 있을 셈으로 따라왔는데 두 밤이 되고 세 밤이 된 건, 인형극이 재미있었기도 했지만 노인과 오히사의 관계에 흥미를 느꼈기 때문이었다. 나이를 먹으면 어설프게 아는 척을 하거나 신경질적인 여자는 귀찮아서 싫어질 것이다. 역시 인형을 사랑하듯 쉽게 사랑할 수 있는 여자가 좋으리라. 가나메는 자신이 그런 흉내를 낼 수 있으리라고는 생각하지 않으면서도, 분별력 있는 듯하지만 늘 복잡한 자신의 가정사를 돌아보자니, 인형 같은 여자를 데리고 인형극 같은 분장으로 낡은 인형을 찾으러 일부러 아와지까지 온 노인의 생활에 절로 안락의 경지가 있음을 느꼈다. 그러면서 그게 과연 어떤 기분일지 궁금해지기도 하는 것이었다.

오늘도 더할 나위 없이 좋은 날씨이긴 했지만, 이런 시

---

174 아와지섬 미하라군(三原郡) 미하라초(三原町)에 있는 아와지 서국(西国) 서른세 군데 순례지 중 열다섯 번째 장소인 센주산(千手山) 법화사(法華寺)의 순례가.

기에 유람을 떠나는 한가한 인간은 그다지 없는 모양이라, 유람선 분위기로 느긋하게 꾸민 특등 객실은 2층 양실(洋室) 쪽도, 아래층 일본실 쪽도 텅 비어 있다. 가나메는 손가방에 기대어 바닥에 양다리를 뻗고는, 바다의 빛이 인기척 없는 천장에 번쩍번쩍 파문을 그려 내는 광경을 바라보았다. 세토나이(瀨戶內)의 온화한 봄은 어스레한 선실에 파랗게 비치고, 때때로 스쳐 지나는 섬 그늘에서 꽃향기가 파도 냄새와 더불어 은근하게 덮쳐 왔다. 멋쟁이인 데다가 여행을 자주 다니지 않아서 하루 이틀 여행에도 갈아입을 옷을 준비해 나온 그는 돌아가는 길에 계속 일본 옷을 입고 있었다. 그런데 문득 어떤 생각이 떠올라, 아무도 없는 걸 다행이라 여기며 서둘러 회색 플란넬 양복으로 갈아입었다. 그런 뒤 몇 시간 후 머리 위에서 드르륵 닻을 감아올리는 소리가 들려올 때까지, 계속해서 꾸벅꾸벅 졸고 말았다.

배가 효고현의 시마가미(島上)[175]에 도착한 건 아직 점심 전인 11시 즈음이었는데, 가나메는 곧장 집에 돌아가지 않고 오리엔탈 호텔[176]의 식당에서 사나흘 만에 느끼한 음식을 점심으로 먹고, 식후에 베네딕틴[177] 한 잔을 이십 분 동안 천천히 마시고 나서는, 그 옅은 취기가 깨기 전에 차를

---

175   당시 효고항의 시마가미 부두.
176   고베시 해안가에 있던 고베를 대표하는 호텔. 객실이 130실, 수용 인원 200명, 양식을 잘하기로 유명했다.
177   이십여 종의 약초를 혼합하여 만든 프랑스 페캉산(産) 호박색 리큐어. 베네딕트파 수도승이 처음으로 만들었다고 한다. 식후 또는 취침 전에 마시기에 제일 좋은 리큐어다.

타고 야마노테(山手)[178]에 있는 블렌트 부인의 집 앞에서 내렸다. 그러고는 들고 있던 박쥐우산의 손잡이 끝으로 초인종 버튼을 눌렀다.

"어서 오십시오, 그 가방은요?"

"방금 배에서 내렸어."

"어디 다녀오셨어요?"

"이삼일 아와지에 다녀왔어. 루이즈 있나?"

"아직 잘지도 몰라요."

"마담은?"

"계세요, 저쪽에."

사환이 가리키는 복도 막다른 곳, 안뜰로 내려가는 계단참에, 블렌트 부인이 이쪽으로 등을 돌린 채 앉아 있었다. 여느 때는 목소리를 들으면, 스물서너 관(貫)[179]은 될 듯한 살찐 몸을 버거워하며 묵직하게 2층에서 내려와 애교 섞인 말 한마디라도 건넸었는데, 오늘은 웬일인지 돌아보지도 않고 뜰을 바라보았다. 개항 당시[180]에 세워진 것으로 보이는, 천장이 높으면서 으슥하게 어둡고 방 배치가 넉넉한 집이었다. 옛날에는 틀림없이 훌륭한 서양식 건물이었겠지만 오랫동안 손질하지 않아서 마치 귀신의 집처럼 황폐해져 버렸는데, 복도에서 보면 잡초가 우거진 안뜰도 찬란한 5월의 신록으로 가득 차 있었다. 역광을 받은 마담의 회색 곱슬머리

---

178 고베항을 내려다보는 높은 지대에는 '이인관(異人館)'이라 불리는 서양인의 양옥이 늘어서 있었다.

179 한 관이 3.75킬로그램이므로, 스물서너 관이면 약 86~90킬로그램이 된다.

180 에도 막부의 쇄국 정책이 완화되면서 고베는 1868년에 개항했다.

한두 가닥이 은빛으로 반짝였다.

"왜 저래, 마담은? 저기서 뭘 보는 거지?"

"네, 오늘은 기분이 안 좋으셔서, 아까부터 울고 계세요."

"울어?"

"네, 어젯밤에 고향에서 남동생이 죽었다는 전보가 와서요, 완전히 힘이 빠지셔서 ─ 불쌍하게도, 오늘은 아침부터 그 좋아하는 술도 안 드세요. 뭐라고 말 좀 해 주세요."

"안녕하세요."

가나메는 그녀의 뒤로 다가가 말을 걸었다.

"어떻게 된 거요, 마담. 남동생이 죽었다던데."

뜰에는 보랏빛 꽃을 피운 단향목이 있었는데, 그 나무 그늘 축축한 곳에 잡초와 뒤섞여 박하가 가득 돋아나 있었다. 양고기 요리를 손질할 때나 펀치[181]를 만들 때 그 잎을 쓴다면서 무성하게 자란 채로 둔 것이었다. 하얀 조젯 손수건을 얼굴에 대고 잠자코 땅바닥을 바라보던 그녀는, 박하 향기라도 스민 듯 눈가가 빨갰다.

"저기요, 마담, ……너무 안됐군요."

"고마워요."

몇 겹인가 깊은 주름에 둘러싸여 늘어진 눈가에서, 눈물이 빛줄기처럼 반짝이며 떨어졌다. 가나메는 서양 여인이 잘 운다는 소리를 들은 적 있지만 직접 보는 것은 처음이었

---

181 포도주나 럼, 브랜디 등 각종 리큐어, 과즙, 시럽 등을 섞어 계절 과일을 듬뿍 곁들인 술. 주로 파티용 음료다.

다. 구슬픈 곡조의 귀에 익지 않은 외국 노래인데도 이상할 정도로 그 슬픔이 더 강하게 느껴지듯 묘하도록 절실하게 와닿았다.

"남동생은 어디서 죽었지요?"

"캐나다에서."

"몇 살인가요?"

"마흔여덟인가, 아홉인가, 아니면 오십이던가. 아마 그 정도일 거예요."

"죽기엔 아직 이른 나이네요.—그럼 당신은 캐나다에 가야 하겠네요?"

"아니, 안 가요. 가 봤자 별도리도 없어서."

"그 남동생이랑 몇 년이나 못 만났습니까?"

"벌써 이십 년이나 되어 가지요.—1909년에, 런던에 있을 때 만난 게 마지막이었어요, 편지는 계속 주고받았지만……"

남동생의 나이가 오십이라고 한다면, 이 마담은 올해 몇 살이나 되었을까. 생각해 보니, 가나메가 그녀를 알고 지낸 지도 벌써 십 년 넘게 지났다. 아직 요코하마가 지진으로 지금처럼 변하기 전에, 그녀는 야마노테와 네기시(根岸)에 저택을 마련하여 늘 양쪽에 여자 대여섯 명씩을 데리고 있었다. 고베의 이 집도 그 무렵에는 별장처럼 마련되어 있었을 뿐 아니라, 그런 거처를 상하이나 홍콩에도 두고 일본과 중국을 자주 오가며 한때는 꽤나 폭넓게 일을 벌였지만, 어느새 그녀의 육체가 쇠약해지면서 장사 쪽도 점점 시들해져 버렸다. 세계 대전 때부터 이쪽, 일본의 외국 상관(商

館)[182]은 점차 내지 무역상에게 일을 빼앗기고, 하나둘 본국으로 철수해 버렸다. 관광객도 예전처럼 큰돈을 쓰는 사람들이 오지 않아서 상황이 안 좋았다고 당사자는 말하지만, 꼭 그것만이 부진의 원인은 아닐 터다. 가나메가 처음 알게 되었을 무렵의 그녀는 지금처럼 노망난 상태가 아니었다. 영국 요크셔 출신으로 무슨 여학교를 나와 훌륭한 교육을 받은 게 자랑거리라, 일본에 십몇 년이나 머무르면서 어떠한 경우에도 일본어라면 단 한 마디도 쓰지 않았다. 대부분의 여자들이 식민지 영어밖에 못 하는 와중에 그녀만이 정확한 영어, 그것도 일부러 어려운 단어나 표현을 사용했으며, 프랑스어와 독일어까지도 유창하게 구사했다. 그리고 여주인으로서의 관록과 활기도 있었고, 어딘지 아직 색기조차 있어서 서양 사람은 나이를 먹어도 젊다며 감탄했었다. 하지만 그 후로 조금씩 기가 약해지면서 기억력이 떨어지고, 여자들에게도 영향력이 약해지면서 갑자기 눈에 띄게 늙어 갔던 것이다. 예전에는 손님을 붙들고 어젯밤에는 어느 나라의 후작이 몰래 오셨었다는 둥 허풍을 떨거나 영자 신문을 펼치면서 모국의 동양 정책을 논하며 얼떨떨하게 했었는데, 요즘에는 전혀 그런 투지도 없이 그저 병적으로 거짓말을 하는 버릇만 남아서 금세 들통날 소리만 한다. 그 위세 좋던 마담이 어쩌다 이렇게 된 건지 이상한 기분이 들었지만, 가나메는 아마도 술 때문이리라 생각하기도 했다. 실제로 두뇌 회전이 둔해지고 몸이 비대해지면서 그녀가 마시

---

182   외국 회사·상점 등이 일본에 설치한 지점 혹은 영업소.

는 위스키의 양은 점점 늘어 가기만 했다. 예전에는 취해도 절도가 있었는데 지금은 정신없이 아침부터 씩씩 숨을 헐떡였고, 사환의 말로는 한 달에 두세 번은 인사불성이 된다고 하니, 고혈압 환자의 표본 같은 꼴로 언제 덜컥 죽어 버릴지 모르는 것이다. 결국 이런 식이라 경기가 좋든 나쁘든 상관없이 이 집이 번창할 리 없었다. 그래서 영리한 여자는 빚을 떼어먹고 도망가 버리고 요리사나 가정부는 술을 슬쩍했으며, 한때는 영국령 식민지에서 순수한 금발 혈통의 여인들이 줄지어 들락거린 적도 있었건만, 최근 이삼 년은 혼혈이나 러시아 사람[183]뿐인 데다 그것도 두세 명 이상 모인 적이 없는 것이었다.

"마담, ……당연히 슬프겠지만 그렇게 울기만 하다가 건강을 해치면 안 되지요. 당신답지도 않고. 기운 내고 술이라도 마셔 보지 그래요. 인간에게는 체념이라는 게 제일 중요하니까."

"고마워요, 친절하게 말해 줘서 정말 고마워요. 하지만 내겐 하나뿐인 동생이었어요. ……그야 누구나 한 번은 죽지요. ……어차피 죽게 되어 있지요. ……그건 알지만……"

"그렇고말고. ……정말 그래요. ……그렇게 생각하고 체념할 수밖에 없어요."

나이를 먹고 아무도 상대해 주지 않게 된 여인숙의 기생 중에는, 단골도 아닌 손님을 붙들고 장황하게 불행한 신

---

183 1917년 러시아 혁명의 결과, 수많은 러시아인이 국외로 망명하여 일본에도 일부 건너왔다.

세를 한탄하며 값싼 감상에 도취하려 드는 사람이 있다. 이 마담도 결국 그런 것이라, 분명히 슬프기야 하겠지만 남이 상냥하게 대해 주는 걸 듣고 싶어서 의미심장한 듯한 포즈를 취하거나 연극적인 대사를 읊거나 하는 것인데, 평소 거짓말을 하던 버릇 때문에 이럴 때에도 그 감정을 과장해야만 속이 풀리는 것이다. 하지만 그렇더라도, 이 코끼리처럼 거대한 몸집의 외국인 노부인의 한탄에는 왠지 마음이 움직였다. 시골 기생의 싸구려 눈물 같았지만, 어리석게도 그 감상에 이끌려 자신조차 울컥하는 기분이 되었다.

"미안해요, 정말로, ……혼자서 울면 될걸, 당신까지 슬프게 해 버려서……"

"아니, 그런 건 아무렇지도 않아요. 그보다도 당신이야말로 몸 잘 챙겨야 해요, 하나뿐인 남동생이 죽었다고 해서 자기까지 아프면 안 되니까……"

상대가 일본 여자였다면 이런 역겨운 소리가 입에서 나올 리 없다고 생각하니, 가나메는 스스로가 바보 같기도 하고 부끄럽기도 했다. 대체 왜 이러는 거지? 루이즈만 생각하고 왔는데 예상하지도 못했던 일이라 그런가? 아니면 날이 좋아 그런가? 자신은 일찍이 지금 한 말의 절반 만큼도 일본어로는 아내나 돌아가신 어머니를 상냥하게 위로한 적이 전혀 없었다. 정녕 영어는 슬픈 언어인 걸까?

"뭐 했어요, 마담한테 붙들렸었죠?"

2층으로 올라가자 루이즈가 말했다.

"응, 곤란했어 정말로. ……난 저런 우중충한 얘기는

싫어하지만, 코앞에서 우니까 빠져나갈 수도 없어서……."

"후후, 대충 그럴 거라고 생각했어요. 오는 사람마다 붙들고 한번 울어야 속이 풀리니까."

"그래도 설마, 우는 게 거짓은 아니겠지."

"그야 남동생이 죽었으니 슬프긴 슬프겠죠. ……당신, 아와지에 갔다면서요?"

"응."

"누구랑?"

"장인이랑, 장인의 첩이랑 셋이서……."

"흠, 누구의 첩이려나요."

"뭐야, 정말이야. 물론 그 첩에게 좀 반한 건 사실이지만……."

"그럼 뭐 하러 여길 왔어요?"

"사이좋은 모습을 하도 자랑해 대기에, 약간 울분을 풀러 온 거지."

"인사 잘 받았네요……."

만약 모르는 사람이 이 대화를 방 밖에서 듣는다면, 지금 말하고 있는 여자가 밤색 단발[184]에 갈색 눈을 지닌 종족이리라고 누가 상상이나 하겠는가. 그 정도로 루이즈는 일본어를 능숙하게 구사했다. 가나메는 요즘도, 이야기하다가 문득 눈을 감고 그 목소리의 가락과 억양과 말투만을 든

---

184 머리카락을 목덜미보다 위쪽으로 짧게 자르는 여성의 헤어스타일. 1차 세계대전 중에 서양에서 유행하기 시작하였다. 일본에는 다이쇼 말기에 유입되었지만, '모던 걸'이라 불리는 첨단 여성의 경박한 풍속이라 여겨졌다.

고 있자면, 딱 시골 작은 요릿집의 작부[185]를 상대하는 장
면이 떠오르는 것이다. 단지 외국인이라서 그 발음에 어딘
지 도호쿠(東北) 지방 사투리 같은 울림이 있는데, 그럼에도
불구하고 말하는 게 무섭도록 능숙한 만큼 이곳저곳을 떠
돈 닳고 닳은 여급[186]의 말투처럼 되어 버렸다는 사실을 당
사자는 꿈에도 모르리라. 어쨌든 잠시 그 목소리를 듣다가
다시 눈을 떠서 실내를 보니 이 무슨 생각지도 못했던 광경
인지. 그녀는 화장대 앞 의자에 기대앉아 만주 왕조의 관복
과도 비슷한 자수 장식 파자마의 상의만을 거의 엉덩이 부근
까지 아슬아슬 걸친 아래로, 바지 대신 백분을 바른 다리에
프랑스식 굽이 달린 담황색 비단 슬리퍼만을 신고 있었다.
그리고 그 발끝을 두 척의 귀여운 잠수함 뱃머리처럼 뾰족하
게 세우고 있었다. 그러고 보니 이 여자는 다리뿐만 아니라,
거의 전신에 엷게 백분을 바른 것 같다. 가나메는 오늘 아침
에도 목욕을 마치고 그만큼의 준비를 하는 동안 삼십 분 넘
도록 기다려야 했다. 그녀가 말하기를 어머니 쪽에 터키인
의 피가 섞여서 피부색이 흰 대리석 같지 않은 걸 감추려
고 그런다는데, 사실 가나메가 처음 그녀에게 끌린 까닭
은 그 어딘지 모르게 탁하고 거무스름한 피부의 윤기였다.
"이보게, 이 여자라면 파리에 가도 상당히 잘나갈 거야, 이
런 여자가 고베에서 어슬렁거릴 거라고는 생각도 못 했네."

185 요릿집이나 술집에서 시중드는 여자.
186 다이쇼부터 쇼와 전전(戰前)에 걸쳐, '카페'라 불리던 '술을 파는 양식당'에
     서 손님 접대를 하던 여성. 이후에 생긴 바·카바레의 '호스티스'에 해당한다.

언젠가 그를 따라온 프랑스에서 막 귀국한 친구가 그렇게 말했다. 그 무렵, —— 이라는 건 지금으로부터 이삼 년 전, 문득 가나메가 일본인으로서는 특별히 출입을 허락받았던 요코하마 시절의 친분을 떠올리고 이 집을 찾아왔을 때, 그녀가 폴란드 출신이라 하며 다른 두 여자와 함께 샴페인을 따라 주면서 인사하러 나온 것이다. 그녀는 아직 고베에 온지 채 삼 개월도 지나지 않았다고 했었다. 전쟁으로 나라에서 쫓겨 나와 러시아에도, 만주에도, 조선에도 있었는데, 그사이에 여러 언어를 익혔다며, 다른 두 명의 러시아 출신 여자들과는 자유로이 러시아어로 이야기했다. "파리에 간다면 한 달 만에 프랑스인과 똑같이 말해 보일 것"이라고 자랑할 만큼 어학은 그녀의 축복받은 재능인 듯, 셋 중 이 여자만이 마담인 블렌트 부인이나 양키 주정뱅이 등을 상대로 돌아다니며, 영어로 척척 언쟁할 수 있었던 것이다. 그러나 그녀가 일본어까지 그렇게 자유자재로 말할 줄이야! 발랄라이카[187]나 기타룰라[188]를 연주하며 슬라브의 노래를 부르던 그 입으로, 「야스기부시(安来節)」[189]나 「압록강부시(鴨緑江節)」[190]를 만담가에 뒤지지 않는 곡조로 들려

---

187   삼각형 나무 몸통에 금속의 세 현을 건 러시아 민속 악기.

188   러시아의 기타. 현이 보통 기타보다 한 줄 많은 일곱 현이다.

189   시마네현(島根県) 야스기시(安来市)의 민요. 다이쇼부터 쇼와 시대에 걸쳐 도쿄·오사카의 요세(寄席, 사람을 모아 돈을 받고 재담·만담·야담 등을 들려 주는 대중적 연예장)에서 폭발적인 인기를 얻었다.

190   오롯코('압록강'의 일본어 발음)부시. 압록강은 중국과 조선의 국경을 이루는 강. 「압록강부시」는 압록강으로 돈을 벌기 위해 갔던 뗏목꾼들이 부르던 노래로, 1919~1921년 무렵 전국적으로 크게 유행하였다.

줄 만큼 솜씨가 뛰어날 줄이야! 늘 영어로만 이야기하던 가나메가 이 사실을 알고 놀란 것은 바로 얼마 전의 일이었다. 어차피 이런 부류의 여자는 자신의 과거를 솔직하게 말하지 않는다는 걸 잘 알았지만, 그 후 그는 그녀가 사실은 조선인과 러시아인의 혼혈아라는 얘기를 사환에게서 들었다. 그녀의 어머니는 지금도 경성[191]에 살고 있어서, 때때로 편지를 보낸다고 한다. 과연 그런 거라면 「압록강부시」를 잘 부르는 것도, 어학 습득이 빠른 것도 납득이 간다. 그저 당사자가 말한 여러 가지 거짓말 중에, 처음 만났을 때 나이를 열여덟이라고 말한 것, 그것만이 어쩌면 사실에 가까울지도 모른다. 실제로 보았을 때도 올해로 기껏해야 스무 살 정도의 젊은이로밖에는 생각되지 않았다. 용모에 비해 말투나 행동거지가 조숙한 것은, 그런 기구한 삶을 살아온 많은 소녀들로서는 피할 수 없는 운명이니까.

딱히 단골집이 있는 것도, 첩을 둔 것도 아닌 가나메는 평소 아내에게서 얻지 못한 부분을 채워 준다는 점에서 다른 누구보다도 가장 취향에 맞기 때문인지, 변덕스러운 성격에도 불구하고 그녀를 알게 되고부터 오늘날까지 이삼 년 동안, 오직 이 여자를 통해서만 홀로 잠드는 따분함을 해소했다. 그는 그런 이유로 — 일본인은 좀처럼 들이지 않는 집이라 남몰래 유흥을 즐기기 좋다는 점, 요릿집에 가는 것보다는 시간이나 비용을 절약한다는 점, 서로를 짐승처럼 다룰 때 외국인이면 피차 부끄러움을 잊기 쉽고, 그만큼 나중

---

191   대한민국의 수도 서울의 일제 강점기 때의 명칭.

에 걱정 없는 점 —— 등을, 만약 누군가가 이곳에 오는 까닭
을 물으면 이렇게 답할 것이고, 스스로도 애써 그렇게 믿어
왔었다. 그러나 이 여자를 '팔다리와 털이 달린 아름다운 집
승'이라 경멸하고자 하는 그의 의지 이면에, 그 짐승의 육체
에 라마교(喇嘛敎)[192] 불상의 보살과도 같은 환희가 넘쳐흐
른다는 사실을 좀처럼 외면하지 못하는 마음이 의외로 강
하게 뿌리내려 있었고, 스스로도 그 점을 괴로울 정도로 사
무치게 깨닫고 있었다. 한마디로 이 여자는 할리우드 스타
들의 사진과 가끔은 스즈키 덴메이(鈴木伝明)[193]나 오카다
요시코(岡田嘉子)[194]의 사진 같은 걸 아무 데나 핀으로 꽂
아 둔 장미색 벽지로 둘러싸인 방에 살며, 그의 미각과 후각
을 즐겁게 하기 위해 페디큐어를 한 발등에 향수를 살짝 뿌
려 둘 만큼, '게이샤 걸[195]'이라면 생각도 못 할 용의주도함
과 친절을 다하는 것이다. 일부러 그러는 건 아니지만, 그는
미사코가 스마에 가고 없을 때 "잠깐 고베에 뭘 사러 다녀
오겠다."라며 가벼운 운동복 차림으로 나가서, 저녁때쯤 모

192 7세기 티베트에 전해진 불교의 일파.

193 스즈키 덴메이(1900~1985): 쇼치쿠의 영화 스타. 장신의 스포츠맨이자 서
     구적인 외모의 모던 보이였다. 1928~1929년 사이에 우시하라 기요히코
     (牛原虚彦) 감독, 배우 다나카 기누요(田中絹代)와 콤비로, 학생 스포츠 영
     화 같은 청춘물로 연달아 히트작을 탄생시켰다. 그러나 1931년 쇼치쿠에서
     독립한 이후로 점차 인기가 시들해졌다.

194 오카다 요시코(1902~1992): 다이쇼 말기부터 쇼와에 걸쳐 신극 배우, 영
     화배우로서 활약했다. 1938년 신극 연출가인 스기모토 료키치(杉本良吉)와
     함께 사할린 국경을 넘어 소련으로 망명했다.

195 geisha girl. 서양인이 일본의 '게이샤(芸者)'를 가리키는 말.

토마치(元町)[196] 근처 상점의 봉투를 들고 집으로 돌아오기를 일삼았다. 이런 유흥은 가이바라 에키켄(貝原益軒)[197]의 가르침에 따라 — 그렇지만 그 가르침과는 정반대의 취미상 — 오후 1시나 2시쯤 되는 한낮을 골라서, 돌아오는 길에 푸른 하늘을 한번 보는 편이 뒷맛이 산뜻하고 산책하는 기분을 유지할 수도 있다는 걸 가나메는 경험을 통해 알았던 것이다. 다만 곤란한 건 이 여자의 백분 잔향이 유독 강해서, 몸에 스며들어 떨어지지 않을 뿐만 아니라 입고 간 양복은 물론, 자동차에 타면 차량 안에 가득 밸 정도였다. 또 집에 돌아가면 온 방 안에서 냄새가 풍기는 것이었다. 그는 자신의 비밀스러운 정사를 미사코가 어렴풋이 눈치챘든 안 챘든 간에, 딴 여자의 살냄새를 알게 하는 건 아무리 이름뿐인 부부라고 해도 아내에 대한 예의가 아니라고 생각했다. 사실, 그 스스로도 미사코가 말하는 '스마'라는 데가 과연 정말 스마를 가리키는 것인지, 아니면 좀 더 가까운 곳에 적당한 장소를 물색해 둔 것인지 때때로 호기심을 느낀 적은 있지만, 굳이 알고 싶지도 않았고 되도록 모르고 지나가길 바랐던 것과 마찬가지로, 자신이 언제 어딜 가는지에 대해서는 애매하게 해 두고 싶었다. 그리고 그런 마음으로 여자의 방에서 옷을 입기 전에 늘 사환에게 목욕물을 데워 달라

---

196   고베시 주오구(中央区)에 있는 도카이도혼센(東海道本線) 모토마치역 남쪽의 상점가.

197   가이바라 에키켄(1630~1714): 에도 전기의 유학자. 저서 『양생훈(養生訓)』은 성생활에 관한 가르침을 담고 있기로 유명한데, 한낮의 섹스를 권하는 구절은 없다.

고 하는 것인데, 그 백분은 머릿기름처럼 흠뻑 달라붙는 성질을 가졌는지, 어지간히 북북 문지르지 않으면 아무리 씻어도 지워지지 않았다. 그는 종종 이 여자의 살갗이 자신의 피부에 타이츠처럼 푹 뒤집어씌워진 듯한 기분이었고, 그걸 남김없이 씻어 내는 데 다소의 미련을 느꼈다. 역시 자신이 생각하는 것보다도 더 그녀를 사랑하고 있음을 의식하지 않을 수가 없었다.

"프로지트! 아 보트르 쌍떼!"[198]

그녀는 이렇게 2개 국어로 외치며 엷은 마노색으로 빛나는 유리잔에 입술을 댔다. 이 여자는 늘 이렇게, 이 집에는 변변한 샴페인이 없다는 구실로 자기가 몰래 사다 둔 드라이 모노폴[199]을 세 배나 비싸게 파는 것이다.

"당신, 그 얘기 생각해 봤어?"

"아니, 아직……"

"그렇지만 어떻게 할 거예요, 정말?"

"그러니까 말이지, 그게 아직이라는 거야."

"아니, 짜증 나네, 계속 아직이야, 아직이야, 라고만 하고.──요전에 당신한테 말했죠? 난 천 엔이라도 괜찮다고."

"들었지, 그 얘긴."

"그럼 어떻게든 해 주지 않을래요? 천 엔 정도라면 생각해 본다고 했잖아."

---

198 '프로지트(Prosit, 독일어)', '아 보트르 쌍떼(À votre santé, 프랑스어)' 모두 건배사로서 '당신의 건강을 위해'라는 뜻.

199 '모노폴(Monopole)'은 샴페인의 상품명. 프랑스 랭스 지방의 하이직 (Heidsieck)이 제조한다. '드라이(dry)'는 쌉쌀한 맛을 가리킨다.

"내가 그러겠다고 말했었나?"

"거짓말쟁이! 이래서 일본 사람이 싫다는 거야."

"미안하게 됐습니다, 정말로 일본 사람이라 죄송합니다. 언제였더라 그, 닛코(日光)에 데려가 줬던 미국 부자는 어쩌고?"

"그 얘길 하는 게 아니잖아요. 당신 진짜 생각보다 짠돌이네! 게이샤 걸에게는 얼마든 내줄 거면서."

"말 같잖은 소리 하지 마, 날 그런 부자로 생각한 게 잘못된 거야, 천 엔이라면 큰돈이니까."

그녀는 사랑싸움을 할 때면 늘 이 얘기를 꺼내는 것이다. 처음에는 마담에게 이천 엔의 빚이 있으니 그걸 대신 갚아 주고 집 한 채를 마련해 달라고 했었는데, 요즘에는 조금 태세를 바꿔서 당장 천 엔을 주기만 하면 나머지는 증서를 써 두겠다며 졸라 댔다.

"저기요, 당신 나를 좋아하잖아?"

"응⋯⋯."

"이봐요! 그렇게 영혼 없는 대답하지 말고, 좀 더 진지하게 들어줘요! 정말로 반했어?"

"정말로 반했어."

"반했다면 천 엔 정도 내줘도 되잖아. 아님 우대 안 해 줄 거예요. ⋯⋯자아, 어느 쪽? ⋯⋯줄 거야 안 줄 거야?"

"줄 거야, 줄 거라고, 준다고 하면 되잖아, 그렇게 화내지 마⋯⋯."

"언제 줘요?"

"다음에 가져올게."

"다음에야말로 꼭? 거짓말 아니지?"

"난 일본 사람이니까 말이야."

"흥, 젠장! 기억해 두는 게 좋을 거야! 다음에 돈 안 가져오면 절교할 거니까…… 내가 언제까지고 이런 천한 장사를 하는 게 싫으니까 부탁하는 거잖아. 아아, 아아, 진짜로, 난 왜 이렇게 불행한 거야!"

그런 뒤 그녀는 신파(新派)[200] 배우 같은 말투에다, 자못 슬픈 듯이 눈물 젖은 눈으로 얼마나 이 직업이 자신 같은 사람에게는 견디기 힘든 일인지 설명하거나 하루라도 빨리 딸이 자유의 몸이 되길 애타게 기다리는 모친의 처지를 호소하거나 거침없이 하늘을 원망하고 세상을 저주하는 말을 늘어놓는다. 이곳에 오기 전에 배우를 했던 적도 있으니, 스테이지 댄스[201]라면 엘리아나 파블로바[202]에 뒤지지 않을 만큼 실력이 있다. 요컨대 이런 곳에 있는 여자들과는 질이 다르다. 자기처럼 재능 있는 사람을 이렇게 두는 건 아까운 얘기다. 파리나 로스앤젤레스에 가더라도 멋지게 독립할 수

---

200 메이지 중기에 탄생하여 1907년 무렵 전성기를 맞은 대중 연극으로, 가부키보다 사실적으로 메이지 시대의 세태를 그려 냈다. 그러나 여전히 가부키의 영향을 강하게 받아, 서양 근대극의 세례를 받은 신극(新劇)과는 구별된다. '신파 대비극'이라는 말이 있듯이, 안이하게 눈물을 짜내는 통속적인 작품이 많아서 다이쇼 이후 점차 쇠퇴했다.

201 '스테이지 댄스(stage dance)'는 '사교댄스(social dance)'와 달리, 일종의 무대 공연이다.

202 엘리아나 파블로바(Eliana Pavlova, 1897~1941): 제정 러시아에서 태어났으나, 혁명 때문에 1919년 일본으로 망명하였고 그 후 일본 국적을 취득했다. 동시대에 국제적으로 활약한 발레리나 안나 파블로바(Anna Pavlova, 1881~1931)와는 관계가 없다.

있고, 건실한 방면이라면 이 정도로 어학에 재능이 있으니 중역 비서나 타이피스트[203]도 될 수 있다. 그러니 자기를 구해 내서 닛카쓰(日活)의 영화 촬영소나 외국 상관에 소개해 달라, 그렇게 해 주면 매달 용돈은 백 엔이나 백오십 엔 정도만 보조해 줘도 충분하다는 것이다.

"당신, 지금도 한 번 오면 오십 엔이나 육십 엔은 쓰잖아요. 그걸 생각하면 얼마나 득이 될지 모르는 건데."

"그렇지만, 서양 사람을 마누라로 두면 다달이 천 엔은 든다고 하던데. 너같이 사치스러운 여자가 백 엔이나 백오십 엔으로 지낼 수 있으리라 생각하나?"

"응, 살 수 있어, 틀림없이 나라면 할 수 있어. 회사에 나가면 나도 백 엔은 벌 수 있으니까, 그러면 이백오십 엔이 잖아. 자, 두고 봐, 멋지게 잘해 보일 테니까. ─ 나도 이제 그렇게 되면 쓸데없는 용돈을 달라고 조르거나 옷을 사거나하지 않을 거야. 이런 장사나 한다고, 날 사치스러운 여자라고 생각하면 큰 실수야. 내 입으로 말하긴 그렇지만, 집만 해 주면 나 정도로 착실하고 낭비 안 하는 여자가 없다고."

"그래도, 빚도 대신 갚아 줬겠다, 그대로 휙 미국에라도 도망가 버리면 그걸로 끝이잖아."

그렇게 말하자 여자는 섭섭하다는 표정을 지어 보이며, 홧김에 침대 위에서 발을 구른다. 반쯤은 심심풀이 말장난이긴 했지만, 가나메도 한때 다소 호기심이 동한 적이 없

---

203 당시에는 영문을 다룰 수 있는 여성 타이피스트가 적어서, 상당히 높은 급료를 받을 수 있었다.

지는 않았다. 어차피 이 여자야 붙들어 앉혀 봤자 오래가지 못할 테고, 농담이 아니라 하얼빈[204] 같은 곳으로 갑자기 사라져 버리는 게 뻔한 결말이겠지만, 이쪽도 오히려 그렇게 되는 편이 부담스럽지 않아서 좋을지도 모른다. 그런 것보다도, 사실 그는 첩의 집을 마련하는 절차가 사무적으로 굉장히 귀찮은 기분이었다. 여자는 가구만 서양풍으로 해 주면 보통 일본식 셋집이어도 상관없다지만, 문을 열고 닫을 때마다 삐걱대는 갑갑한 방에 들어가 걸을 때마다 울퉁불퉁 부풀어 오르는 다다미를 밟으며, 산발한 머리에 욕의를 걸친 그녀를 마주한다면, ── 그리고 외견뿐이긴 하더라도, 지금까지 사치스럽던 사람이 갑자기 착실하고 알뜰한 살림꾼으로 변하거나 한다면, ── 이라고 생각하니 뭔가 흥이 깨지는 것이었다. 그러나 여자가 하소연하는 데 맞춰 적당히 대응해 주는 사이 언젠가 농담이 진짜가 되지 말라는 법은 없고, 그렇게 된다면 그대로 질질 끌려갈지도 모르지만, 그녀의 호소는 어딘가 너무나 연극적이라 안달하거나 화낼수록 점점 우스워지는 것이다. 창이라는 창에는 전부 덧창이 내려져 있었지만, 그 사이로 스며든 초여름다운 한낮의 밝은 빛이 색유리를 통해 들어온 듯 붉은 기를 띠고 흐릿하게 사물의 윤곽을 감싼 방 안에서, 온몸에 백분을 칠한 이 환희천

---

204 청일 전쟁·삼국 간섭 후 중국 동북부 흑룡강성의 송화강(松花江) 중류에 제정 러시아가 건설한 아름다운 거리로, '동양의 모스크바' 혹은 '동양의 파리'라 불렸다. 1차 세계 대전 후에는 중국령으로 복귀, 다수의 망명 러시아인이 이 거리로 흘러들었다. 1931년의 만주 사변부터 2차 세계 대전 종전까지 일본의 지배를 받았다.

(歡喜天)[205]의 육체가 엷은 복숭앗빛으로 물든 채 도호쿠 사투리로 말할 때마다 손을 치켜들고 엉덩이를 흔드는 모습은 정말로 가련하다기보다는 활발해 보이기에, 가나메는 그 춤이 보고 싶어서 일부러 더 그녀에게 기대감을 안겨 주는 것이었다. 그리고 짧은 머리에 붉은 몸으로 설쳐 대는 모습을 바라보면서, 이 차림에다가 감색 복대라도 채운다면 영락없이 긴타로(金太郞)[206]라고 생각하며, 픽 웃음을 터뜨리고 싶어지기도 했다.

사환은 그가 시킨 대로 딱 4시 반에 목욕물을 데웠다.

"다음은 언제?"

"아마 다음 주 수요일쯤……."

"그럼, 정말로 돈 가져다줄 거죠?"

"알았어, 알았다고."

갓 목욕을 마치고 나온 등에 선풍기 바람을 쐬면서, 그는 스스로도 자신의 계산적인 태도에 어이가 없을 정도로 이상하리만치 냉담하게 총총히 바지에 다리를 끼워 넣었다.

"틀림없죠?"

"틀림없이 가져올 거야."

그렇게 말하며 악수를 나눌 때, '틀림없이 이제 안 올 것이다.'라고 마음속으로 말하는 것이었다.

틀림없이 이제 안 올 것이다, —— 사환이 열어 주는 문

---

205 불교의 수호신 중 하나. 머리는 코끼리고 몸은 인간으로, 종종 남녀 두 신이 끌어안은 모습으로 묘사된다.

206 얼굴이 붉고 살이 찐 아이. 혹은 어린이 복대를 가리킴.

을 나서 밖에서 기다리던 차에 몸을 실으며, 그는 돌아갈 때 늘 이렇게 굳게 다짐하며 문틈으로 키스를 던지는 여자의 얼굴을 향해 마음속으로 몰래 영원한 "안녕!"을 고하지만, 기묘하게도 그 다짐이 사흘 이상 간 적은 없었다. 사흘이 이윽고 닷새가 되고 일주일이 되는 사이에, 다시 이 여자를 만나고 싶은 마음이 엄청나게 커져서, 적잖이 무리를 해서라도 한달음에 날아가는 것이다. 만나기 전의 그리움과 만나고 나서의 고통, ─ 그러한 마음의 변화는 이 여자의 경우에만 한정된 것이 아니라 기생의 단골이었을 때에도 조금쯤 경험한 바 있었다. 그러나 이토록 차가움과 뜨거움의 정도가 격렬한 것은 아마도 생리적인 원인에 의한 것으로, 그만큼 루이즈는 도수가 센 술과도 같았다. 가나메는 처음, 그녀의 말을 믿었던 때에는 지금의 일본 청년들이 대개 그렇듯, 서양 출신이라는 데에 어떤 특별한 환상과 동경을 품었었다. 생각해 보니 이 여자의 장점은, 그런 손님의 심리를 잘 알고 항상 진짜 피부를 보이지 않으려고 주의하는 점과 그녀의 거짓말이 진짜로 통할 만큼 매혹적인 자태를 지닌 점이다. 가나메 역시 사실 그 거무스름한 피부색에 아직 매혹을 느끼면서도, 비록 인공적이지만 흰 대리석 같은 육체가 자아내는 환상을 깨기 싫어서 여태까지 한 번도 그 백분을 벗겨 내 본 적이 없었던 것이다. 그의 머릿속에는 "파리에 가도 이 여자라면 잘나갈 것"이라던 친구의 평가가 의외로 깊게 남아 있었다. 그는 흔들리는 차 안에서 아직 희미하게 잔향이 남은 오른쪽 손바닥의 향기를 맡았다. 손바닥에 밴 냄새는 어쩐 일인지 목욕을 마치고 나서도 향기를 풍겨서,

요즘에는 일부러 그곳만을 씻지 않고 요염한 비밀을 손안에 쥐고 돌아가는 것이었다.

"이번에야말로 정말 이게 마지막일까, 이제 다시는 가지 않고 버틸 수 있을까."

그는 그런 생각도 해 보았다. 지금의 그로서는 누구 때문에 조심해야 할 필요조차 없는데도, 뭐랄까 그는 이상하게 도덕적이고 고지식한 구석을 지녔기 때문에, 청년 시절부터 품어 온 "단 한 사람의 여자를 지키고 싶다."라는 꿈에서, 방탕하다면 방탕하다고 할 만한 현재의 생활을 누리면서도 아직 깨어나지 못한 것이다. 아내를 멀리하면서 아내 아닌 사람에게서 위안을 얻으러 다닐 수 있는 사람은 좋겠다. 만약 가나메가 그런 짓을 할 수 있었다면, 미사코와의 사이도 지금처럼 파탄 나지 않고 어떻게든 임기응변으로 대처해 나갔을 것이다. 그는 자신의 그런 성격에 긍지도 열등감도 느끼지 않았지만, 솔직히 그건 의리가 깊어서라기보다는 오히려 극단적인 이기주의와 결벽증 때문이라고, 스스로 해석하고 있었다. 국적이 다르고, 종족이 다르고, 긴 인생의 도중에 우연히 만났을 뿐인 루이즈 같은 여자에게조차 몸을 허락하는데도, 그 매혹의 절반조차 느낄 수 없는 사람을 인생의 반려로 맞이했다는 건 아무리 생각해도 견디기 힘든 모순이 아닌가.

그 열세 번째

삼가 답장을 올립니다.

일전에는 실례 많았소이다. 그로부터 예정대로 아와의 나리몬 도쿠시마를 거쳐 지난달 25일에 귀경하여, 29일에 발송된 귀하의 서찰을 어젯밤 개봉하였습니다. 참말로 참말로 생각지도 못한 일이외다. 미사코가 원래부터 버르장머리가 없었다고는 해도 저토록 분별없는 인간으로 키우지는 않았건만, 속된 말로 마가 꼈다고 하겠습니까. 이 늙은이, 이 나이에 이런 괴로운 이야기를 듣다니 무슨 업보인가 하고 비탄할 수밖에 없소이다. 무엇보다도 부모 된 입장으로 그쪽한테 어찌 사죄할 도리가 없어서, 너무나 부끄러울 따름이외다.

이미 말씀하신 바와 같은 사태가 벌어졌으니, 이제 와서 어쨌든 중재를 하겠노라 부탁할 수도 없거니와 점점 울분만 치밀 거라 여겨지오만, 적이 생각하는 바도 있으니 조만간 미사코와 함께 와 주시지 않으렵니까? 그래 주시면 이 늙은이가 본인에게 잘 말해서 어떻게든 나쁜 마음을 바꿔 먹도록 하고 싶으나, 만에 하나 개선되지 않는다면 어떻게든 합당한 벌을 받게 하여야 하겠습니다. 그럴더라도 만약 본인이 향후 조신하게 행동할 시에는 부디 용서를 부탁드립니다.

실은 집착하던 인형을 드디어 손에 넣었소이다. 오면 얼른 안내해 드려야지 하면서도 뭉친 어깨를 푸느라 쉬던 차였는데, 서신을 접하고 망연자실, 완전히 흥이 깨져 버렸소이다. 어쨌든 순례를 한 보람도 없고, 오히려 부처님께서 주신 벌을 받나 하고, 이 늙은이, 넋두리만 나올 뿐이외다.

역시 내일이라도 와 주시길 기다리겠소이다. 우선 그때까지는 현상을 유지해 주시길, 그저 부디 잘 부탁드리는 바입니다.

"……'이 늙은이, 이 나이에 이런 괴로운 이야기를 듣다니 무슨 업보인가 하고 비탄할 수밖에'라니, 아무래도 곤란하군……"

"당신이 뭐라고 했기에 그러시는 거예요?"

"될 수 있는 한 간단하게 썼지만, 중요한 건 빼먹지 않았어. 이 일은 내게도 책임이 있고, 나 자신의 희망이기도 하다, 다시 말해 반반이라고 아주 잘, 몇 번이고 다짐해 뒀건만……"

"난 이렇게 말할 줄 알고 있었지만……"

그래도 가나메는 의외였다. 편지로 양해를 구할 성질의 문제도 아닌 데다, 그러면 오해하기 쉬우니 차라리 직접 가서 이야기하자는 미사코의 희망은 지당했고 자신에게도 그 방법이 제일 좋았다. 그렇지만 일단 대충 알려 준 뒤 시간을 가지고 나서 이야기해야겠다는 기분이 든 건, 갑자기 노인을 놀라게 하기 싫었고, 아무래도 바로 요전에 함께 느긋하게 여행을 하면서도 아예 티 내지 않았던 얘기를 갑작스레 얼굴을 맞대고 꺼낼 면목이 없기 때문이었다. 특히 이 답장에도 써 있듯, 저쪽은 그저 인형을 보러 왔다고 생각하고 곧 그 무용담을 이야기할 것이다. 그러면 더더욱 기선을 제압당한다. 게다가 사실 가나메는 노인의 과거 경력으로 봐서 좀 더 이해해 주지 않을까 예상하고 있었다. 입으로는 구식 사상의 소유자 같은 소리만 하더라도, 그건 저런 사람들에게 있을 법한 일종의 젠체이자 취미라서, 사실은 좀 더 융통성도 있고 요즘 세상이나 풍조에도 무관심하지 않을 터였다. 그런데 이쪽에서 얘기한 걸 그대로 받아들여 주지 않았을 뿐만 아니라, "점점 울분만 치밀 거라 여겨지오만"이라는 둥 "사죄할 도리가 없고"라는 둥 적어 보낸 건 너무나 예상과 다르다. 저 편지를 그대로 순수하게 받아들여 주었더라면 "너무나 부끄러울" 리가 없는 것이고, 되도록 딱한 생각을 하지 않게 조심하며 썼는데도, 역시 일단 죄송하다는 인사를 하는 게 예의라고 생각한 것일까.

"난 이 편지에 과장이 꽤 섞였다고 생각해. 이런 구식 문체는 내용도 구식으로 써야 조화를 이루니 이 양반도 취미로 썼을 뿐이지, 사실 이 정도로 비탄에 젖을 분이 아니라고 생각한다고. 모처럼 인형을 얻어 즐기려는 참에 부아가 치민 정도가 아닐까?"

미사코는 그런 건 아무래도 상관없이 이미 초월한 듯, 약간 창백해진 얼굴은 완전히 무표정하고 차분한 상태였다.

"어떡할래, 당신은?"

"어떡하겠냐니……"

"같이 가겠냐고."

"난 싫어."

그녀는 그 '싫어'라는 말을 정말로 싫어하며 말했다.

"당신이 가서 이야기하고 와 줘요."

"그래도 이렇게 편지를 보내왔으니, 어쨌든 당신도 가야 할 것 같은데. 일단 만나기만 하면 생각했던 것보다는 말하기 쉬울 거라 생각해."

"무슨 얘기를 할지 알게 되면 갈래. 오히사 같은 게 있는 데서 잔소리를 듣는 건 딱 질색이니까."

두 사람은 드물게도 서로의 눈을 바라보며 이야기를 나눴다. 그래서 어색함을 감추려고 일부러 말을 툭툭 내뱉으며 입에 닿는 부분을 금종이로 만 가느다란 궐련을 태우며 연기를 내뿜는 아내의 모습을, 남편은 약간 주체하기 힘든 기분으로 바라보고 있었다. 아내는 스스로 의식하지 못하는 것 같지만 언제라고 할 것 없이 감정을 얼굴이나 말로 표현하는 방식이 옛날과는 달라져 있었는데, 아마도 아소와 대화하던 버릇이 나오는 걸 거다. 가나메는 그걸 보게 될 때면, 그녀가 이미 이 가정의 사람이 아니라는 사실을 무엇보다도 절실하게 느끼지 않을 수 없었다. 그녀가 입에 담는 단어 하나, 어미 하나에도 '시바'라는 집안의 특색이 배어 있지 않은 게 없었는데, 남편의 눈앞에서 새로운 말투로 바뀌어 가고 있다. ─ 가나메는 이별의 슬픔이 이런 방면에서 덮쳐 오리라고는 생각하지도 못했기 때문에, 이제 곧 뒤따를 마지막 장면의 괴로움이 지금부터 예상되는 것이었다. 그러나 생각해 보면, 일찍이 자신의 아내였던 여자는 이미 이 세상에 없는 게 아닐까. 지금 맞은편에 앉아 있는 '미사코'는 전혀 다른 사람이 되어 있는 게 아닐까. 한 여자가 어느새 과거에 얽힌 인연을 끊어 버린 것, ─그에게는 그 사실만이 슬프게 다가왔기에, 어쩌면 이 기분은 미련이라는 감정과는 다를지도 모른다. 그렇다면 괴로움에 고민하던 마지막 고개는 저도 모르는 새 넘어 버렸을지도 모르겠다.

"다카나쓰는 뭐라고 하던가."

"곧 또 오사카에 볼일이 있는데, 우리가 어느 쪽으로든 매듭지을 때까진 가고 싶지 않다, 가더라도 이 집엔 들르지 않고 돌아간다고……"

"다른 의견은 없고?"

"네, ……그게 저기……"

미사코는 마루에 방석을 깔더니 한 손으로는 발을 문지르며, 담배를 든 손을 뻗어 영산백이 핀 정원 바닥에 재를 떨어뜨렸다.

"……당신에게는 비밀로 해도 좋고, 말하고 싶으면 말해도 상관없다고 쓰여 있긴 한데……"

"흠?"

"실은 자기 맘대로, 히로시에게 말해 버렸대요."

"다카나쓰가?"

"네……"

"언제 얘기야."

"봄 방학 때 같이 도쿄에 갔었잖아요, 그때."

205

"어째서 또 쓸데없는 말을 떠벌린 거지?"

교토의 노인에게까지 알린 지금에 와서도, 아직 아이에게는 말하지 못한 채 허송세월하던 가나메는, 결국엔 그랬던가 하고 생각하니, 그걸 지금까지도 전혀 눈치채지 못하게 숨겨 온 어린아이의 마음 씀씀이가 애처롭기도 하고 가엾기도 했다. 그러는 한편, 너무하다는 생각에 얄밉다는 기분마저 들었다.

"말할 작정은 아니었는데, 호텔에 묵었던 날 밤에 옆 침대에서 자고 있자니, 한밤중에 훌쩍훌쩍 울고 있어서 왜 그런가 하고 물어봤던 게 시작이었다고."

"그랬더니?"

"편지라 자세한 건 적혀 있지 않지만, 아버지와 어머니가 때에 따라서는 따로 살게 될 거다, 그리고 어머니는 아소 씨의 집으로 갈지도 모른다고 했더니 '그럼 나는 어떻게 되나요?'라고 묻기에, '넌 어떻게 되는 게 아니라, 언제든 어머니하고 만날 수 있으니까 집이 두 채가 됐다고 생각하면 돼. 왜 그렇게 되는지 그 이유는 어른이 되면 자연히 알게 될 때가 온다.'라고, 그 정도로만 얘기했을 뿐이래요."

"그래서 히로시는 납득했을까?"

"아무 말도 안 하고 울면서 잠들어 버렸고, 다음 날 어떤가 싶어서 미쓰코시에 데려갔더니 전날 밤 일은 잊은 것처럼 이걸 사 달라 저걸 사 달라 하기에, 아이란 순진하구나, 이러면서 안심했다더군요."

"하지만 다카나쓰가 얘기하는 것과 내가 얘기하는 건 다르니까."

"그래 그렇지, 그러고는, — 그렇게 아이에게 이야기하는 게 힘들었다면 이제 그럴 필요 없지 않으냐, 자기 맘대로 말해 버려서 미안하지만 너희들을 위해 내가 그 난관을 돌파해 두었다고 — "

"그건 아니지, 내가 칠칠치 못한 성격이긴 하지만 그렇게 애매한 건 싫어."

그러나 이런 상황에서는 결국 입 밖으로 낼 수 없게 됐지만, 가나메가 히로시에게 이야기하는 걸 끝까지 미루어 왔던 이유는 따로 있었다. 왜냐하면 아직 상황이 어떻게 변할지 모른다는 한 가닥 기대를 걸고 있기도 했기 때문이었다. 아내는 강경한 입장이었지만 그 한결같은 태도 속에는 여리고 나약한 감정이 마음을 갉아먹고 있었고, 그래서 아주 작은 자극에도 쓰러져 울어 버릴 것만 같았다. 그걸 두 사람 모두 두려워했기 때문에 그러한 사태가 벌어지지 않도록 서로 피해 온 것이었다. 그런데 사실 이렇게 마주 보고 앉은 지금도, 화제가 어떻게 전환되는가에 따라서 다시 모든 것이 원점으로 되돌아갈 수도 있었다. 가나메는 그녀가 이제 와서 노인의 의견에 순순히 따르리라고는 꿈에도 생각하지 않았지만, 만약 그렇게 된다면 자신도 거기에 따를 수밖에 없다는, 희망도 체념도 아닌 감정이 가슴속 어딘가에 깃들어 있음을 스스로 이상하다고 느끼는 한편, 지긋지긋해졌다.

"그럼 나는 — "

아내는 이 이상 마주 보고 있는 데에 불안을 느꼈는지, 이제 시간이 됐다는 것을 알아 달라는 듯 찻장 위의 시계에 눈길을 주고는 벌떡 일어나 옷을 갈아입기 시작했다.

"그때 이후로 나도 전혀 안 만났으니, 가까운 시일 내에 나도 한번 갈까."

"그래요, ── 교토에 가기 전에 갈래요? 갔다 온 다음에 갈래요?"

"그쪽 사정은 어떻지?"

"'내일이라도 와 주시길 기다리겠소이다.'라고 했으니, 교토에 먼저 가는 게 어때요? 아버지가 여기로 오시기도 귀찮을 거고, 게다가 그쪽 얘기가 매듭지어지면 자기뿐만 아니라 어머니와도 만나 달라고 하니까요."

"여보, 다카나쓰 편지는 거기 없어?"

연인에게 서둘러 가기 위해 몸단장을 하는 '한 여자'를 오히려 가련한 눈으로 바라보던 가나메는, 복도로 나서는 그 뒷모습을 불러 세우며 말했다.

"그걸 당신에게 보여 주려고 어딘가에 두고 잊어버렸어요. 돌아와서 주면 안 되나? ── 그렇지만 아까 얘기한 게 다인데."

"아니, 못 찾으면 됐어."

아내가 나가 버린 뒤, 가나메는 비스킷을 한 주먹 쥐고 개집 쪽으로 내려와 두 마리 개한테 번갈아 먹이를 주었다. 그리고 할아범과 둘이서 털을 빗겨 주기도 했지만, 잠시 후 거실로 돌아와 멍하니 바닥에 드러누웠다.

"이봐, 누구 없나."

차를 내오게 하려고 하녀를 불러 보았지만, 방에 틀어박혀 있는지 대답이 없다. 히로시도 아직 학교에서 돌아오지 않았고, 집 안은 괴괴해서 어쩐지 혼자 남겨진 듯 조용하다. 하는 수 없군, 또 루이즈라도 만나러 갈까. ─그는 그런 생각을 하다가, 이럴 때면 늘 꼭 그런 기분이 드는 자신이 오늘따라 왠지 가엾게 느껴졌다. 기껏해야 상대는 창부일 뿐인데 다시는 안 만난다는 둥 어쩐다는 둥 어렵게 결심을 하고서, 거기에 얽매이는 게 바보 같다며 마음을 고쳐먹고는 결국 만나러 가는 게 평소의 습관이었지만, 실은 그보다도 아내가 나간 뒤 저택의 횅한 느낌 ─ 장지문이나 미닫이문, 도코노마의 장식과 정원에 선 나무, 그런 것들이 그대로 있으면서도 갑자기 가정이 공허하게 변해 버린 듯 어쩐지 쓸쓸한 기분 ─ 그런 걸 무엇보다도 견디기 힘들었다. 원래 이 집은 전 주인이 지은 지 한두 해밖에 안 된 걸 간사이 지방으로 이주해 오던 해에 사들인 것이다. 그리고 이 8첩 방은 그때 증축한 것인데, 매일 봐서 눈에 익어 깨닫지 못하는 사이에 딱히 공들여 윤을 내지 않았던 기타야마의 삼나무나 솔송나무 기둥이 세월에 어울리는 윤기를 얻었다. 그래서 이제 슬슬 교토 노인이 마음에 들어 할 것 같은 오래되어 낡은 느낌이 나기 시작한 것이다. 가나메는 뒹굴거리며 새삼스럽게 그 기둥들의 광택을 보거나 황매화가 드리워진 가스가 탁자[207]를 보다가, 문지방 너머 바깥의 빛을 물처럼 비추는 마룻바닥을 보았다. 아내가 요즘처럼 어수선한 시기에도 사계절의 풍정을 방에 곁들이는 배려를 잊지 않은 것이 어느 정도는 타성으로 반복한 것이라 하더라도, 머

---

207   나라의 가스가 신사(春日大社)에서 신에게 음식을 공양할 때 쓰는 탁자.

지않아 이 방에서 저 꽃마저 사라져 버릴 날을 생각하면 이름뿐인 부부라는 것에도 아침저녁으로 눈에 익은 기둥 색깔 같은 그리움이 있다.

"오사요, 수건을 뜨거운 물에 적셔 꼭 짜서 갖다줘."

가나메는 일어나서 하녀의 방 쪽으로 들리도록 말했다. 그리고 그 자리에서 서지(serge) 홑옷을 벗어젖히고 땀이 밴 등을 벅벅 문지른 뒤 나갈 때 아내가 준비해 둔 양복으로 갈아입고 나서, 옷과 함께 품에서 떨어진 교토 노인의 편지를 주워 윗도리 안주머니에 집어넣었다. 그러나 지갑 안을 보고 싶어 하거나 "이건 기생이 보낸 거 아냐?"라는 둥 주머니 속의 것들을 잡아채 가는 루이즈의 버릇을 떠올리고는, 경대 서랍 바닥에 깔린 신문지 아래로 밀어 넣었다. 그때 무언가 버석버석한 것이 손에 닿았다. 미사코가 그곳에 다카나쓰의 편지를 넣어 두었던 것이다.

"읽어도 되나?"

손에 들긴 했지만, 봉투 안의 것을 바로 끄집어내는 데에는 망설여졌다. 이렇게 정성껏 숨겨 둔 걸 아내가 잊어버렸을 리 없다. 대답에 궁해서 그렇게 말한 것일 뿐, 읽는 걸 바라지 않았음에 틀림없다. 읽었다 해도 아내에게 변명할 거리는 있지만, 쓸데없이 숨기는 일 없는 그녀가 이 편지를 자신에게 읽히고 싶어 하지 않는다는 점에서, 어쩐지 불길한 내용이 예상되었다.

편지 잘 받았습니다.

이제 슬슬 마무리가 지어졌을 때라고 생각했었는데, 요전에 아와지에서 온 그림엽서를 받고 아직 그 상태인가 하고 놀랐을 따름입니다. 그러니 이번 당신의 편지로는 놀라지 않았습니다. ……

　가나메는 거기까지 읽고 나서 양관 2층으로 올라가, 천천히 뒷부분을 계속 읽어 내려갔다.

　……그러나 당신의 결심이 정말로 마지막 결심이라면, 하루라도 빠른 편이 좋지 않겠습니까. 사실 여기까지 와 버렸는데 그 밖에 다른 도리가 없을 것 같네요. 저는 정말, 시바 군도 제멋대로지만 당신도 제멋대로라, 지금의 사태는 두 사람이 제멋대로였기 때문에 응당 받아야 할 업보라고 생각합니다. 당신이 내게 푸념을 늘어놓는 건 괜찮습니다. 그렇지만 그 푸념을 ―당신 스스로는 푸념이라 생각하지 않을지도 모르지만 ―왜 내게 늘어놓는 대신에 남편에게 말하지 않는지, 당신은 그걸 못 하겠다니 세상엔 불행한 사람이 있긴 있구나 하고, 당신을 위해 한 줌의 눈물을 흘리지 않을 수가 없네요. 사실 그렇다면 부부 관계를 지속할 수 없지요. '남편이 너무 자유를 준 게 원망스럽다.'라든가 '아소라는 사람을 몰랐더라면 좋았다, 알게 된 걸 후회한다.'라든가, 만약에 그 마음을 어느 정도라도 당신이 직접 시바 군에게 표명할 수 있었더라면―부부 사이에 하다못해 그 정도의 솔직함이 있었더라면―하고 얘기해 봤자 이제 와서는 잔소리로 들릴 테니, 이젠 아무 말도 하지 않겠습니다. 편지 얘긴 물론 시바 군에게는 하지 않을 테니 안심하고 계세요. 쓸데없이 더 슬프게만 하는 거라면 알려 봤자 소용

이 없으니. 나는 이렇게 보여도 목석같은 사람은 아니라서, 요시코 생각이 나서 감개무량하기도 하고, 그저 어디까지나 그런 감정을 남긴 채 시바 가문을 떠나야만 하는 당신의 불행이 슬플 뿐입니다. 이렇게 된 이상, 부디 새로운 연인과 행복한 가정을 꾸려 과거의 슬픔을 잊으시기를. 그리고 다시는 같은 실수를 되풀이하지 않도록 하십시오. 그렇게만 된다면 시바 군도 '마음이 편해'지지 않겠습니까.

당신이 오해를 하는 것 같은데 저는 절대로 화가 난 게 아닙니다. 그저 나처럼 대충대충 사는 사람이 당신들의 복잡한 부부 관계에 뛰어드는 일을 맡는 건 아니라고 생각해서, 당신들 스스로가 마무리를 지을 때까지 멀리 있는 편이 현명하다고 믿었던 겁니다. 실은 오사카에 갈 일이 있지만, 그래서 출발을 미루고 있습니다. 가더라도 이번에는 들르지 않고 돌아갈지도 모르니까 섭섭하게 생각하지 말아 주세요.

그리고 당신들에게 말하지 못했던 일이 있습니다. 그건, 언젠가 도쿄에 갔을 때 히로시 군에게 그 일들을 얘기해 버렸다는 겁니다. ……그래도 결과는 의외로 좋았다고 봅니다만, 그 후로 히로시 군이 달라지거나 하지는 않았는지요. 저에게는 때때로 편지를 보내옵니다만 그날 밤 일에 대해서는 한마디도 하지 않습니다. 상당히 영리한 애지요. 얼렁뚱땅 넘기려는 건 아니고, 쓸데없는 참견이었다면 사과드립니다. 하지만 슬쩍 생각하기에, 오히려 내가 그렇게 해서 '마음이 편해'지지는 않았을까. ……당신의 지금 남편과 히로시 군은, 부탁하지 않아도 친척의 한 사람으로서, 또한 부자의 성격을 누구보다 잘 이해하는 친구로서, 미흡하나마 가능한 일이라면 다 할 작정이니

절대로 걱정하지 마십시오. 아마 두 사람 다 타격을 이겨 내고 잘해 나가리라 생각합니다. 어차피 인생에는 평탄한 길만 있는 건 아니지요. 남자아이에게는 고생이 약입니다. 시바 군도 지금까지 너무 고생을 안 했으니, 한 번 정도는 해도 되겠지요. 그러면 제멋대로인 성격이 고쳐질지도 모릅니다.

그럼, 안녕히 계십시오. 당분간 뵙지 못하겠지만, 조만간 당신이 새로이 다른 이의 부인이 되는 날, 다시 얼굴을 뵐 기회가 있기를 바랍니다.

5월 27일

다카나쓰 히데오

시바 미사코 님께

다카나쓰로서는 드물게 긴 편지였다. 가나메는 그걸 읽고 나니, 인기척 없는 방에서 방심한 탓인지 저도 모르는 사이에 눈물로 뺨을 적시고 있었다.

그 열네 번째

오늘은 손님이 손님인지라 오히사는 도코노마에 꽂아 둔 산단꽃의 방향에 신경이 쓰여, 아침부터 자꾸만 그걸 고쳐 꽂고 있었다. 그러다 4시가 조금 지났을 때쯤 문가의 푸른 나뭇잎 사이를 지나는 파라솔[208]의 그림자를 방 두 칸을 사이에 둔 주렴 너머로 발견하고는, 그대로 일어나 마루에서 내려갔다.

"보였나."

낮잠을 자고 난 후에 뜰에서 도롱이벌레를 잡고 있던 노인은, 등 뒤에서 슬리퍼 소리를 듣고는 말했다.

"네, 오셨어요."

"미사코도 같이 왔니."

"그런 것 같아요."

"좋아, 좋아, 너는 차를 내오너라."

---

208   여성용 서양식 양산. 여성용이기 때문에 미사코가 왔음을 알아챈 것이다.

그렇게 내뱉더니 징검돌을 내딛으며 사립문을 통해 밖으로 나와서는,

"여어."

하고 소탈하게 말을 걸었다.

"자, 어서들 올라오게. 필시 더웠을 게야⋯⋯."

"예에, 아침에 나왔으면 좋았을걸, 딱 한낮이 되어 버려서⋯⋯."

"그렇고말고, 가끔 날이 좋다 싶으면 오늘 같은 날은 꼭 토왕[209] 같구먼. 자, 자."

이렇게 말하며 앞서가는 노인의 뒤를 따라 현관에서 올라선 부부는, 새싹의 녹색을 반사하는 등나무 돗자리의 서늘함을 버선 밑으로 느끼며, 온 집 안에 피워 둔 듯한 희미한 삽주[210]의 향을 맡았다.

"그래그래, 차보다도 먼저 물수건이지. 차가운 걸 하나 잘 짜서 갖고 오련."

신록이 우거진 수풀 때문에 차양 밖이 어둑해진 방에서 일부러 시원한 구석 쪽으로 자리를 잡고 한숨 돌리는 부부의 표정에서 넌지시 무언가를 파악하려던 노인은, 땀 때문에 뜰의 푸른 잎을 반사하는 가나메의 얼굴을 보고는 말했다.

"차가운 것보다는 뜨거운 물에 담갔다 짠 게 좋지 않을

---

209 토왕지절. 입추 전 18일 동안으로 여름 중 가장 더울 시기다.
210 '삽주'라고 하는 국화과의 풀뿌리를 건조시킨 것. 장마철에 실내의 습기를 없애기 위해 피운다.

까요?"

"응, 그렇군. ……가나메 씨, 하오리라도 벗으시게."

"예, 감사합니다. 이 근방엔 낮에도 모기가 있네요."

"그래, '혼조(本所)에서 모기가 사라지면 섣달그믐'[211]
이라지만, 여기는 숲모기라 좀체 혼조에 비할 바가 아니야.
모기향을 피우면 좋은데, 우리 집에서는 제충국을 질냄비에
담아 피워서 말이지."

가나메가 예상한 대로 노인은 요전 편지 같지 않게 다
른 때와 별반 차이 없이 기분 좋아 보였다. 아니나 다를까
이곳에 오자마자 우울해진 미사코의 안색은 개의치 않고 이
야기하는 것이었다. 오히사도 틀림없이 대충은 들었을 테지
만, 늘 그렇듯 느긋하게 소리 없이 이것저것 나르고는 어디
로 가 버린 것인지, 주렴 너머 비치는 어떤 방에서도 모습이
보이지 않는다.

"그런데 오늘은, 자고 가도 되겠지?"

"예에, ……어떻게 할지는 정하지 않고 왔습니다만……"

가나메는 처음으로 아내 쪽에 시선을 두었지만, 아내
는 그 말에 퇴짜를 놓듯 말했다.

"난 돌아가요. 빨리 말씀해 주시지 않겠어요?"

"미사코, 너는 저쪽으로 가 있거라."

조용한 방 안에 탁 하고 담뱃재 터는 소리가 울려 퍼졌
다. 그리고 노인이 두 번째 담뱃잎을 담아 담뱃대 뒤쪽으로

---

211 '혼조에는 일 년 내내 모기가 있다.'라는 의미의 센류(川柳). 혼조는 스미다
강의 동쪽, 도쿄도 스미다구 남부의 지명. 토지가 낮아서 모기가 많았다.

담배소반²¹²의 불을 뒤적이는 사이, 미사코는 잠자코 자리에서 일어나 2층으로 이어진 계단을 올라갔다. 아래층에서 오히사와 얼굴을 마주하는 게 싫었던 것이다.

"곤란하게 됐구려, 정말로……"

"걱정 끼쳐서 죄송합니다. 사실 지금까지는, 이 지경에 이르지 않고 해결될지도 모르겠다는 생각도 했더래서……"

"이제 와서는 해결이 안 되오?"

"예, 대충 편지로 말씀드린 이유 때문입니다. ……물론 그것만으로는 이해 못 하실 부분도 있으시리라 생각합니다만……"

"아니, 대충은 알아들었다오. 하지만 가나메 씨, 내 생각에는 전반적으로 당신이 잘못했어."

깜짝 놀란 가나메가 뭐라고 말하려는 걸 제지하고, 노인은 다시 말을 이었다.

"아니, 잘못했다고 하면 온당하지 못하겠지만 내 말인즉슨, 당신이 너무 모든 걸 이치로만 따지고 들었던 게 아닌가 해서 말이오. 요즘 같은 세상이니 마누라를 남자랑 똑같이 대하는 것도 이해는 가지만, 그게 좀처럼 생각대로 되지는 않는 법이지. 요컨대 당신은 스스로 자격이 없다는 이유로 시험 삼아 다른 남편을 고르게 했어. 아니, 그게 뭐 어때서? 하지만 제아무리 말로는 이러쿵저러쿵 새로운 유행을 좇는다고 한들, 이런 문제만큼은 그렇게 공평하게 할 수 있

---

212   담배 피울 때 쓰는 기구들을 얹어 두는 용기. 담뱃재를 터는 재떨이 통과 담배에 불을 붙이기 위한 숯불 등을 담아 두는 불씨 그릇이 놓여 있다.

는 게 아닌 거야……."

"그렇게 말씀하시면, 저는 뭐라고 드릴 말씀이……."

"아니, 가나메 씨, 나는 비꼬는 게 아니오. 정말로 내가 느낀 걸 말하는 거라오. 바로 얼마 전만 해도 당신네들 같은 부부는 얼마든지 있었고, 사실 나부터도 그랬거든……. 아니 일이 년 정도가 아니라 오 년이나 마누라 곁에 안 갔을 정도니까……, 그래도 원래 그런 거라고 여기면 그만이었으니, 생각해 보면 요즘 세상은 굉장히 복잡해졌어요. 하지만 여자라는 건, 시험 삼아라도 한 번 옆길로 새면 도중에 '이놈 안되겠네!' 싶어도 의지만으론 되돌아가기 곤란한 처지가 되니, 자유를 선택한다고 해 봤자 실질적으로는 자유를 선택할 수 없지.—뭐, 앞으로 여자들이 어떻게 될지는 모르겠지만, 미사코 같은 애는 어정쩡한 시대의 교육을 받았으니 새로운 유행도 얄팍하게 받아들여서 말이야."

"사실 저도 마찬가지로 얄팍해서, 서로 그걸 잘 알기 때문에 헤어지는 걸 서두르게 된 겁니다. 어쨌든 지금으로선 옳다고 생각하는 것이니까요."

"가나메 씨, 이건 우리 둘만의 얘기지만, 미사코는 내게 맡기고, 당신이 한 번 더 생각해 줄 여지는 없는 것이오?—내가 뭐라 구실을 댈 수야 없지만, 나이를 먹으면 무사안일주의가 되기 때문인지, 성격이 안 맞으면 안 맞는 대로 시간이 흐르다 보면 또 맞는 날도 오더라고. 오히사도 나랑은 나이 차가 많이 나니까 성격이 절대 맞을 리가 없는데, 같이 있으니 자연히 애정도 생기고, 그러다 보니 어떻게든 살아가게 되더군. 그런 게 바로 부부라고 생각하면 안 될까.

하기는, 일단 불의[213]를 저질렀는데 무슨 당찮은 소리냐고 한다면 어쩔 수 없지만……."

"그런 건 문젯거리로 여기지도 않습니다. 제가 허락한 거니까요. '불의'라 하시면 미사코가 가엾습니다."

"그래도 불의는 역시 불의지, 그렇게 되기 전에 나한테 좀 알려 줬으면 좋았을 텐데……."

가나메는 노인의 완곡한 비난에 무언으로 대응할 수밖에 없었다. 변명할 길은 얼마든지 있었지만, 그 도리를 모를 노인이 아니다. 알면서도 그런 말을 하는 속마음에는, 부모로서의 슬픈 불평이 깃들어 있어서 반항할 수 없는 기분이었다.

"저도 여러모로 좀 더 애쓰지 않았던 건 인정합니다. 그랬더라면 좋았을걸 하고 후회한 적이 없는 건 아니지만 지금으로선 이미 늦었고, 무엇보다도 미사코가 마음을 굳게 먹었으니까요……."

어느새 사립문 밖에서부터 비쳐 들어오던 햇살이 약해지고, 방 구석구석까지 어두운 그림자가 드리워져 있었다. 노인은 고운 세로 줄무늬가 들어간 우에다 명주 홑옷 아래 여름을 타서 살 빠진 무릎을 가지런히 모으고는 부채로 모기향 연기를 흩트리고 있었다. 그런데 그렇게 생각하고 봐서 그런지 눈꺼풀을 껌뻑이는 건 제충국의 연기에 숨이 막혀서일지도 모른다.

"이거 역시, 당신이랑 먼저 얘기한 건 내 방법이 서툴

---

213 여기서는 간통을 뜻한다.

렀네.── 가나메 씨, 어쨌든 아무 말 말고 내게 미사코를 두세 시간 맡겨 주지 않겠나."

"아무래도 헛수고이시리라고 생각합니다만, ……실은 해야 할 얘기가 있다는 게 괴롭다면서 저만 가라고 해서 찾아뵈어야 할 시기가 점점 늦어졌던 겁니다. 오늘도 데리고 오는 데 아주 고생을 했어요. 가긴 가겠지만 자기 결심은 이미 확고하다며 말씀드릴 건 전부 제가 말씀드리고, 하실 말씀이 있다면 대신 물어봐 달라고 했던 거라서……."

"하지만 가나메 씨, 만약에라도 딸이 이혼을 하려고 하는 경우에 나로서는 그렇게 간단히 끝낼 수 있는 게 아니잖나."

"그 얘기는 저도 여러 번 했었습니다. 다만 아무래도 많이 흥분한 상태였더래서 아버지와 충돌하고 싶지 않으니, 제가 자기 대신 승낙을 얻어 달라고 했던 게 본심이었던 겁니다. 하지만 어떠십니까, 원하신다면 여기로 부를까요?"

"아니, 뭔가 음식 준비를 하는 것 같지만, 나는 이제부터 저 애를 데리고 효테이(瓢亭)[214]에라도 가겠소이다. 뭐, 당신도 딱히 이의는 없겠지요."

"그렇지만, 저 사람이 순순히 동의를 할지 모르겠네요……."

"예에, 압니다. 내가 본인에게 그렇게 말하지요. 싫다면 하는 수 없지만, 이번에는 늙은이 체면을 내세워서라도

---

214   교토시 사쿄구 난젠지(南禅寺) 구사가와초(草川町)에 있는 오랜 전통의 가이세키(懷石) 음식점. 시시가타니에서 꽤 가깝다.

말할 것이오.”

가나메가 꾸물거리는 사이에 노인은 손뼉을 쳐서 오히사를 불렀다.

“저 말이야, 난젠지에 전화 좀 해 주지 않겠나. ── 둘이서 가니까 조용한 방을 달라고 해 줘.”

“두 분이 가시는 거예요?”

“모처럼 실력 발휘하려고 애썼을 테니, 손님을 전부 데려가면 네가 딱할 것 같아서 말이야.”

“그럼 남겨 두고 가는 분이 딱하잖아요, 아예 다 같이 가시지요.”

“요리는 뭘 준비했어?”

“아무것도 없어요.”

“송어는 어쨌나?”

“튀길까 하는 중인데……”

“그리고?”

“새끼 은어 소금구이.”

“그리고?”

“우엉 참깨 두부무침.”

“자, 가나메 씨, 술안주는 별로지만 천천히 술이라도 드시고 계시오.”

“불리한 제비를 뽑으셨네요.”

“무슨 말씀, 요리사가 효테이보다 나으니, 아주 제대로 대접받겠네요.”

“자, 이봐, 옷 좀 꺼내 줘.”

그렇게 말하고 노인은 2층으로 올라갔다.

222

어떻게 구슬린 건지, 아니면 "노인네 기분을 거스르면 무사히 마무리 지어질 일도 망치니까."라고 오는 길에 계속 타이른 게 마음에 남기라도 했는지, 미사코는 십오 분 정도 지나 마지못해 부친과 함께 내려와서는, 복도에 서서 살짝 화장을 고치더니 한발 먼저 밖으로 나갔다.

"자아, 그럼 잠깐 다녀오리다."

비단으로 만든 종장두건[215]을 쓴 다카라이 기카쿠[216] 같은 차림으로 안에서 나온 노인은, 현관까지 배웅 나온 오히사와 가나메에게 이렇게 인사를 남기고는 흰 버선발에 리큐[217]를 신었다.

"빨리 오세요."

"아니야, 빨리 못 올지도 몰라.── 가나메 씨, 미사코에게도 말해 뒀지만, 오늘 밤은 자고 가시오."

"이래저래 폐를 끼치네요, 저는 아무래도 상관없습니다."

"오히사, 내 우산을 내오련. 꽤 푹푹 찌는 것 같다만, 이 상태라면 또 비가 오겠네."

"그럼 차로 가시면요?"

"무슨 소리, 바로 코앞이야, 걸어가도 문제없어."

---

215 종장두건(宗匠頭巾)은 렌카·하이카이·다도 등의 대가(종장)들이 즐겨 쓰던 두건.

216 다카라이 기카쿠(宝井其角, 1661~1707): 마쓰오 바쇼의 제자로서 활약한 하이카이의 대가.

217 '리큐(利休) 게다'의 약칭. 맑은 날 신는 히요리 게다의 일종으로 굽이 얇고 낮은 것이 특징.

"다녀오세요."

오히사는 그들을 배웅한 뒤, 곧바로 손수건 재질의 유카타를 들고 가나메를 뒤따라 방으로 갔다.

"목욕물이 끓었다네요, 지금 한번 씻고 나오시면 어때요?"

"고마워요, 모처럼 준비해 주셨는데 어떡할까 싶네요, 목욕물에 들어가면 엉덩이가 무거워져서요."

"어차피 주무시고 가실 거잖아요?"

"글쎄요, 그게 어떻게 될지 모르겠습니다."

"그러지 마시고 목욕하세요. 맛있는 게 없으니 가능한 한 배가 고파져야 해요."

가나메가 이 집 욕탕에 들어가는 건 오랜만이었다. 교토 근방에서는 흔한 조슈 욕조[218]인데, 몸이 푹 잠기지 않을 정도로 작은 통과 그 주변 쇠붙이가 뜨겁게 달아오르는 것이, 도쿄식 넉넉한 나무 욕조에 익숙해진 사람에게는 피부에 닿는 느낌이 좋지 않고 어쩐지 '목욕했다.'라는 기분도 들지 않는다. 게다가 욕탕 자체도 무섭도록 음침해서 높은 곳에 무쌍창[219]이 나 있을 뿐이라 낮에도 묘하게 어둑어둑하다. 타일이 깔린 자기 집 욕실에 익숙해진 탓인지 움막에라도 들어온 것 같고, 게다가 정향나무를 달인 물은 때가 둥둥 뜬 약탕을 연상시키는 것이다. 미사코는 저 욕조 물은

---

218   주석으로 만든 통 바닥에 나무 발판을 깐 욕조.

219   같은 간격으로 판자를 친 창(이것을 '살창'이라 한다.)의 안쪽에 역시 판자를 둘러 미닫이를 단 것.

정향나무 냄새 때문에 며칠 만에 물을 가는지 알 수 없다며 목욕을 권하면 완곡하게 좋은 말로 거절해 왔다. 그런데 주인한테는 또 '우리 정향나무 욕탕'이 자랑거리라 손님에 대한 접대로 여기는 모양이었다. 노인의 '뒷간 철학'은 "욕탕이나 뒷간을 새하얗게 하는 건 서양인의 바보 같은 생각이다. 아무도 보지 않는 장소라고 해서 스스로 자기 배설물이 눈에 띄도록 설비를 하는 건 지나치게 무신경하다. 몸에서 흘러 나가는 모든 오물은, 어디까지나 조신하게 어둠에 감춰 버리는 게 예의"라는 것이라, 늘 파릇파릇한 삼나무 잎을 소변기에 담아 두는 건 그렇다 치고, "관리가 잘된 순 일본식 뒷간에서는 반드시 일종의 특유하고도 고상한 냄새가 난다. 그게 형언할 수 없는 그윽함을 느끼게 한다."라는 기발한 의견조차 가지고 있다. 하지만 뒷간 쪽은 어떻든 간에, 어두운 욕탕에 대해서 만큼은 오히사도 몰래 불편하다고 한탄한 적이 있었다. 그녀의 말로는, 요즘엔 정향나무 에센스가 나와서 그걸 한두 방울 떨어뜨리기만 하면 되는데, 역시 옛날식으로 말린 열매를 주머니에 넣어 뜨거운 물에 담가 두지 않으면 노인이 가만히 있지를 않는다는 것이다.

"등 좀 밀어 달라고 하시는데, 너무 어두워서 앞인지 뒤인지 분간이 안 가더라고요."

가나메는 오히사의 그 말을 떠올리면서, 기둥에 걸린 겨 주머니[220]를 보았다.

---

220   쌀겨를 넣은 주머니로, 얼굴이나 피부를 씻는 도구. 에도 중기부터 사용됐지만, 메이지 이후 점차 비누로 대체되었다.

"물 온도 어떠세요?"

아궁이 쪽에서 오히사인 듯한 목소리가 말했다.

"괜찮습니다. 그보다는 정말 죄송하지만 전기를 켜 주시지 않겠습니까?"

"정말, 그러네요."

그러나 불 밝힌 전등이라는 것조차 일부러 그렇게 설치한 게 틀림없을 소형 전구 정도 크기의 알전구라, 한층 더 음침하고 어두워진 것 같은 기분이 든다. 가나메는 욕조 밖에 나가 있으면 모기에 쏘이기 때문에, 비누도 쓰지 않고 땀을 좍 씻어 낸 뒤 정향나무 욕탕 안에 몸을 완전히 담그고 있었다. 그래도 모기는 여전히 목 근처를 덮쳐 온다. 안은 그렇게 어둡기만 한데 무쌍창의 바깥은 아직 희미하게 밝아서, 단풍의 푸른 잎이 오히려 낮보다 산뜻하여 옷감처럼 선명한 색감을 보인다. 어쩐지 외진 산속의 욕탕에라도 온 것 같아서, 노인이 곧잘 "우리 집 뜰에서는 두견새 소리가 들린다."라고 했던 걸 떠올렸다. 그러고는 이럴 때 울어 주지나 않을까 귀를 기울였지만, 들리는 건 어딘가 먼 밭 쪽에서 비를 부르는 개구리 소리와 윙 하는 모기 소리뿐이다. 그건 그렇고, 지금쯤 효테이의 방에 있을 부녀는 무슨 이야기를 하고 있을까. 노인은 사위에겐 조심스러웠지만, 아마 그 말투로 보아 딸한테는 고압적으로 나가고 있는 게 아닐까. 가나메는 그런 상황이 조금쯤 마음에 걸리면서도 두 사람을 배웅하고 나서는 어쩐지 마음이 가벼워져서, 이렇게 욕조에 몸을 담그고 있는 이 집이 이미 두 번째 아내를 맞이한 자신의 새집 같다는 어리석은 공상마저 솟아났다. 가만 생각해 보면 올봄부터 자꾸만 기회를 틈타 노인에게 접근하고 싶어했던 건, 스스로 의식하지 못한 다른 이유 때문이었는지도 모른다. 그런 터무니없는 꿈을 머릿속에 남몰래 품고 있으면서도 그걸 자책도 제지도 하지 않았던 것은, 아마도 오히사라는 인물이 어떤 특정한 한 사람의 여자가 아니라, 오히려 하나의 타입처럼 여겨졌기 때문이었다. 사실 가나메에게는 노인을 모시는 오히사가 아니더라도 그저 '오히사'이기만 하면 될 것이다. 그가 몰래 마음을 둔 '오히사'는, 어쩌면 여기 있는 오히사보다도 한층 오히사다운 '오히사'이리라. 때에 따라 그런 '오히사'는 인형 외에는 달리 없을지도 모른다. 그녀는 분라쿠자 이중 무대의 아치형 출입구 안쪽, 어두운 창고에 있을지도 모른다. 만약 그렇다면 그는 인형이라도 만족할 터다.

"아아, 덕분에 개운해졌습니다."

가나메는 그 목소리로 자신의 망상을 떨쳐 내듯 말하면서, 목욕을 마친 몸에 빌린 유카타를 걸치고 돌아왔다.

"지저분해서 기분 나쁘셨지요."

"무슨 말씀, 정향나무 욕탕도 가끔은 특이해서 좋습니다."

"그래도 댁의 욕실처럼 밝다면 저는 잘 못 들어가겠어요."

"어째서죠?"

"그렇게 온통 다 하얀색이면 겸연쩍어서요. ……그 댁 사모님처럼 예쁘시면 괜찮겠지만……."

"허, 그렇게 우리 마누라가 예쁜가요?"

가나메는 눈앞에 없는 사람한테 가벼운 반감과 비웃음을 담아 말하면서, 권하는 대로 잔을 받아 능숙하게 비웠다.

"자, 한 잔 드리지요……"

"그래요, 그럼 받을게요."

"송어가 꽤 괜찮네요. ……그런데 요즘 지우타는 잘 배우고 있습니까?"

"그거, 맘대로 되지 않아서 짜증이 나서요……"

"요즘에는 안 하십니까?"

"하긴 하는데, ……사모님께서는 나가우타 배우시나요."

"글쎄요, 나가우타 같은 건 벌써 졸업해 버리고, 재즈 음악 쪽일지도 모릅니다."

슌케이칠[221]을 한 밥상 위로 날아드는 나방을 쫓으면서 오히사가 부쳐 주는 부채 바람을 유카타에 받으며, 가나메는 맑은 국그릇 속에 떠 있는 은은한 새송이버섯의 향을 맡았다. 뜰 쪽은 완전히 어두워져서, 청개구리가 우는 소리도 전보다 자주, 요란하게 들린다.

"저도 나가우타 배워 보고 싶어요."

"그런 나쁜 마음을 품으면 야단맞을 겁니다. 오히사 씨 같은 사람에겐 지우타 쪽이 얼마나 어울리는지 몰라요."

"그야, 지우타를 배우는 것도 좋지만, 선생님이 까다로워서요."

---

221 나무를 노란색 혹은 붉은색으로 물들인 뒤 투명하게 칠해 나뭇결을 그대로 살린 칠기. 슌케이(春慶)는 이 기법을 창시한 사람의 이름이다.

"아마 오사카에 있는, 뭐라 하는 겐교 아니었습니까."

"네,── 그보다도 우리 집 선생님 쪽이 말이지요······."

"아하하하."

"못 견디겠어요, 잔소리만 많고······."

"아하하하, ······나이를 먹으면 누구나 다 그렇게 되는 겁니다. 그러고 보니 아까 욕탕에 있어서 생각난 건데, 여전히 겨 주머니를 쓰시네요."

"네, 당신께선 비누를 쓰시지만, 여자는 피부가 거칠어지면 안 된다면서 저는 못 쓰게 하세요."

"꾀꼬리 똥도 쓰세요?"

"쓰고 있어요, 전혀 하얘지지는 않지만요."

두 번째 술병을 반쯤 비운 뒤 담백하게 찻물에 만 밥을 먹고 나서 후식으로 비파를 가져온 오히사는, 현관 쪽에서 전화벨이 울리는 소리를 듣고는 껍질을 벗기다 만 과일을 유리 접시 위에 놓고 일어났지만,

"네, ······네, ······알겠어요, 그렇게 전해 드릴게요."

전화기에 대고 끄덕이다 곧 돌아와서는,

"사모님께서도 주무시고 가신다니까, 좀 더 천천히 온다고 하시네요."

"그렇습니까, 돌아간다고 했었는데. ······자고 가는 건 오랜만인 것 같군요."

"정말, 그때 이후로 오랜만이네요."

그러나 가나메가 미사코와 둘이서 한방에서 자는 것도 꽤나 '오랜만'이긴 했다. 두어 달 전 히로시가 도쿄에 갔을 때, 몇 년 만에 둘이서만 두 밤인가 세 밤을 보낸 적이 있었

다. 그때의 경험으로는 완전히 여인숙의 손님처럼 아무렇지도 않게 베개를 나란히 하고 서로 상관없이 편안하게 잘 수 있었을 만큼, 이미 부부다운 신경은 마비되어 버린 것이다. 노인이 오늘 자꾸만 자고 가라고 주장한 건, 아마 그 역시 예정된 계획이었기 때문이겠지. 모처럼의 배려가 가나메로서는 좀 귀찮았지만 굳이 피할 정도로 마음이 무겁지는 않았다. 그 대신에 이제 와서 그게 무슨 도움이 되리라고도 생각하지 않았다.

"굉장히 덥네요. 바람이 뚝 그쳐 버렸군……"

가나메는 스러지기 시작한 모깃불 연기가 똑바로 피어오르는 사립문 밖을 올려다보았다. 그쳐 버린 건 뜰 쪽의 바람뿐만이 아니다. 오히사도 부채질하는 걸 잊은 듯, 손에 든 부채를 가만히 움직이지 않고 있는 것이다.

"찌무룩하네요, 비가 오려나?"

"그럴지도 모르죠, ……쏴 하고 한번 내려 주면 좋겠는데……"

바람 한 점 없는 푸른 잎 위, 구름 사이로 여기저기 뜬 별이 보였다. 무슨 일이든 일어날 듯한 예감이 드는지, 딱 이때쯤 부친의 설교에 반항하는 아내의 한결같은 말 한 마디 한 마디가 들려오는 것 같은 기분이었다. 가나메는 그때, 아내보다 한층 강한 결의가 어느새 자신의 가슴속에도 잠들어 있음을 확실히 느꼈다.

"몇 시죠?"

"8시 반쯤이에요."

"아직 그렇게밖에 안 됐습니까. 조용하네요, 이 근방

은.”

“이르지만 잠자리에 드시겠어요? 그사이에 돌아오실 지도 모르니까……”

“전화 상태로 봐선 얘기가 잘 안되는 것 같지 않던가 요.”

가나메는 은근히 노인보다도 오히사의 의견을 듣고 싶 은 마음이었다.

“무슨 책이라도 가져올까요?”

“감사합니다, ……오히사 씨는 어떤 걸 읽으시죠?”

“이러쿵저러쿵하는 구사조시²²² 같은 걸 가져오셔서 읽으라고 하시지만, 그런 케케묵은 건 못 읽겠어요.”

“부인 잡지는 안 되나요?”

“그런 거 읽을 틈이 있다면 연습이나 하라셔요.”

“글씨본 같은 건요?”

“류춘첩.”

“류춘첩?”

“그리고 지동첩²²³, ─ 서도책이에요.”

“과연. ─ 그럼 뭐든, 그 구사조시라도 빌려 보지요.”

“명소도감²²⁴은 어떠세요?”

---

222 구사조시(草双紙). 삽화가 들어간 에도 시대의 통속적인 읽을거리.

223 류춘첩(柳春帖)과 지동첩(池凍帖)은 에도 중기 오이에류(お家流)의 서도 가 오타니 에이안(大谷永庵, 1699~1780)의 목판본 습자 글씨본. 류춘첩은 1793년, 지동첩은 1801년에 간행되었다.

224 명소도감(各所図会)은 각지의 지명·명소 고적·절과 신사 등에 해설을 덧붙 이고 풍경화를 곁들인 읽을거리로, 에도 후기에 다수 간행되었다.

"그런 게 좋을지도 모르겠군요."

"그럼 저쪽으로 오세요, 별채에 이미 제대로 준비를 해 두었으니."

복도를 따라 오히사는 먼저 일어나서 거실 찻장 앞을 지나, 바로 옆 6첩 방 쪽 미닫이문을 열었다. 어두워서 잘 모르겠지만 안에는 모기장이 쳐져 있는 듯, 아직 문을 잠그지 않은 뜰 쪽에서 쓱 흘러든 차가운 공기에 연두색 삼베가 흔들리는 기색을 느꼈다.

"바람이 불기 시작했네요."

"갑자기 썰렁해졌어요, 이제 곧 소나기가 내릴 겁니다."

모기장 자락이 사각사각 소리를 낸 건, 바람이 아니라 오히사가 안으로 들어갔기 때문이었다. 그리고 손으로 더듬어 스위치를 찾아, 머리맡의 행등[225] 안에 넣어 둔 전구를 켰다.

"좀 더 밝은 전구를 가져올까요?"

"아니요, 옛날 책은 글씨가 크니까, 이걸로도 충분히 읽을 수 있겠지요."

"덧문, 열어 둬도 될까요, 너무 숨 막힐 듯이 더우니까⋯⋯?"

"네, 부탁드립니다. 적당한 때, 제가 닫을게요."

225 　행등(行燈)은 기름접시에 등유를 담고 심지에 불을 붙인 뒤, 종이를 바른 틀로 그 주변을 둘러싼 실내 조명 기구. 에도 시대에는 일반적으로 널리 사용됐지만 메이지로 넘어오면서 램프, 전등으로 대체되었다. 여기서는 행등의 외관만을 모방하여 기름접시 대신 전구를 넣은 것.

가나메는 오히사가 나가 버리자 일단 모기장 안으로 들어갔다. 넓지 않은 방이기도 하고 삼베로 만든 모기장이 쳐져 있어서, 이불 두 채가 거의 스칠 정도로 가깝게 깔려 있다. 자신의 집에서는 여름이면 늘 가능한 한 커다란 모기장을 달고 되도록 떨어져서 자는 습관이 있는 걸 생각하니, 이 광경이 이상하게 느껴지지 않는 것도 아니었다. 하릴없이 그는 담배에 불을 붙여 엎드리면서, 연두색 장막 너머에 있는 도코노마의 족자가 무슨 그림인지 판단해 보려 했다. 그러나 무언가 남화의 산수화를 담은 가로 족자[226]라는 건 알겠지만, 행등이 안에 있기 때문인지 밖은 몽롱하게 그늘져 있어서 도안도 낙관[227]도 좀체 알아보기 힘들었다. 족자 앞의 향 쟁반 위에 남빛 무늬 도자기로 만든 불씨 그릇이 놓여 있었기에 비로소 깨달은 바이지만, 아까부터 희미하게 향내가 나는 건 아마 거기에 '매화 향기'를 피워 두었기 때문이리라. 문득, 가나메는 도코노마 한쪽 어두운 구석에 희뿌옇게 떠오른 오히사의 얼굴을 본 듯한 기분이 들었다. 그러나 깜짝 놀란 건 한순간일 뿐, 그곳에는 노인의 아와지 토산품인 잔무늬 명주옷을 입은 여자 인형이 장식되어 있었다.

시원한 바람이 불어 들어오면서, 그때 소나기가 내리기 시작했다. 벌써 나뭇잎 위를 두드리는 큰 빗방울 소리가 들린다. 가나메는 고개를 들어 뜰 깊숙한 곳의 나무 사이를

---

226   '남화(南画)의 산수화'라는 것은 당의 시인이자 화가 왕유(王維, 701~761)
       로부터 비롯된 담채 풍경화 양식. '가로 족자'는 화폭이 옆으로 긴 것.

227   서화를 다 그린 뒤 필자가 서명 혹은 날인한 것.

바라보았다. 어느 틈엔가 도망쳐 들어온 청개구리 한 마리가, 자꾸만 흔들리는 모기장 중간에 달라붙은 채 전등 불빛에다가 빛나는 배를 드러내고 있었다.

"드디어 비가 내리기 시작했네요."

미닫이가 열리더니, 대여섯 권의 일본 서책을 껴안은 사람의, 인형이 아닌 희뿌연 얼굴이 연둣빛 어둠 저편에 자리 잡았다.

1886년(1세)   도쿄 시에서 아버지 구라고로(倉吾郎), 어머니 세키 (関)의 차남으로 출생한다.

1892년(7세)   사카모토 소학교(阪本小學校)에 입학하지만 학교 에 가기를 싫어해서 2학기에 변칙 입학한다.

1897년(12세)   2월 사카모토 심상 고등소학교 심상과(尋常科) 4학년 을 졸업하고, 4월 사카모토 소학교 고등과로 진급한다.

1901년(16세)   3월 사카모토 소학교를 졸업하고, 4월 부립 제일 중학교(府立第一中學校)에 입학(현재는 히비야 고 등학교)한다.

1905년(20세)   3월 부립 제일 중학교를 졸업하고, 9월 제일 고등 학교 영법과 문과(英法科文科)에 입학한다.

1908년(23세)   7월 제일 고등학교 졸업하고, 9월 도쿄 제국 대학 국문학과에 입학한다.

1910년(25세)   4월 《미타 문학(三田文学)》을 창간하고, 반자연주의 문학의 기운이 고조되는 가운데 오사나이 가오루

(小山内薰) 등과 2차《신사조(新思潮)》를 창간한다. 대표작 「문신(刺青)」, 「기린(麒麟)」을 발표한다.

1911년(26세) 「소년(少年)」, 「호칸(幇間)」을 발표하지만《신사조》는 폐간되고 수업료 체납으로 퇴학당한다. 작품이 나가이 가후(永井荷風)에게 격찬받으며 문단에서 지위를 확립한다.

1915년(30세) 5월 이시카와 지요(石川千代)와 결혼하고, 「오쓰야 살해(お艶殺し)」, 희곡 「호조지 이야기(法成寺物語)」, 「오사이와 미노스케(お才と巳之介)」 등을 발표한다.

1916년(31세) 3월 장녀 아유코(鮎子) 출생, 「신동(神童)」을 발표한다.

1917년(32세) 5월 어머니가 병사하고, 아내와 딸을 본가에 맡긴다. 「인어의 탄식(人魚の嘆き)」, 「마술사(魔術師)」, 「기혼자와 이혼자(既婚者と離婚者)」, 「시인의 이별(詩人のわかれ)」, 「이단자의 슬픔(異端者の悲しみ)」 등을 발표한다.

1918년(33세) 조선, 만주, 중국을 여행하고 「작은 왕국(小さな王国)」을 발표한다.

1919년(34세) 2월 아버지 병사하고 오다와라(小田原)로 이사하여 「어머니를 그리는 글(母を戀ふる記)」, 「소주 기행(蘇州紀行)」, 「친화이의 밤(秦淮の夜)」을 발표한다.

1920년(35세) 다이쇼가쓰에이(大正活映) 주식회사 각본 고문부에 취임하여, 「길 위에서(途上)」를《개조(改造)》에 발표하고, 「교인(鮫人)」을《중앙공론(中央公論)》에

격월로 연재하기 시작했다. 대화체 소설 「검열관(檢閱官)」을 《다이쇼 일일 신문(大正日日新聞)》에 연재하였다.

1921년(36세)   3월 오다와라 사건(아내 지요를 사토 하루오에게 양보하겠다는 말을 바꾸어 사토와 절교한 사건)을 일으킨다. 「십오야 이야기(十五夜物語)」를 제국 극장, 유라쿠자(有楽座)에서 상연한다. 「불행한 어머니의 이야기(不幸な母の話)」, 「나(私)」, 「A와 B의 이야기(AとBの話)」, 「노산 일기(盧山日記)」, 「태어난 집(生れた家)」, 「어떤 조서의 일절(或る調書の一節)」 등을 발표한다.

1922년(37세)   희곡 「오쿠니와 고헤이(お國と五平)」를 《신소설(新小説)》에 발표, 다음 달 제국 극장에서 연출한다.

1923년(38세)   9월 간토 대지진(關東大震災)이 발발하여, 10월 가족 모두 교토로 이사하고, 12월 효고 현으로 이사한다. 희곡 「사랑 없는 사람들(愛なき人々)」를 《개조》에 발표한다. 「아베 마리아(アヹ・マリア)」, 「고깃덩어리(肉塊)」, 「항구의 사람들(港の人々)」을 발표한다.

1924년(39세)   카페 종업원 나오미를 자신의 아내로 삼고자 집착하다가 차츰 파멸해 가는 인물의 이야기를 그린 탐미주의의 대표작 『치인의 사랑(癡人の愛)』을 《오사카 아사히 신문(大阪朝日新聞)》, 《여성(女性)》에 발표한다.

1926년(41세)   1~2월 상하이를 여행하고, 「상하이 견문록(上海見

聞錄)」, 「상하이 교유기(上海交游記)」를 발표한다.

1927년(42세) 금융 공황. 수필 「요설록(饒舌錄)」을 연재하여, 아
쿠타가와 류노스케(芥川龍之介)와 '소설의 줄거리
(小說の筋)' 논쟁을 일으킨 직후, 아쿠타가와 류노
스케가 자살한다. 「일본의 클리픈 사건(日本にお
けるクリップン事件)」을 발표한다.

1928년(43세) 소노코에 의한 성명 미상 '선생'에 대한 고백록 형
식의 『만(卍)』을 발표한다.

1929년(44세) 세계 대공황. 아내 지요를 작가 와다 로쿠로에게 양
보한다는 이야기가 나돌고, 그 사건을 바탕으로 애
정 식은 부부의 이야기를 다룬 『여뀌 먹는 벌레(蓼
食ふ蟲)』를 연재하지만, 사토 하루오의 반대로 중
단된다.

1930년(45세) 지요 부인과 이혼하고, 「난국 이야기(亂菊物語)」를
발표한다.

1931년(46세) 1월 요시가와 도미코(吉川丁末子)와 약혼하고, 3월
지요의 호적을 정리한다. 4월 도미코와 결혼하고
고야산에 들어가 「요시노 구즈(吉野葛)」, 「장님 이
야기(盲目物語)」, 『무주공 비화(武州公秘話)』를 발
표한다.

1932년(47세) 12월 도미코 부인과 별거하며, 「청춘 이야기(靑春
物語)」, 「갈대 베기(蘆刈)」를 발표한다.

1933년(48세) 장님 샤미센 연주자 슌킨을 하인 사스케가 헌신적
으로 섬기는 이야기 속에 마조히즘을 초월한 본질
적 탐미주의를 그린 『슌킨 이야기(春琴抄)』를 발표

한다.

1934년(49세) 3월 네즈 마쓰코(根津松子)와 동거를 시작하고, 10월 도미코 부인과 정식으로 이혼한다. 「여름 국화(夏菊)」를 연재하지만, 모델이 된 네즈 가의 항의로 중단된다. 평론 『문장 독본(文章読本)』을 발표하여 베스트셀러가 된다.

1935년(50세) 1월 마쓰코 부인과 결혼하고, 『겐지 이야기(源氏物語)』현대어 번역 작업에 착수한다.

1938년(53세) 한신 대수해(阪神大水害)가 발생한다. 이때의 모습이 훗날 『세설(細雪)』에 반영된다. 『겐지 이야기』를 탈고한다.

1939년(54세) 『준이치로가 옮긴 겐지 이야기』가 간행되지만, 황실 관련 부분은 삭제된다.

1941년(56세) 태평양 전쟁 발발.

1943년(58세) 부인 마쓰코와 그 네 자매의 생활을 그린 대작 『세설』을 《중앙공론》에 연재하기 시작하지만, 군부에 의해 연재 중지된다. 이후 숨어서 계속 집필한다.

1944년(59세) 『세설』 상권을 사가판(私家版)으로 발행하고, 가족모두 아타미 별장으로 피란한다.

1945년(60세) 오카야마 현으로 피란.

1947년(62세) 『세설』 상권과 중권을 발표, 마이니치 출판 문화상(毎日出版文化賞)을 수상한다.

1948년(63세) 『세설』 하권 완성.

1949년(64세) 고령의 다이나곤(大納言) 후지와라노 구니쓰네가 아름다운 아내를 젊은 사다이진(左大臣) 후지와라

노 도키히라에게 빼앗기는 역사적 사실을 제재로
한 『시게모토 소장의 어머니(少將滋幹の母)』를 발
표한다.

1955년(70세)   『유년 시절(幼少時代)』을 발표한다.

1956년(71세)   초로의 부부가 자신들의 성생활을 일기에 기록하
며 심리전을 펼치는 『열쇠(鍵)』를 발표한다.

1959년(74세)   주인공 다다스가 어머니에 대한 근친상간적 소망
을 다룬 『꿈의 부교(夢の浮橋)』를 발표한다.

1961년(76세)   77세의 노인이 며느리를 탐닉하는 이야기를 다룬
『미친 노인의 일기(瘋癲老人日記)』를 발표한다.

1962년(77세)   『부엌 태평기(台所太平記)』 발표.

1963년(78세)   「세쓰고안 야화(雪後庵夜話)」 발표.

1964년(79세)   「속 세쓰고안 야화」 발표.

1965년(80세)   교토에서 각종 수필을 발표. 7월 30일 신부전과 심
부전이 동시에 발병하여 사망한다.

옮긴이
임다함

고려대학교 일어일문학과 졸업 후 만화 잡지 편집 기자, 스포츠
신문 취재 기자를 거쳐 일본 도쿄 대학교에서 석사 학위와 박사
학위를 취득했다. 고려대학교 글로벌일본연구원 연구 교수.
현재는 영화뿐만 아니라 광고, 라디오 드라마, 대중가요 등 일제
강점기 한일 대중문화의 교류 및 교섭 과정을 살피는 것을 향후
연구 과제로 삼고 있다. 지은 책 및 옮긴 책으로는 공저 『비교
문학과 텍스트의 이해』(소명출판, 2016), 『재조 일본인 일본어
문학사 서설』(역락, 2017), 공역 『일본 근현대 여성 문학 선집 17
사키야마 다미』(어문학사, 2019), 편역 『1920년대 재조 일본인
시나리오 선집 1, 2』(역락, 2016) 등이 있으며, 주요 논문으로는
「1920년대 말 조선 총독부 선전 영화의 전략: 동시대 일본의
'지역 행진곡' 유행과 조선 행진곡(1929)」(『서강인문논총』
51집, 2018.04), 「미디어 이벤트로서의 신문 연재소설
영화화:《경성일보》연재소설 「요귀유혈록」의 영화화(1929)를
중심으로」(『일본학보』118집, 2019.02) 등 다수가 있다.

여뀌 먹는 벌레   1판 1쇄 찍음 2020년 1월 10일
1판 1쇄 펴냄 2020년 1월 17일

지은이 다니자키 준이치로
옮긴이 임다함
발행인 박근섭, 박상준
펴낸곳 (주)민음사

출판등록 1966. 5. 19. 제16-490호
서울시 강남구 도산대로 1길 62(신사동)
강남출판문화센터 5층 06027
대표전화 02-515-2000 팩시밀리 02-515-2007
www.minumsa.com

ISBN 978 89 374 2938 5 04800
ISBN 978 89 374 2900 2 (세트)